点景　昭和期の文学

岩佐壯四郎
Iwasa Soushirou

関東学院大学出版会

点景　昭和期の文学〈目　次〉

目次

第二部

第一部

川端康成《花鳥之図》——「化粧」について——

不浄と汚穢の場所

初期の川端康成は、葬式や墓地、法要などを作品のなかに好んでとりあげた。「招魂祭一景」(一九二一)、「油」(一九二一)、「葬式の名人」(一九二三)などはもとより、《掌の小説》として括られる作品群をみても、「死顔の出来事」(一九二五)、「合掌」(一九二六)、「霊柩車」(一九二六)、「骨拾ひ」(一九四九)など、湿った線香の匂いの漂ってくるような作品はすくなくない。萎れた墓前の供花や、わびしい葬送の列、空にたなびく火葬場の煙などは、線香や焼場の匂い、読経やすすり泣きの声の響きなどとともに、彼の作品世界を独特にしるしづけているといっていいだろう。

私の家の厠の窓は谷中の斎場と向ひ合つてゐる。

二つの厠の空地は斎場の芥捨場である。葬式の供花や花輪が捨てられる。

と語り始められる掌編小説「化粧」(一九三二・四「文藝春秋」)もまた、この冒頭の一節からもあきらかなように、そうした嗜好をうかがわせる作品である。しかし、「化粧」という表題も示しているように、この作品は斎場での儀式そのものを題材としているわけではない。四百字詰の原稿用紙にして四枚余りのこの作品は、白菊の花の美しさを語った前半部と、化粧する女の不可解さとでもいうべきものを明るみにだそうとした後半部から成りたっているとみることができるが、斎場はそれらを統一する枠組として機能しているように思われる。いうまでもなく、斎場も厠も芥捨場も、そこが死体が浄化され、食物が排泄され、不用物が廃棄される場所という意味で、イメージにおいて共通するものを持っている。それらは、≪晴≫と≪褻≫、≪聖なるもの≫と≪おぞましいもの≫、≪清浄なもの≫と≪汚穢に充ちたもの≫というような二項対立における、汚穢、腐敗、暗黒、死というような負のイメージを共有しており、そのことにおいて、純白の菊の花とか化粧という行為の放つイメージと対立しているのである。この対比が、作者の意図的な選択によるものであることはいうまでもなく、このような汚穢と暗黒の場所に純白な菊の花を咲かせたり、あでやかな化粧をほどこさせたりすることによって、花の美しさや化粧のなまめかしさを際だたせようという意図を透しみることができるが、どうじに、これらがまた作品全体を縁どる黒い枠組としての役割を果しているることも見過してはならないだろう。「化粧」もまた、その意味では、葬送の儀式や墓場などを不可欠の構成要素として成り立つ作品の系列に属しているということができるのである。

視姦される白菊

さて、作品の前半は、「九月の半ば」のある夜、厠の窓からみた白菊の花の美しさについて語られる。

墓地や斎場に秋の虫がしげくなつたとはいへ、まだ九月の半ばであつた。面白いことがあるといふ風に、私は妻とその妹との肩に手をかけ、少し冷たい廊下を連れて行つた。夜であつた。廊下の突きあたり、厠の扉を開くと同時に、強い菊の薫りが鼻を衝いた。まあと驚いて、彼女等は手洗場の窓に顔を寄せた。窓一ぱいに白菊の花が咲いてゐる。二十ばかりの白菊の花環が、そこに立ち並んでゐるのであつた。今日の葬式の名残であつた。妻は手を伸ばして菊の花を折り取りさうにしながら、こんなにたくさんの菊の花をいちどきに見るのは、何年振りであらうと言つた。私は電燈をつけた。花環に巻いた銀紙がさんらんと照らし出された。仕事をする時は度々厠へ立つ私は、その夜幾度となく菊の匂ひを嗅いで、徹夜の疲れがその薫りのなかに消えてゆくやうに感じた。やがて朝の光に、白菊はいよいよ白く、銀紙は輝きはじめた。そして用を足しながら私は、白菊の花に一羽のカナリヤがじつととまつてゐるのを見つけたのであつた。昨日の放鳥が疲れて鳥屋への帰りを忘れたのであらう。

厠の窓を額縁として描きだされる白菊の花は、静的なオブジェとしてそこにあるのではない。さながらそこが舞台ででもあるかのように様々のフット・ライトを浴びながら、多様な表情をみせていくのである。厠のなかから菊の香りが漂ってくるという冒頭からしてなかなかシャレているが、匂いとともに「私」の眼を奪うのは二十ばかりの白菊の花環である。一つの花環に五十輪くらいの花を束ねるとすれば、千輪近い、すなわち数えきれないほどに夥しい数の花の群が唐突に視界にひろがりはじめるのだ。しかも、次の一節に「私は電燈をつけた」とあるところからすれば、これらの花々はいずれも闇のなかに仄白く浮んでいた筈である。闇のなかに仄白く浮びあがる菊の花の群生。「私」の眼球に映ったこの幻影のような光景は、しかし一瞬のうちにかき消され、電燈の光のなかに曝しだされた花々にと変っていく。「花環に巻いた銀紙がさんらんと照らし出された」とあるように、電燈の光、すなわち人工の光（イルミネーション）は、闇のなかに秘匿されていたものも隈なくあらわにしないではおかない。これらの花々が茎のところに銀紙を巻きつけているのも、ここではじめてあきらかになるのだ。菊の花は、このようにひととき「私」に慰安を与え、「仕事をする時は度々厠へ立つ私」に、「その夜幾度となく菊の匂ひを嗅いで、徹夜の疲れがその薫りのなかに消えてゆくやうに感じ」させもする。しかし、その薫りによって「私」の「徹夜の疲れ」を癒してくれた菊は――菊の薫りによって徹夜の疲れがやわらぐというのも、厠のなかから菊の香りが漂ってくるのと同様、オシャレな感覚であろう。この小説は、「化粧」というタイトルに似つかわしく、視覚のみならず嗅覚にまで神経をゆきとどかせた、オシャレな小説なのである――、やがてさんさんとふりそそぐ朝の光のなかに輝くそれにと転じていく。闇のなか、人工の光というような、闇や光のなかに息づいていた白菊は、最後に、自然の光のなかにその純白を眩しく輝かせることになるのである。

つまり、「私」は、厠の窓を枠組として、闇のなかの、人工の、あるいは自然の光というような様々の光のなかに白菊の姿態を捉えようとしているのであり、その視線はファインダーを通して被写体をみつめるカメラマンのそれのように執拗である。イヤラシイといってさえいいかもしれない。この視線は、性的な欲望の対象として女性を眺めるそれとたぶん同質で、この視線のなかに浮上する白菊は、様々のポーズをとる被写体としての裸体の女性ででもあるかのようになまめかしく、淫らでさえある。このとき「私」の目は視姦者のそれのように濁っていたにちがいなく、この、いわば《視姦》する視線は、この場面に限らず、作品世界の全体に遍満しているといってもいい。「私」は、自分の家の厠の窓から、斎場の厠の空地に捨てられた白菊のみならず、対いあった斎場の厠の女達の姿態をも《視姦》しているのである。

花鳥之図　その一

それはとにかく、このように、闇のなかに仄白く浮び、電燈の光に曝しだされ、朝日に輝いた白菊は、最後に、そこに一羽のカナリヤがとまっているという光景として「私」の眼球に像を結ぶ。「用を足しながら私は、白菊の花に一羽のカナリヤがじつととまつてゐる」のをみいだすのである。前半部のクライマックスといっていい。さんさんとふりそそぐ朝の光のなかに、夥しい数の純白の菊の花が眩しく輝き、そのなかに一羽のカナリヤが「じつととまつてゐる」という構図において菊の変幻は静止するのだが、――それがクライマックスであり、快いカタルシスを伴っていることは、「私」が「用を足しながら」カナリヤを凝視したというところにも暗示されていよう。「用を足しながら」というのは、いうまでもなく「私」の精神的なカタルシスのメタファーでもある――、同時に、この構図は、尾形光琳などのいわゆる琳派をはじめ、連綿と図柄にされてきた、伝統的な花鳥画を想起させるように思われる。川端は、この作品に、いわばみずからの《花鳥之図》をデザインしようとしたのではないか。そして、このように《花鳥之図》という光をあててみるとき、彼の作品の、今までみえなかった部分が、いくらかでもあきらかにされてくるのではないだろうか。

対比の構図

しかし、そのことについてはあとでもう一度ふれるとして、作品を読み進めていきたい。前半で、厠の窓からみえる白菊の花の美しさを様々の角度から捉えた「私」は、次に、これなぞはまあ美しいとも言へやうが、しかしまた私は、それらの葬ひの花々が腐つてゆく日々も、厠の窓から見なければならない。ちやうどこの文章を書いてゐる三月初めは、一つの花環に咲いた紅薔薇と桔梗とが、萎れるにつれてどんな風に色変わりしてゆくかを、五六日の間つぶさに見たのであつた。

という風に、眼を「三月初め」の紅薔薇と桔梗――桔梗は、ほんとうは秋の花だが――に転じる。「私」は、一つの花環に咲いた真紅の薔薇と桔梗が萎れ、無惨に変色していく様相を、数日間にわたってつぶさにみつめるのである。美しいものをみることは、それが腐敗し、滅んでいく過程、すなわち死をみつめていくことにほかならないというのは、この作品発表の翌年に書いた「禽獣」をはじめ、その後もひきつづいて、たぶん川端が生涯にわたって拘泥していく思想だが、それはここにはっきりと看取することができよう。

さて、この、醜く萎れ、腐臭を放ってゆく紅薔薇は、いうまでもなく白菊と照応している。すなわち、「九月の半ば」という、静寂と滅亡の気配のそこはかとなく漂う季節には「三月初め」という湧きたつような生の息吹きの感じられるそれを、菊の純白には薔薇の真紅をむきあわせることによって、鮮烈な相互対比の図を作図していくのである。さらにそこには、白菊の東洋的――もしくは《日本》的――な高貴、かつ崇高なイメージと、紅薔薇の豪奢で華麗な西欧風のイメージの対立の与える効果も計量されていたにちがいなく、そういう対比の構造――それは、斎場の厠の傍の芥捨場という汚穢に充ちた場所と、純潔な白菊という対照のなかにもつらぬかれているわけだが――も、この作品から受けとめておくべきことであろう。そしてこうした対比のうちに、白菊の白――この色も、変幻する光と闇の交錯のなかで複雑な表情を示すのはみてきたところだが――、薔薇の紅、銀紙の銀色、桔梗の淡い紫、あるいは血の唇を思わせる口紅《ルージュ》、さらにはカナリヤの黄――もしくは金色かオレンジ色――や、菊の葉の緑色などの様々の色彩が黒い枠組のなかで乱反射し、交響する世界――それは、数多くの原色がいりみだれ、氾濫しながら全体を構成する抽象画を想起させよう――、そのような世界を現前化させていこうとするところにも、この作品の志向するものがあったことも見落してはなるまい。

≪花≫という≪人間≫、≪人間≫という≪花≫

しかし、対比はたんにそれだけにとどまるわけではない。花はまた後半における人間と対比されるのである。前半において白菊や紅薔薇をみつめてきた「私」の目は、ここまできてようやく人間を視線のなかに捕捉するのである。「それも植物の花ならばいい。斎場の厠の窓に、私はまた人間もみなければならないのである」という風に≪人間≫が登場するのだ。しかし、前半で、菊や薔薇の花などが、人間の女性達のようになまなましく、嫣然たる表情をもって息づいているのに対し、ここでは人間――女達は、かえって花々のように、あるいは「濃い口紅を引くところを見たりすると、屍を舐める血の脣を見たやうに、私はぎよつと身を縮める」という一節も語る通り、屍肉を啄み、血を啜る《禽獣》ででもあるかのように描きだされているのである。

いうまでもなく、《花》を《人間》の女のように、一種の性的な欲望の対象としてみつめる――視姦する――まなざしと、ここで女達を眺める視線は別のものではない。「私」はここでは、女達をまるで植物の花々を観賞するように、あるいは禽獣の生態を観察するように凝視するのだ。そしてこのように、対象を鋭く突き刺す眼の刃を研ぎ澄ましていこうとするところにこの時期の川端自身の課題もあった筈で、そのことは、「かうして私が街頭や客間の女達の化粧からも、葬式場の厠のなかの女を思ひ浮べるやうになれば、それは確かなしあはせにちがひない」という言葉も証すところであろう。「末期の眼」（一九三三）――死者のまなざし――の透徹にむかう、このような眼を研ぎ澄ましていくところに成立したのが「禽獣」であったことも、いうまでもないだろう。

《化粧》という行為

《人間》と同様、標題にされてもいる《化粧》という言葉も、後半になってようやく登場する。川端が、その作品のなかで《化粧》という語をどのように使っているかについては、すでに言及があり[1]、たとえば平山三男は、「川端の化粧には粧いのつつましさがない。禍々しい華やかさと隠蔽がある」とし、「化粧」結末の、十七、八の少女が厠でひとしきり泣いたあとで、「小さい鏡」に向って「にいつと一つ笑ふとひらりと厠を出て行つてしまつた」という場面について、それが「精神的化粧」であり、それこそが「化粧の本質である事」を「私」の凝視はみぬいている、と述べている。たしかに、「彼女だけは隠れて化粧に来たのではあるまい。隠れて泣きに来たのにちがひない」と「私」に確信させた、口紅も白粉もほどこさない少女が鏡に映るみずからの顔とかわした笑いは、「隠蔽、自己陶酔、虚飾」(平山)というような言葉でいいあらわされる、≪化粧≫という行為の本質を一瞬のうちに剥きだしにしてみせる、もう一つの≪化粧≫であったとはいえよう。

少女の運命

しかし、「化粧」という作品は、みてきたように、前半で花の美しさについて、またそれが醜く変形していく過程を語り、後半ではじめて化粧について言及していくわけであり、この作品を読むことが、そのような全体を読むことでなければならないのはいうまでもあるまい。そのようにみるとき、菊や薔薇などの花々を対象とした前半部は、それじたい、後半で展開される主題の暗喩であるとみることができるのではないか。高貴で清純な白菊の花にも、やがては紅い薔薇の花が辿るのと同様の未来が待ちかまえているという前半の主題は、そのまま後半の主題にほかならないのである。白菊の花のむごたらしい運命は、厠のなかで泣きくずれる十七、八の少女のゆくすえを暗示しているわけで、紅薔薇がそうであるように、白菊の花もまもなく萎れ、腐敗して饐えた匂いを放散していくことになるとすれば、そのように、純潔な少女もまた、斎場の厠の鏡に向って化粧する女、「屍を舐める血の脣」を連想させる、「濃い口紅」をひく女にと変貌していく物語を生きることになる筈なのだ。「小さい鏡を持ち出し、鏡ににいつと一つ笑ふ」というもう一つの《化粧》は、そのような、少女の頽落の運命を予兆させるものであり、「ひらりと厠を出て行つてしまつた」あとには、脂粉の残り香のような余韻が漂いはじめていたにちがいない。であればこそ「私」は、「水を浴びたやうに」驚くのである。

ともあれ、このようにみると、前半は後半の主題を暗示する序奏——というより、後半において前半の主題が変奏されるといったほうがいいかもしれないが——であることは明白であり、前半と後半は、このような緊密な連関性のうちに作品全体を構成しているとみることができるのである。

花鳥之図　その二

右のような全体の構図を踏まえたうえで、再び、さきに指摘したこの作品における花鳥図について検討してみよう。

さきにもみたように、前半で「私」は、斎場の厠の傍の芥捨場に捨てられた夥しい数の白菊の花を、闇のなか、電燈の光というように様々の光のもとに照らしだし、その変転する姿態を眺めたあとで、最後に、さんさんとふりそそぐ朝の陽光（自然の光）を浴びて眩しく燦く白菊の、その純白の真只中に一羽のカナリヤが「じつととまつてゐる」という光景を網膜に灼きつけていた。それが、伝統的な花鳥図のデザイン作法を忠実に踏襲していたことも、みてきたところである。

しかし実は、この白菊は葬儀場の厠の傍の芥捨場という、不浄と汚穢に満ちた場所に遺棄された白菊なのでもあった。しかも、「今日の葬式の名残」の白菊、つまり、ひととき葬送の儀式をいろどり、今は無用になって無惨にも捨てられてしまった花であるからには、とうぜん切花――生命の根源から断ち切られ、あとわずかの時間で醜く萎れてしまうことになる花でもあった。そのようにみると、電燈のもとに曝しだされた銀紙――「花環に巻いた銀紙がさんらんと照らし出された」というその銀紙も、清らかな少女の、ちょうど切断された両足に巻かれた純白の包帯でもあるかのように、痛々しく輝いていたかと思われる。

ともあれ、この白菊は、斎場の厠の側の芥捨場というおぞましく不浄に満ちた負の聖域《サンクチユアリ》においてこその高貴さを際だたせるのである。汚穢と不浄の闇に隈どられることによって、いわば蹂躙され、凌辱され、冒瀆されることによってこそ、その聖性――高貴と純潔は輝くのだ。

さらにまた、白菊が「今日の葬式の名残」であるとすれば、そのなかにとまっているカナリヤが「疲れて鳥屋への帰りを忘れた」「昨日の放鳥」であることも見落してはならない。放鳥のために使われる鳥には、文字どおり空に飛ばしてしまうもののほかに、遠くまで飛んでいってしまうことのないように、翔《と》ぶための羽——風切羽——を切断したものがあるといわれる。(2) このカナリヤは、放鳥という、鎮魂の儀式のために使われ、ふだんは小鳥屋に飼われている鳥であるからには、あるいは風切羽を切られた、歌を忘れたカナリヤならぬ飛べないカナリヤ、すなわち人工の手を加えられた奇型のカナリヤであったのかもしれない。あるいは、翼の一部が切ってあるとはいえないまでも、群から離れた飼鳥であることはまちがいないだろう。

ところで、カナリヤといえば、川端には『感情装飾』(一九二六)に収められた「金糸雀」(一九二四・一二「文藝時代」)という、やはり掌篇小説がある。妻に死なれた貧しい画家が、不倫の相手だった人妻に宛てた手紙という体裁をとった書簡体の小説である。「私」、すなわち画家は別れの記念に相手の女性からつがいの金糸雀を貰い、それを妻が大切に育てていたのだが、妻が死ぬとともにカナリヤも急に翼が弱ってしまった。空に放してやろうと思うが、この鳥は大空を翔ける自由を知らず、また、どこかの小鳥屋が一羽の雄と雌を勝手に捕えてきて一つの籠に入れたものなので、放してしまえば一羽ずつで死ぬだけだろう、そういうことになるのなら、いっそこのカナリヤを妻に殉死させたいが、それでいいかという、相手の人妻への赦しを求める手紙がその内容である。

むろん「化粧」のカナリヤがこの金糸雀と関係がある筈はないが、しかし、もともとカナリヤがつがいで飼われ、友鳥と群れるべき鳥であるとすれば、「化粧」の一羽のカナリヤも、「金糸雀」のそれと同様、早晩衰弱して死んでしまうべき運命にあるといえよう。

いずれにせよ、このカナリヤは風切羽を切られた、それゆえ天空を自在に羽ばたくことのできない奇型のカナリヤか、でなくともはぐれ鳥となってしまった、したがってまもなく死ぬべく運命づけられた、自然と隔絶したカナリヤなのだ。

というようにみてくると、早朝の日の光を浴びた夥しい数の白菊と、そこに「じつととまつてゐる」カナリヤから構成されるこの《花鳥之図》は、華麗で豪宕な表面の構図を裏切るような、異様な趣きを呈してくるのではないだろうか。その明るく、華やかでのびやかな図柄とはうらはらに、実はその花は、生命の根元から断ち切られ、斎場の厠の片隅の芥捨場に捨てられてしまった《花》であり、その《鳥》は、群から孤立し、羽を毟られてしまったカナリヤなのである。ここにデザインされているのは、生命の根元から無惨に断ち切られ、捨てられた花と、羽を毟られ、死を待つしかない奇型《フリーク》の鳥からなる《花鳥之図》なのだ。だが、このような図柄によってこそ、白菊の花の高貴と純潔は哀切な輝きを倍加してくるのであり、また、このような、死を内部に孕んだ、倒錯的といってもいいような瞬間の美しさの定着が、後半において展開される主題を暗示していることは、さきにもみたところである。

花鳥之図の異化

つまり、ここで川端が試みているのは、花鳥図の現代風な解釈の試みであるのだが、このような試みは、この作品にのみみられるというわけではない。たとえば、「化粧」と一緒に発表した「妹の着物」――「化粧」は、「顔」、「妹の着物」とともに、「短篇集」という総題のもとに、一九三二（昭和七）年四月号の「文藝春秋」に発表されている――などは、この時期の川端が花鳥図の現代的解釈を意識していたことを証す一篇といえよう。そこには、脊髄病のために死を待っているレヴューの踊り子の妹の、庭に捨てられたコルセットについて、「その胸をくり抜いた二つの窓、そこから妹の乳房が覗いてゐた円い小窓に雀がとまつて、雪の朝らしく首を振つてゐた」とか、「病み衰へてゆく妹はもう人間であるよりも、あの雪のコルセットか、植物の萎れた花であつた」というような描写がなされているのをみることができるのである。

妹は撃剣の胴のやうな、腰から胸まで支える、そして乳房のところには円くくり抜いた、コルセットを着物の下につけて、妊娠した女のやうに見えた。秋の深さにつれて、手が冷たくなつた。衰へのために反つて頬が紅く、眼が大きく濡れ、姉よりも厚化粧をすると、なんだか美しいきたならしさであつた。

やがてコルセットを日向の縁に干して、妹の寝てゐる時があるやうになり、またやがてコルセットはもう庭の片隅に捨てられて、妹は起き上れなくなつた。雪が降ると、庭のコルセットも白くなつた。その胸をくり抜いた二つの窓、そこから妹の乳房が覗いてゐた円い小窓に雀がとまつて、雪の朝らしく首を振つてゐた。それは痛ましいおとぎばなしのやうであつた。

妹の胸を守っていた、しかし今は捨てられてしまったコルセットは、「植物の萎れた花」というように形容される、「病み衰へてゆく妹」の痛ましい運命を暗喩するオブジェでもあるが、そういう、「病み衰へてゆく妹」すなわち「植物の萎れた花」（《花》）でもある妹のコルセットの、その「円い小窓」に、寒雀（《鳥》）がとまっているという、佗びしく寒々とした《花鳥之図》がここからは浮上してこよう。ここにみられるのも花鳥図への執着であり、その新鮮な解釈の企てなのである。というより、この伝統的な図柄を蹂躙し、そうすることによって現代にあらたに存在し直させようという、花鳥図の《異化《オストラネーニエ》》（シクロフスキー）がここでは試みられているといったほうがいい。「化粧」や「妹の着物」のなかで川端は、あきらかに花鳥図を意識し、現代に生き延びる花鳥図の運命に思いを馳せながら、その《異化》を意企したとみることができる。花鳥図の伝統を踏まえながら、その伝統的図柄を大胆に逸脱し、脱色することを通して、伝統を現代に甦らせようとしたのだ。そこに、「新感覚」の作家としての面目を賭けた、といってもいい。

「禽獣」について

「化粧」や「妹の着物」などから透かしてみることができるのは、花鳥図という伝統的なデザインに対する川端の関心であり、また《異化》されることによってしか現代（昭和初年代）に蘇生することのできないその運命であるが、それではこのような関心をどのように彼が持続させ、その後の作家としての営みのなかで展開していったのかということについて、その全貌を鳥瞰することは、今のところ私の手には余る仕事である。とはいえ、この視座から光をあててみれば、彼の作品世界は、従来みられていたのとは別種の模様をあらわにしてくるように思われる。たとえば、「化粧」や「妹の着物」にひき続いて、これらの発表の翌年に書かれた「禽獣」などもこの観点から読み返してみると、また異った表情をみせてくるのではないか。

「小鳥の鳴き声に彼の白日夢は破られた」という冒頭の一行から始まり、重罪人を運ぶ唐丸籠の二、三倍もあるようにみえる鳥籠のなかの放鳥、菊戴、雲雀、木菟、黄鶺鴒と、「禽獣」というタイトルにふさわしく様々の小鳥達の姿態が映し出されるにもかかわらず、この作品の風景のひろりのなかで、植物はそう沢山は視界をいろどることはない。花籠の薔薇や、六月の木の花――匂いの強い花であるところからすると山梔子《くちなし》かもしれない、あるいは朴の木かなにかかもしれない――、橘の花などのほかに、これといって花の香りが薫ってくることもなく――禽獣達の屍臭は強烈だが――、一見して花鳥図を意識していたとみることのできる場面としては、わずかに次のような点景があげられるだけである。

　密猟の百舌の子供を手に入れたのを手がけとして、山から来るいろんな雛鳥の差し餌のために、彼は外出も出来なくなる季節が近づいた。洗濯盥を縁側に出して小鳥に水浴をさせると、そのなかに藤の花が散つて来た。


盥のなかで水浴する百舌に藤の花びらがみだれ散っているという端正な伝統的な構図だが、とはいえこののどかな春の日の光景も、「禽獣」という、芬々たる屍臭に包まれた作品世界という地のなかにおかれてみると、全体の均衡を破るような図として浮上し、独特の効果を発散しているといっていいかもしれない。

　この場面は、あきらかに花鳥画の伝統を忠実に踏まえているとみることができるが、これを除いては花鳥をあしらった場面はなく、作中に植物の影は薄い。長谷川泉は、この作品における、「人間」、「禽」、「獣」、「魚」というような「生き物」達の意味を追尋しながら作品のモチーフを探った「『禽獣』のモチーフ」（『非情の交感』一九七八・八　教育出版センター所収）のなかで、この作品における「植物」は他の生物と比較しての意味は「ほとんど附与されていない」と断じているが、たしかにそのようにもみえる。

　長谷川はまた同じ論文のなかで、「『禽獣』は『禽』に始まって『人間』に終るのである」とも述べている。とはいえ、みてきたように、「化粧」では、「私」は白菊や薔薇を、それがあたかも人間の女ででもあるかのように凝視し、女性を、白菊や紅薔薇をみつめるような視線のもとに捉えていた。また、「妹の着物」では、「病み衰へてゆく妹」は、「植物の萎れた花」として像を結んでもいたのだった。このように、花を人間の花として、女性を花としてみるという倒錯した視線は、人間が花に転生する様相を描いたやはり掌篇の「百合」（一九三〇）や、さらには、「化粧」と同じ年に発表した「抒情歌」、「慰霊歌」などにも反復されているが、同じ視線が「禽獣」にも引き継がれているとすれば、この作品のなかでも、女性は植物の花として眺められているということができるのではないか。「化粧」において、高貴で清純な白菊が萎れて醜くなっていったように、そのように、ここでも女性が――その肉体が――時間とともに変容していく相が映しだされているといえるのではないか。とすれば、「禽獣」は《禽》に始まって、「人間」、すなわち《花》に終る物語にほかならない、ということもできる筈である。

従来、「禽獣」では、女主人公千花子は、ドオベルマン、ボストン・テリア、日本テリアというような獣（犬）の、とりわけその「雌」の部分――日本テリアの場合は雄だが――との関わりに焦点を絞って論じられてきがちであり、それはそれとしてもっともなことではあったのだが、千花子や、結末部に登場する十六才で死んでいく少女――「化粧」の少女が成熟することを拒否すれば、彼女とこの少女は等置できよう――などを《花》として固定する、そのような場所を窓枠としてこの作品に光を投射してみることも、無意味なことではないだろう。千花子は、馬場重行も指摘したように、「『禽獣』の中で唯一固有名詞を与えられている存在(3)」でもあるが、それがまさに千の花であるのは、このようにみてくると、まことに納得のいくところであろう。名詮自性の言葉のとおり、それは彼女がまさに≪花≫の化身にほかならないことを示してもいるのだ。「化粧」の「私」が萎れていく花をみつめたように、「禽獣」の「私」の眼も、千花子という花が、「萎れるにつれてどんな風に色変りしていくか」を、つぶさにみつめなければならない。やはり馬場が先の論考で述べているように、「十年という時間の隔たりをひと息に飛越えて展開される、この<現在>の楽屋の千花子の『命のない』『人形のやう』な『死顔』と、<過去>の『合掌の顔』との照応」にこそ「禽獣」という作品の灸所はあるのであり、「化粧」の語り手が、「それらの葬ひの花々が腐つてゆく日々も、厠の窓から見なければならな」かったように、純潔な「合掌の顔」をみたこの作品の「私」も、それが時間によって腐蝕され、「命のない人形」のような「死顔」にと変容していくのをみなければならなかったのだ。「禽獣」に流れる十年という時間は、千花子という≪花≫が、あるいはその「花のような肉体(4)」が崩壊し、腐臭を放っていく日々であるということがいえるのである。

そして、というようにみれば、千花子という≪花≫の、「命のない」「人形のやう」な「死顔」と照応しているのが、「合掌の顔」だけでなく、数々の≪禽≫や≪獣≫の死骸であるのも、もはやいうまでもないところであろう。「禽獣」という小説から浮上してくるのも、また伝統的な≪花鳥之図≫の図柄なのである。だがそれはまた、なんとも異様な無惨で痛ましいそれであることか。

川端文学への一視座

「化粧」から「禽獣」へと川端の営みを辿っていくとき、そこに我々は川端の《花鳥之図》への関心がひとすじつらぬかれているのをみることができた。その《異化》を試みることを通して、川端は《日本の美》の伝統と、あるいは自分の美意識のうちなる血筋と正面からむきあっていたといえるだろう。《花鳥之図》という図柄の伝統が、その後どのように彼の作品世界のなかに生き続けることになるのか——もしくは滅んでいくのか——、たとえば『雪国』(一九三五~四七)の白い冥府のなかで、あるいは『千羽鶴』(一九五二)『山の音』(一九五四)『みづうみ』(一九五四)などから始まる戦後の作品のなかでどのように生き延びていくのかということについて、具体的に追跡していく用意は、さきにも述べたように今のところ私にはない。しかし、この図柄を窓枠として彼の作品世界を見直すとき、そこに新しい視界がひらけてくるだろうことはいうまでもあるまい。それをみていくことが、《花鳥之図》の現代における運命を見定めていくことであるのも、またいうまでもないところであろう。川端は、とりわけ戦後の川端こそは、《花鳥》的なるものの運命に、飽くことなく眼をそそぎつづけてきた人にほかならなかった筈だからである。

〈注〉

(1) 平山三男「化粧——化粧の禍々しさと女の生命(語例分析から)——」(〈川端康成研究叢書〉二『詩

魂の源流　掌の小説』一九七七・三　教育出版センター）
（2）この風習は古代から行われており、「万葉集」（巻二）にも
島の宮上の池なる放鳥荒びな行きそ君いまさずとも
島の宮まがりの池の放ち鳥人目に恋ひて池に潜かず
というような歌をみることができる。
（3）馬場重行「川端康成『禽獣』試論――＜夢＞の破れ――」（一九八九・一二「文学」）
（4）三好行雄「虚無の美学『禽獣』」（一九六七・六、至文堂刊『作品論の試み』所収）

川端康成「死者の書」論
――一九三〇年代の文学にみる死の意識をめぐって――

一

川端康成の「死者の書」は、一九二八年五月号の「文藝春秋」に発表された短編小説である。一九三〇年、単行本『花ある寫眞』（十月、新潮社刊）に収録するにあたって大幅に改稿された。その後、『二十歳』（一九四八・一一、文藝春秋新社刊）に収められたが、新潮社版十九巻全集、現行の定本全集ではいずれも『花ある寫眞』所収のものを底本としている。

初出と、改稿されたもの（全集所収のもの。以下、現「死者の書」と称する）との大きな違いは、全六章から成る初出のうち第一章と第二章を圧縮して一章にし、全集版では全五章にしているところにある。

初出、現行版ともに「死者の書」には、伊豆と思われる海辺の地方の温泉町の別荘に滞在している若い夫婦の日常生活の一齣がとりあげられている。

蠶豆の花の咲く頃別荘にやってきた夫婦は、二人とも退屈しきっていて、夫は毎日、エジプトの

『死者の書』（『死者之書』。以下『死者之書』と表記する）を読み耽っている。夫に対抗するように『生まれ月の神秘』なる本を読んで星占いに凝っている妻は子供が欲しいらしく、子供をつくることを夫にそれとなく提案するが、夫はとりあわない（第一章）。

ささやかな諍いのあげく夫は家を飛び出し、追いかけてきた妻と行き当たりばったりに温泉街のカフェに入る。店には朝鮮人の少女が三人いる。彼女達は寄せ鍋（チゲ鍋）を囲んだ二人に身の上話をし、朝鮮の民謡に合わせて踊ってみせ、今晩自分達を買ってくれとねだる。朝鮮料理というペンキ塗の看板は掲げているものの、実は女達が客相手に体も販るいかがわしい店なのである。十九歳の菊子と十六歳の千代子が酌をするが、若い千代子は酔っ払って妻に接吻し、妻の肩に凭れかかって寝てしまう——。カフェを出た二人が防波堤にさしかかると、おりしも宿屋から出てきた芸者の一群が通りかかる。先頭に立った男は盲人のふりをして女に手を引かせている。その男を戯れに真似て目を閉じた夫は、妻に手を引かせながら、『死者之書』の一節を暗誦する。

汝は自ら純潔の上衣もて己れの身を纏ふ。而して視よ、汝は己れの身を寝台に伸ばさんとて行進する時、ウメト上衣をその身より脱す。腰の肉は汝の力のために剖《さ》かる。……汝は名工セケルの神の作れる銀の水盤に汝の足を洗ふ。而して視よ、汝は祭壇の上に現れて、且つ二人の聖なる父の潔めたる菓子を食ふ。汝は花を嗅ぐ。

ほがらかにここまで朗唱したとき、妻の掌の力がぐっと加わり、夫の眼の前に、彼が落ちていくべき暗い海が拡がっていた――（第二〜第五章）。

以上がこの小説（現「死者の書」）のおおまかなストーリーだが、大きく改変を施されているのは第一章である。初出ではこの日、停車場に送った帰りに妻は蠶豆の花を持って帰ったのだが、諍いは夫がそれを捨ててしまえといったことが発端だった。夫は蠶豆が嫌いなわけではない。蠶豆の葉や花は古里で過ごした彼の少年時代の記憶と結びついていて、むしろ蠶豆の花が好きな妻の様子をみて喜んでさえいる。にもかかわらず彼が妻に捨てさせたのは、それが妻が他人の畠から摘んできた花だったからである。もっとも、妻に花を盗もうという意識があったわけではない。別荘付近一帯の広大な土地は父から受け継いだ夫の所有地で、だから当然妻は蠶豆の畠も夫のものだと思っていたのだ。しかし、蠶豆の畠だけは彼の土地ではなかった。彼の父は二十年前に温泉地付近の海岸の雑木林や石原や草地を買い集めて別荘地帯を開発したのだが、一人の農民だけが三十坪ばかりの土地の買収に応じなかったのだ。その後、土地は三十倍近くも値上がりし、夫は土地から得られる不労所得によって『死者之書』を読みながら遊んで暮らすことも出来る身になったのだが、蠶豆の花の咲く畠だけは彼のものでなく、だから蠶豆の花を摘むことは他人のものを盗むことになるのだ。

単行本収録に際して削られたのはこの部分である。それゆえ、現「死者の書」では、夫がどうして蠶豆の花をめぐって妻と口論したのか、また、夫の境遇がどのようなものであるかということの説明は一切省かれることになった。

二

「死者の書」の主人公が読んでいるエジプトの『死者之書』は、一九二〇年に「世界聖典全集」のなかの一巻として刊行された田中達訳『死者之書』[1]（一九二〇・二、上巻、七、下巻）である。

現「死者の書」では、引用されているのは次の二つの文である。

（A）我は形なき物体より存在するに至れり。我はケペラの神の如く存在するに至れり。我は発芽する者（即ち植物）の如く発芽せん。而して我は自ら亀の如く己を装へり。我は凡ての神の胚種より成る。我は〔世界の〕四〔地方〕と、アメテトにて存在するに至れる七の蛇形冠章との昨日なり。換言すれば、〔其聖なる身體より光りを発するホオラスなり。彼は〕スチに対して戦ふ〔所の〕神なり。されどトトの神はセケムに住する者とアンヌに住する者との審判によりて彼等の間に来る。而して彼等の間には流水あり。我は日中に来る。而して我は神々の足跡に昇れり。我はケンスの神にて、彼に反対する凡ての者を逐斥す。（上、二五五－六頁）

（B）汝は自ら純潔の上衣もて己れの身を纏う。而して視よ、汝は己れの身を寝台に伸ばさんとて行進する時、ウメト上衣をその身より脱す。腰肉は汝の力のために剖かる。……汝は名工セケルの神の作れる銀の水盤に汝の足を洗ふ。而して視よ、汝は祭壇の上に現れて、且つ二人の聖なる父の潔めたる菓子を食ふ。汝は花を嗅ぐ。（下、一七六頁）

（A）は現「死者の書」第一章、『死者之書』を読む夫に対抗するように『生れ月の神秘』という本を読んで誕生日占いに熱中している妻が、子供をつくりたいという言葉を打ち消すように、彼が開いたままになっている『死者之書』の一節に目を落とす場面である。彼が読んだのは「ヌウのパピラス文書より」という副題の付けられた田中訳『死者之書』上巻第八十三章、「ベンヌ鳥に変化を作すの章」の「印璽監督院の監督にして勝利を得たる」ヌウの語る言葉の全文である。

古代エジプト人は死後の世界を信じた。紀元前四千年頃から、はじめは墓地の四壁や棺に、のちにはパピリュスに象形文字で書かれた『死者之書』は、オシリス（冥界の王）の審判を経て冥界に入った死者達が、彼地においても幸福であることを願った人々の、死者のために綴った祈禱や呪文の総称である。

引用されている第八十三章は「印璽監督院の監督マメン＝ヘテブと、同院の貴女センセネブ」の子であるヌウのためにパピリュスに書かれた文書の中の一書で、パピリュス紙として残されているもののなかでは最も古いものの一つとされる。

ベンヌ鳥（鳳凰）をかたどったと思われる頭画の添えられたこの章には、死者がベンヌに変身することへの希求がこめられている。死者が発芽してベンヌ鳥に変身して大空を翔けていくというストーリーから夫がなにを読み取ったかは俄かに断定できないが、すくなくともそれが発芽＝生殖のイメージと結びついたものであったことはまちがいないところだろう。

（B）は下巻第百七十二章、「ネブセニのパピラス文書」と題された一連の文書のなかの一つ「下界に於て実行せらるべき諸設備（或は諸讃美）の諸章の初め」というタイトルの付けられた文の第六節の一部。「金の家の意匠者」たるテナを父とし、ムトーレスタの家の貴女を母とするネプセニが語る言葉で、その主意は、死者をして「其の自ら欲する凡ての形にして日中出現する」ようにし、また、極楽の住居に入り、大麦や小麦を得ることができるようになることを念ずるところにあるとされる（田中達「『死者之書』解題」）。

「萬歳　誠に汝は祈念せらる」という言葉が繰り返されるところが示すように、この章には、純潔で強く、豊かで美しい勝者であるネブセニへの賛美と称揚の言葉が溢れている。豊かで美しい生への讃歌といっていい。第六節を貫いているのもまた、豊かで生命力に満ちた現世の幸福への賛美のトーンなのである。

先にもみた通り、川端は、現「死者の書」の末尾、盲人を真似て妻に手を引かれた夫が海に転落する直前に脳裏に浮かべた『死者之書』の一節としてこの部分を引用した。その意図もまた俄かに断定すべきではあるまい。ただ、この部分が、夫婦が直前にみてきた淫売宿の、地獄図を彷彿させる陰惨な光景に比べると、あまりに対照的に、明るく、幸福な現世賛美の色調に彩られていることは見落とすべきではないだろう。また、ここに引用されている『死者之書』の一節が、実は更に部分的に省略されていることにも注意を払っておかなければならない。引用中の「腰の肉は汝の力のために剖かる」に続く点線部から、「汝は名工セケルの神の作れる銀の水盤に汝の足を洗ふ」までの間には、田中訳『死者之書』には次のような文章が入っているのである。

噫書記生ネブセニよ、而して動物の胸（即ち心臓）は汝のサアフに獻げらる。汝は最も美なる麻衣の上衣をラアの聖職者（？）の手より受く。汝は女神タイトの自ら整へたる布片の上の菓子を食ふ。汝は動物の腰肉を食ふ、汝はラアが已れの聖処に於て力を付与したる大肉片を勇しく摂取す。（『死者之書』下、一七六頁）

また、「汝は祭壇の上に……父の潔めたる菓子を食ふ」と「汝は花を嗅ぐ」は、引用の文ではあたかも連続した文章であるかのような印象を与えるが、ここでも、次の一文が省略されている。

《汝は倉庫内にある焼きたるパンと熱き肉とを食ふ》

これらの省略は、いうまでもなく原文を全文引用することの煩雑さを避けるためのものであろうが、同時に、省略によって、性的な快楽を肯定的に表現した側面が強調されているという点も見落とすべきではあるまい。安易な推定は控えるべきだろうが、（A）と同様に、より性的な側面＝生命力に光をあてようとする意図をそこからみることはできないだろうか。

更に、「死者の書」の引用文中「腰の肉は汝の力のために剖かる」とあるのは、川端の拠った日本語訳では「汝のカのために剖かる」であることも言い添えておきたい。カ＝ka（象形文字では𓂓―）は、一般的には「精霊」と訳される語で、ギリシャ語の*εἴδωλον*の意義に翻訳しても間違いではないと『死者之書』の訳者は「解題」で述べている。カ＝kaはそれじたい抽象的な個人・人格を指す概念であり、肉体と共に存在して単独に行動し、飲み食いもするため、もし必要なものを得ることが出来ない場合は食物や水を求めて彷徨することもあるとされる。カ＝kaの力への改変が単なる誤植であるか意図的なものであるかについては、――初出から現行の全集収録のもの（現「死者の書」）に至るまで一貫して力と表記されているところからみて、意図的なものという疑いは強いものの――、これもまた安易な断定は避けるべきだろう。ただ力とした場合、男女の性の営みが一層なまなましさを呈してくる趣があるのは否むことができないだろう。

三

現「死者の書」に引用されているエジプトの『死者之書』は以上の二箇所だが、初出「死者の書」には実は更に次の四箇所が引用されていた。

（C）——汝の首はアジヤの女の頭髪の如き小波打てる頭髪を有する旗なり。汝の首は月の神の家よりも尚ほ明らかに照り輝く。汝の首の上部は空色なり。汝の頭髪は下界の門戸よりも尚ほ黒し。汝の毛髪は夜の如く、漆黒なり。汝の顔色は碧空の色もて飾らる。ラアの光は汝の面上にあり。汝の上衣はホオラスが巧みに碧空の色もて飾れる金にて成る。汝の両眉はホオラスによりて巧みに碧空の色もて飾られし姉妹なる女神の相和げる者の如し。……これ等の睫毛の付着せる上瞼は真実の瑠璃にて成る。汝の両眼の瞳は平和の供物の如し。而してその下瞼はメスチエムの眼絵具に満つ。汝の両唇は汝に法律を与へ、ラアの法律を汝に繰り返さしめ、而して神の心を相和がしむ。汝の歯はホオラスの神々と相戯るる蛇女神メヘンの両頭なり。汝の言葉は野の鳥チエルのそれよりもその調一層鋭し。汝の顎骨は星の如くに輝く燈火なり……。

（D）——我は甦れり。我は強き黄金の鷹がその卵より出現する如く甦れり。我は飛ぶ。而して我はその背の幅四キユビトにして、その翼南の青石英に似し鷹の如くに天降る——。

（E）汝の二つの手は洪水氾濫の季節に於ける水の池なり。水の神の聖なる供物もて縁取られたる水の池なり。汝の股は金にて取り捲かる。汝の膝は鳥の巣たる水の植物なり……

（F）萬歳　汝屠殺者の家より出で来るウアメンチ蛇よ、我は人の妻を汚せしことあらざりき。

（C）は初出第一章冒頭、妻の泣き伏した机の上に置かれている『死者之書』の、ちょうど開いたままになっていた頁に書き付けられていた言葉。田中訳『死者之書』では百七十二章の第二節にあたるが、引用文では、点線で示されているように、原文の「相和げる者の如し」と「これ等の睫毛の」の間にある「汝の鼻は吸入し、汝の鼻孔は恰も天来の風の如くに発出す。汝の両眼は旭日のバカウの山を望み、汝の睫毛は日々に定まる」という二文が省略され、また、点線で示されてはいないが、原文では「両頭なり」と「汝の言葉は野の鳥チエルの」の間にある「汝の舌は巧みにせられたり」という語句も省略されている。先にも触れたように『死者之書』百七十二章は、全体がネブセニを頌め称える言葉に貫かれているが、とくにこの第二節では彼の美しさと享楽的な生活が賛美されている。この部分を引用した意図は定かではないが、引用の後には次のような会話が繰り展げられることになる。


「あなたの生活そつくりだわ」

「古代エヂプトの形容詞がね?」

「さうよ。あなたは一個の形容詞だわ。」

「何の?」

「無意味のよ。――それからすこしばかり死をおそれる。」

妻にとって『死者之書』は無意味な形容詞の羅列でしかないが、それは同時に夫への痛烈な批評でもある。彼の生活は、「無意味な形容詞の羅列」の如きものでしかないのだ。だが夫の方も、『死者之書』からなにがしかでも自分の生を活性化すべき刺戟を受けているわけではないようである。

(D)は(C)に繰り広げられるような諍いに続いて、「古代エヂプト人は死を恐れてやしないよ。生き返ることを信じたから木乃伊を作つたんだ。」と応答した夫が会話のなかに引用した『死者之書』の一節。田中訳では第七七章「黄金の鷹に変形を作すの章」の一節にあたる。現「死者の書」に引用されている(A)ではヌウのベンヌ鳥への変身が祈念されたが、ここでは黄金の鷹のように天空を翔けることが念じられている。しかし、黄金の鷹への変身を削除してベンヌ鳥への変身にと改変した理由は定かではない。

(E)は、妻のおしゃべりを無視するように沈黙した夫が目を落とす『死者之書』の一節で、現「死者の書」でいえば(A)が挿入されている部分。(B)(C)と同じく、やはり第百七十二章から取られ、その第五節の一部である。大地の豊饒を賛美した一節だが、これを削除して(A)を入れた理由は定かではない。

(F)は『死者之書』を読み耽って自分に取り合わない夫を挑発するように、彼の目の前に「鰤のような裸体」を曝す妻から目を背けた夫が読んだ一節で、第百二十五章の呪文の一つである。「『死者之書』中にありても、確かに最も大切に、又最も面白き一章」と訳者が「解題」で語っているところからも窺えるように、第百二十五章は、全百九十章、「序歌」や「呼吸之書」等を入れれば二百章を超える『死者之書』のなかでも最も興味深い一章とされる。というのも、ここでは、冥界を司るオシリスとイシスの住まう広間で行われる審問の光景が幾つかの題画を伴って詳しく説かれているからであり、また審判を通して「古代諸国民間に存在せりと称せらるる諸法典中、最も偉大のもの、又最も包括的のもの」とされる古代エジプト人を律した道徳規範が明らかにされているから（「解題」）でもある。全章は、広間の入り口で死者の唱える「緒言」、広間で審判される時に四十二の神々の間で読誦される「否定告白」、審判を経た死者が下界で読誦する「結文」の三部から成るが、引用の部分は「否定告白」の一節である。死者はここで、殺人、暴行、窃盗、讒言などの罪を犯さなかったことを誓うのだが、むろん姦淫もその中に含まれる。

安易な判断は控えなければならないが、現「死者の書」でも初出「死者の書」でも『死者之書』からの引用がいずれも、なにほどか性的な快楽と関わる部分であることは否定できないだろう。それが、これら二つのテクストがめざした主題と関わっていた筈であることは、改めていうまでもない。

四

「死者の書」を書いた頃、川端が心霊学 spiritualism に関心を抱いていたことは、羽鳥徹哉などによってすでに屢々指摘されてきたところである。もともと死の概念を、というより、感覚的に死の匂いを濃密に漂わせた一連の作品をひっさげて川端康成が文壇に登場した一九二〇年代後半はまた、この時期に成熟の様相を呈しつつあった大衆社会が、社会的な規模で「死の欲動」に駆られはじめていた時期でもあった。後には「ジャズ・エイジ」とか「ワイマール文化」あるいは「大正ロマン」などというような言葉と共に懐かしく回想される一九二〇年代だが、実は陽気な狂躁という表側の顔の裏にひそかに死と破滅の予感を増殖させつつあった時期でもあったのであって、一瞬にして首都に瓦礫の光景を出現させた関東大震災や、それをはさむ有島武郎や芥川龍之介の自殺などは、人々を——おそらくは世界的な規模で——捉えつつあった死と終末の予感を改めて意識させる出来事であったといっていい。世紀転換期のヨーロッパで流行し、一九一〇年代には日露戦後の日本の社会にも上陸した心霊学がこの時期一つのブームになったのも、そうした社会的な無意識の在り方とたぶんに関わっていた。このような時代の雰囲気の中で心霊学に出会った川端は、フラマリオン Flamarion, Camille の『未知の世界』(Les Mondes imagionaries et les mondes reels, 1865. 邦訳十沼十太郎、一九二四・四、アルス) や『死とその神秘』(十沼十太郎訳、一九二五・六、アルス)、ロッジ Lodge, Sir Oliver Joseph の『他界にある愛児よりの消息』(*Raymond, or life and death*, 1916. 邦訳野尻抱影、一九二二・三、新光社) 等の心霊学の書物を読み耽り、「白い満月」(一九二五・一二)「抒情歌」(一九三二・二) などに引用している。「死の超越」を課題に小説を書きはじめた川端が心霊学に熱中した理由として羽鳥は、幼児期に心霊現象めいた体験をした記憶があること、育った環境風土に霊的なものの見方が生きていたこと、大本教の信者だった中学時代の友人清野（仮名）や友人今東光の父竹平など周囲に「心霊的なものに関係の深い人が比較的多くあった」こと、彼自身がしばしば心霊学の教えを裏付けるような不思議現象を体験したことがあること等をあげているが、[2]それらと共に「この目に見える現象世界、現実世界の背後に、おおくの霊魂が行き交い、作用しあうような非現実の世界をどうしても想定せずにはいられないような」彼自身の「もともとの性情」、いわば霊能＝非現実の世界への感受性とでもいうべきものを洗練し、作品として表現したいという志向があったことは確かだろう。いうまでもなく川端がめざしたのは在来の文学の革新だったが、おおかれすくなかれ、ひたすら「怪力乱神」＝怪異で非合理なものを排除し、明晰なものの認識を意図した自然主義文学のイデオロギー的磁場のなかにあった文学の在来的な在り方からの離脱にあたって、ヨーロッパモダニズムの影響と共に心霊学の方法が果たした役割には無視しえないものがある。この科学の力を借りて川端は、「怪力乱神」を見る視力を、排除するのではなく強化し、非現実の世界を感能する力を研ぎ澄まそうとしたかにみえるのである。

一九二〇年、プロテスタントの神学者田中達によって翻訳された『死者之書』を手にしたときに川端が抱いていたのもそうした志向であったかと思われる。死後の世界を信じた古代エジプト人達にとって、その死後の世界はどのようなものとして想像されたのか。また、彼らはどのようにして死者と語りあったのか――。川端を捉えたのはそのような問いだった。

だが、『死者之書』は果たしてそのような問いに応えてくれるものであっただろうか。引用した部分からみる限り、必ずしもそれは明瞭ではない。というより、「招魂祭一景」(一九二一・四)や「油」(一九二一・七)「葬式の名人」(一九二三・五)などにみられるような濃密な仏教的文化風土のなかで育った川端にとって、苛烈なナイル河沿岸の地域で成熟した死の思想は、なにほどかの違和感を与えずにはいないそれであったかと思われる。

もっとも、『死者之書』に語られる死の思想が、仏教と全く異質であるというわけではない。それどころか、死者が、閻魔大王の裁きを思わせる冥府の王オシリスの審判を受けて来世に鳥や獣として甦るという転生の観念や、その極楽が仏教の浄土と同様にナイル河の西方にあるというような空間構造等と仏教における他界観念との類似性はこれまでにもしばしば指摘されてきているところである。また、『死者之書』が折口信夫に啓示を与えて特異な近代小説としての「死者の書」(一九三九・一〜三「日本評論」)を書かせることになる理由の一つもそこに求められる(3)。しかし、仏教と古代エジプト人の信仰との決定的な違いは、現世を業苦の世界と見做す前者が、永遠の輪廻転生という宿業を断ち切って涅槃の境に至ることを希求するのに対し、後者=古代エジプト人にとって来世は現世と連続しており、したがって彼等にあっては現世の快楽が永遠に続くことが願われている点にあろう。死者はオシリスの部屋で厳格な裁きを受ける。しかし彼等は、この世=現世に鳥や獣として転生するのではない。彼等は死後の世界において鳥や獣に自由に変身するのだ。生者の快楽は来世においても持続（永続）するのであり、それどころか彼等は『死者之書』に集められているような祈禱や呪文、すなわち言葉の力によって鳥や獣に変身するなど、無制限の変身の自由さえ得ることができるのである。(4)『死者之書』とは、そうした死後の永遠の楽園に至るためのガイド・ブックにほかならない。

川端が違和感を抱いたとすれば、そこにはこのような他界観が関わっていたからではないか。無常観的伝統と風土のなかで培われた彼の感覚からすれば現世は厭わしく、宿業＝カルマ（Karman）に閉じ込められたそこでの生も忌わしい。無常観の教えるところによれば、現世とは性欲をはじめとする様々の欲望から逃れることの出来ない監獄であり、快楽とは人をその監獄に閉じ込める忌わしい力にほかならないのである。

川端の「死者の書」においてエジプトの『死者之書』のなかの言葉が、死よりもむしろ生をほめたたえるそれとして、というより、現世への執着を示す言葉として引用されているのは、このように考えるとき納得がいくように思われる。『死者之書』は生の欲望を憚りなく全的に肯定する書物であり、そこに横溢しているのはこの世の欲望を讃美する「奇怪な形容詞の羅列」なのだ。「死者の書」の主人公を捉えているのは、様々の欲望が跳梁する地獄＝「穢土」として現世を見做し、生じたいを醜悪とみるペシミズムにほかならない。そのようなペシミズムに捉えられているからこそ、現世の快楽を讃美する『死者之書』の言葉が「奇怪な形容詞の羅列」として彼の眼には映じたともいえる。彼にとって、現世は地獄であるのだが、それをもっともあからさまに示しているのは、家を飛び出した彼が目撃する、朝鮮人の少女達のいる売春宿の光景であろう。

五

妻と諍い、「死にに行く」と捨て台詞を残して家を出た夫はふと気が変って通りすがりの「朝鮮料理屋」に入るが、そこで彼の眼に映るのは奇怪なといっていいような惨めな人間達の姿である。店には三人の少女がいるが、彼女達は皆泣いている。実はここは売春宿で、それぞれ菊子・秋子・千代子と名乗ってはいるものの、いずれも朝鮮人の娼婦である彼女たちが泣いているのは、三人の中で一番若い千代子が今日はじめて客を取らされたばかりだからなのだ。「捕まつたばかりの豹の子供のやう」な彼女は十六歳だが、二つ年長の秋子は皆から「警察の奥さん」と呼ばれている。店の主人は新しく女が雇われてくるたびにその女と「無理やり寝る」のだが、彼女だけはそれを拒否し、主人を警察に訴えたためにそうよばれるようになったのである。また菊子は、三人のうちで最も年嵩とはいえまだ十九歳であるにもかかわらず、その「円めて突き出した唇は歯がないやうに見え」、「渋紙張りの妖婆の面」のような表情をしている。

店には、彼女らと強欲な主人のほかに、彼女達とあまり年の違わない主人の妾と、その妾のために妻の座を追われかけている、これもやはり同年配の「奥さん」がいる。夫と妻が目撃するのは、これらの人間達が綾なす苦界の光景である。女達は、下層の娼婦であると同時に朝鮮人であることで夫婦の属する社会の秩序からは二重に疎外された存在といっていい。

夫と妻の目の前に拡がっているのは現世という苦界である。この苦界を生きなければならないのは朝鮮人の少女達だが、とりわけ彼女達が選ばれているところには、むろんそこに、一九二〇年代後半の植民地朝鮮が置かれていた状況と、それに対する作者の意識の反映をみることができる。併合されて以後、十五年ほどの歴史を刻んできた朝鮮がどのように惨めな状態にあったかは改めていうまでもないだろう。その朝鮮人の苦しみに対して、だけでなく中国人やその他のアジア人の置かれた状況に対して、日本文学は全体に鈍感だった。中島敦の初期の小説や秋田雨雀の戯曲などをわずかな例外として[5]一九二〇年代の後半になっても彼らはほとんど、植民地宗主国の「文学」の視界に入ってくることはなかった。川端がここで朝鮮人の少女娼婦に視線を向けていることは注目しておいていいことだろう。むろん、いわば「捨姫」[6]である娼婦達に対する夫や妻の眼差しを、親の遺産によって安穏に暮している者のいい気な同情に根ざしたそれと一蹴することはできるかもしれない。また彼女達が、たとえば秋子は「水鳥のやうな」叫び声を発し、「捕まつたばかりの豹の子供」を連想させる千代子の歯は「けだもののやう」であり、菊子は「豚のやうな筋肉の鈍さだけで生きてゐる」というように、いずれも動物に比定して形容されているようなところからは、朝鮮人を動物に近い、野蛮な生き物と見做すという差別意識の残照をみてとることもできるかもしれない。しかし、アリラン節に合わせて踊る彼女達の姿態に見入る夫の姿を通して見てとることができるのは、川端の、朝鮮人という「亡国の民」と、彼らの文化への共感であろう。作中の夫はともあれ、川端自身は関東大震災に際して「私は多分に亡国の民である。震災の時の亡命行じみた罹災者の果しない行列ほど私の心をそそった人間の姿はない。」（「文学的自叙伝」、一九三四・五）と自身を「亡国の民」＝難民と同定していたのであり、彼ら朝鮮人の姿はそのまま震災の時に自覚した自身のそれでもあったからである。また、チマとチョゴリを着た女達の踊りと音楽に夫は「朝鮮」を感じるが、そこには数年後、朝鮮の前衛舞踊家崔承喜に出会って「郷土朝鮮の哀愁をひめた」（「崔承喜嬢」発表年月日未詳）その踊りに強い衝撃を受けることになる作者自身を彷彿させるものがある。一九二六年、十五歳の時に石井漠舞踊団のソウル公演を観たことを契機に来日して石井漠の門下に入った彼女が、ソウルに崔承喜舞踊研究所を設立、一九二〇年代のモダニズムの最先端をいくモダン・バレーのなかに民族の伝統的表現を生かしていく試みを実践しはじめるのはこの作品の発表された翌年（一九二九）のことだ。川端が崔承喜の舞台をはじめてまのあたりにするのは一九三四年になってからだが、一九二〇年代の後半は、柳宗悦らによる、日本の植民地支配のなかで蹂躙されつつあった朝鮮の民族文化への関心の喚起や、民族独立運動の高揚とも呼応して朝鮮人自身による自己表現の試みが胎動しはじめた時期でもあった。

更に、少女達の歌うアリラン節の歌詞は、日本語に翻訳されることなく、朝鮮語の発音のままカタカナ表記で引用されているが、そこにもまた、朝鮮文化への関心の強さを見て取ることができよう。引用されているのは

「モリ、コオケピツコ、／ピヤクピヨルガム、／ポコチユコ、ポコチユコ。」

とか

「ンゲンゲ、マクウマンゲヤ／ダンロダンロコケエネヤ（マンゲマンゲの実のやうに／娘を娘を美しう生んで）／紅白粉をつけさせて／お役人さまが着飾つたやうに／綺麗に飾つたは美しいことよ／美しい美しい娘の部屋に／月の照つたは美しいことよ」

あるいは、

「キジプチツコ　ジヤシクチツコ／マングンバラ　スルサモツコ／フンノデキ　トツコチヤコ／イガムロ　モツチヤゲタ／クツクウ　クツクウ」

というような、三つの歌の歌詞だが、(7) そのメロディーは「細々と遠い順礼歌のやうに哀れ」で、夫に「西国順礼の通る古里」のことを思い出させたりする。いうまでもなくここから窺えるのは、亡国の民衆とその文化への同情とでもいうべき感情だが、ここではカタカナで表記されている朝鮮語

の響きが独特の機能を果たしてもいた。もともと「アリラン」が内地（植民地本国）でも口遊まれるようになったのは西条八十作詞で「黄金仮面《ゴールデンマスク》」こと小林千代子歌唱になるレコードが日本ビクターから発売された一九三〇年代初頭からのことかと思われるが、(8) ここでは日本語に翻訳されることなくそのまま引用されている朝鮮語が、作品の表現世界のなかで、一種の異物として独特な緊張を創出している筈である。それは、やはり引用されているエジプトの『死者之書』の、呪文に似た「奇怪な形容詞の羅列」と共に、このメルヘン風の小説の作品を単なるメルヘンで終わらせることに抵抗しているかのようである。むろん、そこにあらわなのはモダニズムの手法の影響だが、同時に朝鮮語の語感が奏でる微妙な違和感が計量されていることは、作者が時代の言語状況に敏感に反応する言語的感受性の持ち主でもあったことを証している。一九二〇年代の日本では、カタコトの日本語や朝鮮語を話す人々がしだいに増えつつあったからである。

改めていうまでもないことかもしれないが、日本統治下の朝鮮で日本語教育が本格的に開始されるのは一九一一年のことである。以後、学校でも公用語である日本語による教育が進められた。一九〇九年から一九一二年にかけての生れである作中の少女達は日本語による学校教育を受けた世代に属する。とはいえ、彼らが家庭や地域で話すのはいうまでもなく母国語である。一九二〇年代になると、一九一〇年代後半から顕著になる日本「内地」への、台湾・朝鮮などの植民地の人々の流入は、宗主国（＝内地）のいたるところに、家庭や仲間うちでは母語（朝鮮語、台湾語＝閩南語）を、日本人に対してはカタコトの日本語を使うというふうに、二ヶ国語を使うことを強いられた人々のいる風景を生み出すことになるのだ。だが、日本の近代文学は、そのような状況に必ずしも敏感であったとはいえない。たんに「外国語」の日本語への混入ということならば、日本の近代文学がそれに対して必ずしも鈍感であったというわけではないのは、近代小説が、登場人物達の会話のなかに「英語」をふんだんに取り入れた坪内逍遙『一讀三歎當世書生氣質』（一八八五—六）をその第一作として出発したことが雄弁に語っている通りである。しかし、日本近代文学の作品のなかに、朝鮮語がそのままの形で取り入れられるというようなことは、この作品以前にあっただろうか。たとえば、平田オリザ作『ソウル市民』五部作（一九八九〜二〇一一）もひとまず完結し、岡田利規作『God Bless Baseball』（二〇一五）のような日韓合作の舞台が盛んに作られる今日でならば、映画や舞台のなかに、朝鮮（韓国）語や中国語を聞くことは珍しくはない。ただこれとても、今村昌平監督による『にあんちゃん』（一九五九）や佐藤信の『わたしのビートルス』（一九六七）辺りから次第に演劇や映画のなかに登場しはじめたといっていい。日本の文学や演劇は、久しく、植民地の言葉の響きに耳を塞いできたといっていいのである。「死者の書」は、その意味では記憶されるべきテクストといっていいだろう。哀切なアリランの調べと少女達の発する朝鮮語の響きが喚起するのは、植民地本国という苦界で悶える「亡国の民」の姿だが、その喘ぎは、それまでの日本の近代文学が耳を澄ますことのなかったものだからである。

六

夫と妻が朝鮮料理屋で目撃するのは、悲惨な境遇におかれた朝鮮人の少女達の姿だが、しかし、アリランの調べに合わせて踊る少女達の姿態に見入る夫は、たんに「亡国の民」に対する悲哀の感情に浸っているというわけではない。彼を魅了するのは、その調べや踊りと共に、彼を捉えている生の無力感とは対照的な、健康で逞しい野生の力でもある。むろん、彼女達は自分達のおかれた状況に満足しているわけではない。それどころか、それが出口のない場所であり、彼女達もそれを自覚していることは、「今夜二人で海へ死にに行く約束だよ」という酔った千代子の言葉が端的に示すところでもある。だが、同じく現世を苦界と見做しながらも、夫に決定的に欠けているのは、いわば、そこで悶え、喘ぐ力にほかならない。

少女達の悶えは、酒に酔って感情を昂ぶらせた千代子が、今夜自分を買ってくれと妻にせがみ、妻の膝に凭れ掛かる場面などに最も印象的に表現される。

「奥さん、私を買つてよう。千代子を寝かせて。」

「違ふわ。私が買つて貰ふのよ。」と、妻は顔を真赤にした。

「秋ちやん、これあるか。奥さん高いよ。」と、千代子は円を描いた指を突き出した。秋子は懐から財布を出して皺くちやの五円札を一枚摑んで見せた。千代子は妻の膝で黙つて睨んでゐた。突然秋子が険しい顔で立ち上がつて来て、猫のやうに叫びながら拳で千代子に打ちかかつた。少女は妻の胸に抱きついた。降りかかる拳を仕方なく妻が自分の腕で受け止めた。秋子が座に帰つた。妻はあいまいな微笑を浮かべながら、ほつれた毛を掻き上げてゐた。袖の辷り落ちた彼女の腕が美しく見えることに彼は驚いた、千代子がその腕を捉へて自分の首に巻きつけながら、妻の人差指を静かに噛んだ。そのまま妻の胸に顔を落して泣いた。かと思ふと、くるりと秋子の方に向き直つて手を合わせて拝んだ。

酔って妻の胸に顔を落す少女と、彼女の首に腕を巻きつけた妻。絡み合う二人の女性の姿と共に辺りにたちこめるのはいうまでもなく同性愛的な雰囲気であり、倒錯したエロティシズムである。絡み合う二人の女性の姿が夫にかすかな興奮を覚えさせさえすることは、「袖の辷り落ちた彼女の腕が美しく見えることに彼は驚いた。」という一節が仄めかしている通りであろう。しかし、少女が夫を魅了するのは、彼女のそうしたセクシャルな側面に於いてだけというわけでもない。妻の胸に顔を落して泣き、膝に凭れて眠った少女は、あげくのはてには妻に接吻しかかったりさえするのだが、夫を魅惑してやまないのは、こうした奔放な振舞が示すような、彼女の凶暴で野生的な情熱にほかならない。そうした野蛮な力は、夫には欠落しているものであり、少女達の行動によって彼は、自分（達の生活）が決定的に喪ってしまったものを改めて自覚させられることになるのである。それは、夫と妻に生の情熱を甦えらせさえしたかにみえる。料理屋を出た妻が「世の中はエジプトの形容詞とあなたの神経ばかりぢやないんだわ」と語り、夫は、死ぬのは今夜ではなくて、少女達を朝鮮に送り届けたあとにするというが、これは、少女達との出会いが彼等になにをもたらしたかを証す言葉といえよう。だが、それもつかの間のことでしかない。彼等は自分達を待っているのが、机の上には『死者之書』が開かれ、「花瓶に蠶豆の花が咲いてゐる」家庭であり、生きることは、道すがら目撃することになる、芸者を引き連れ、痩せた女に手を引かせた男がそうであるように「盲の真似」をして歩むことだということを再確認しなければならないからだ。

『死者之書』に読み耽る夫が取り憑かれているのは一種独特な無力感と、生の意思の衰退の自覚からくる死への欲動である。それは、この作品発表の前々年に自殺した芥川龍之介が、その晩年に取り憑かれたものでもあり、たぶん、この時代—昭和初年（一九三〇年前後）の知識層の青年が共有していた観念でもある。芥川の死は、青年知識層を侵蝕しはじめていたアモルフなこの欲動を可視のものにしてみせた事件だった。この作品も芥川の自殺が開示した磁場のなかで書かれたことは、ここに示されている死の観念が、芥川が晩年の作品で繰り返し語ったそれの痕跡をあらわになぞっているところからもあきらかであろう。その意味では、この作品は決してすぐれた出来の小説とはいえない。生と死をめぐる芥川ふうの観念を弄んでいるにすぎないともいえるし、古代エジプトの『死者之書』に展開される死生観から、朝鮮人の少女売春婦の苦悶までを三十枚にも満たない短編のなかに盛り込もうとする企てじたいがどだい無謀だったともいえる。

だが、未完成で観念が剥き出しであるにもかかわらず――というよりそれゆえにというべきかもしれないが――この小説は、一九三〇年前後の、すなわち、芥川が行き着いた場所――この作品では、最後に夫の視界に拡がっているのは、彼が飛び込むことになる、温泉町の港のコンクリートの突堤の前の夜の海である――から出発した川端を捉えていた無力感と生の感触を、生なましく取り出してみせているように思われる。

〈注〉

（1）原著は Budge, A. E. Wallis, *The Book of the Dead*, 1901.

（2）羽鳥徹哉「川端康成と心霊学」（一九七〇・五、「国語と国文学」、のち、一九七九・一、教育出版センター刊『作家川端の基底』所収）

（3）夏石番矢「落日のカタルシス」（一九九二・四、「新潮」、のち、一九九四・二、邑書林刊『天才のポエジー』所収）、石内徹「エジプトの『死者之書』と『死者の書』」（一九九四・七、「折口信夫研究会報」）など。

（4）多田満知子「死という名の謎――エジプトの死者の書から」（一九九四・一二、「ユリイカ臨時増刊　総特集　死者の書」）

（5）秋田雨雀「金玉均の死」（一九二〇・九、「人間」）「朝鮮人の娘」（一九二〇・一二、こども雑誌）、中島敦

「巡査のゐる風景——一九二三年の一つのスケッチ——」（一九二九・六、「校友会雑誌」）など。

（6）川村湊「別神・巫堂・捨姫」（一九九二・四、「日本文学」）

（7）引用のカタカナ表記のハングル表記及び大意（＊印）は以下の通り。

モリ　コオケピツコ　ピヤクピヨルガム　ポコチユコ　ポコチユコ

머리　곱게 빗고　백 별감　보고 잡고　보고 잡고

＊髪をきれいに溶かして（不明）に会いたい　会いたい。

ンゲンゲ　マクウマンゲヤ　ダンロダンロ　コケエネヤ

응애　응애　마구　망개야　단로　단로　곱게 네야

＊（川端による文中の訳）

（万ゲンゲの実のやうに、娘をうつくしう生んで）紅白粉をつけさせて、お役人様が着飾ったやうにきれいに飾った。美しいことよ、美しい美しい娘の部屋に、月の照った。美しいことよ。

キジプチツコ　ジヤシクチツコ　マングンバラ　スルサモツコ　フンノデキ　トツコチヤコ

기집 죽고　자식 죽고　망건　팔아　술　사먹고　홑껍데기(?)　덮고　자고

＊女房も死んで、子供も死んで□□《ママ》（男性用の帽子）売って　お酒買って飲んで　薄い布団にくるまって

イガムロ　モツチヤゲタ　クツクウ　クツクウ

이가　물어　못　자겠다　끄어　끄어(?)

＊虫に噛まれて　眠れない　クツクウ　クツクウ

（8）　一九二六年には、朝鮮キネマが『アリラン（아리랑）』（脚本・監督　羅雲奎）を制作、暮れには浅草三友館など内地でも上演、その主題歌として唄われたアリラン節のメロディーは、一九三〇年に西条八十の作詞になる「金色仮面《ゴールデンマスク》」こと小林千代子の、翌年には、長谷川一郎（蔡奎燁）のレコードがいずれもビクターから発売、一九三二年には、日本コロンビアが古賀政男編曲による、長谷川と淡谷のり子のデュエット版（『アリランの唄』）を売り出すなど、一九三〇年代初頭には巷で口遊まれるようにもなった。

〈付記〉

主人公が「朝鮮料理店」で接した「アリラン」の唄について、カタカナ表記をもとに、勤務先の同僚である大内憲昭教授（朝鮮法）はじめ朝鮮・韓国語に堪能な人にハングル表記に直して貰い、解読を試みた。作中のカタカナ表記は、もともと朝鮮語の素養のない作者による——たぶんメモをもとにした——不十分なものであり、意味の不明なところもすくなくなかった。歌詞には、卑猥な意味を示す俗語も、含まれていないわけではないようである。とはいえ、美しく育ちながら、身売りしなければならない境遇にある娘の悲しみや親の嘆きとでもいうべきものは、カタカナ表記の音の響きからも惻々と胸に迫ってくるように思われた。それは、当時の朝鮮・韓国語の置かれた状況のなかで、川端がその言葉の哀切な響きに耳を澄まそうとした一人であったことも、改めて考えさせた。なお、ハングル表記には、大内氏のほかに、兪《ユ》　仁淑《インスク》（関東学院大学講師）、木村光子の各氏から貴重な助言を賜った。

三島由紀夫「復讐」への私注

角川小説新書『詩を書く少年』(一九五六・六)の「おくがき」で三島由紀夫は、この本に初めて収められた「復讐」(一九五四・七「別冊文藝春秋」)ほか四編について、「大した抱負もなしに書かれた短編」であると語っている。確かに「復讐」は三島の短編のなかでも、「現在までほとんど論究されてこなかった短編」(1)の一つである。わずかに、彼の作品としては比較的はやく英訳されたこと(2)が目を惹くといえばいえるが、それもマイナーなアンソロジーに源氏鶏太のサラリーマン小説などと共に収録されたにすぎず、むろん短編ということもあずかっているものの、なにより著者自身が無視していたこともあって、三島を論ずる人達が話題とすることはなかったといっていい。

二十代の終わりに書かれたこの作品は、確かに、小粒だが気の利いた、瀟洒な短編小説にすぎないといってしまっていいかもしれない。しかしこの作品で三島は、その後、とりわけ一九六〇年代になって意識して追求することになる幾つかの主題を、なかば無自覚的にではあるものの、ひそかに語りはじめているように思われる。

というより、この作品と前後して発表した「江口初女覚書」(一九五三・四)、「ラディゲの死」(一九五三・一〇)、「鍵のかかる部屋」(一九五四・七)、「詩を書く少年」(一九五四・八)、「海と夕焼」(一九五五・一)などの数多い短編小説のなかでも、とりわけ鮮明にその後の三島由紀夫の文学をしるしづけるものをあらわにしている、といったほうがいいかもしれない。

＊

「復讐」というタイトルも示すように、この小説は、一人の男の復讐に脅える一家——近藤家——の一晩の出来事をとりあげている。

明るい避暑地の一画に、妙に暗い感じの家を見ることがある。別に家が古くて、廃屋じみてゐたり、塀が壊れてゐたり、建築様式が陰気で、小さな窓や深い庇が屋内にさし入る外光を遮つてゐたり、といふのではない。たとへそれが白いパーゴラをさし出した明るい別荘風の家であつてもいい。その家の前をとほるときに、奇妙に寂莫とした、ひんやりした気配が襟元をおそひ、家全体から説明しがたい暗い印象を受ける家といふものがあるものである。

鎌倉とおぼしい海辺の避暑地に位置する、「説明しがたい暗い印象」を与える家。それがこの小説の舞台となる近藤家である。この書きだしは、やはり人の心を沈ませずにはおかないような、名状しがたい暗鬱な家の情景を描写するところからはじまるポーの「アッシャー家の崩壊」やドーデの「アルルの女」[3]などのそれを思わせるものがある。古典的な惨劇の展開を予感させる冒頭といっていい。そしてこの書きだしにふさわしく、みえない敵の影に脅え、不安に駆られる家族――男一人と女四人から構成される――の姿が照らしだされる。

> 一家の飯の喰べ方にもちよつとした特色があつた。まるで追ひ立てられてゐるように食べるのである。神経質に箸をうごかして惣菜を少し喰べ、飯を少し喰べるといふ順序を落着きなくくりかへす。黙つて五人がさういふことをしてゐるのは、檻のなかの動物の生態を見るやうである。

しかし、この小説で読者の注意を惹くのは、家族の者達を一様に捉えている不安感が、海から聞こえてくる潮騒の響きをはじめとする、様々の音によって表現されていることであろう。

> 会話がとぎれた。夜の潮騒がひびいてゐた。テーブルの下に置いてある蚊取線香の匂ひがしてゐた。
>
> 台所で突然物音がした。五人は一せいにそのはうへ首をめぐらした。それからお互ひに見交

す顔は、すこしばかり蒼ざめてゐる。

窓の網戸にしきりにぶつかるものがある。奈津が神経質にそのはうを振向いたが、窓の外をじつと見てゐるのは怖ろしいので、すぐやめてしまつた。黄金虫が網戸にぶつかつてゐるのである。凪は去らず、暑さは重く垂れこめてゐる。潮騒は遠く轟いてゐるだけだが、磨ぎすましてゐる聴覚には、それがやかましく、邪魔にきこえる。


作品のはじまりから終りまで、間断することなく聞えてくる潮騒の響き。それが奏でるのが、一家が共有する不安を象徴的に表現する旋律であるのはいうまでもない。また、そこに、この作品発表の一ケ月ほど前に書下しで刊行された『潮騒』の主題の残響を認めることもできよう。『潮騒』の全編に鳴り続ける波のざわめきは、ヒーローとヒロインの素朴な愛を祝福する調べであると共に、彼らに嫉妬し、二人の間を罅《ひび》われさせようとする燈台守の娘の罪と不安の意識を提示する旋律でもあった筈である。

波の音だけでなく、引用の部分にもみられるように、台所を走る鼠や、窓の網戸にぶつかる黄金虫の羽音などのモノオトの数かずが、家族を蔽っている重苦しい不安の感情を喚起させることも見逃してはならない(4)。これらの物音は、一家の者達が「会話がとぎれて沈黙が来ると、いつせいにどこかへ耳をすますやうな態度」をし、それ故彼らを「敏感な水禽の家族のやうに」見せるという一節からも窺えるように、彼らを捉えている怯えと不安を象徴的に示しているのである。と同時に、それらは読者を作中に誘いこむ効果音となってもいる。潮騒の音や女達の声――ヒステリックな金切り声や永く尾を曳く笑い声――などと共に、これらの音は、ときにはそれらと諧和し、ときには不協和な軋みをたてながら独特のリズムを構成し、そのリズムに共振するとき、読者はすでに物語の時間の流れに身を委ねているのである。これらの音は、正確にその効果を計量されながら、作中に挿入されている。たとえば、一家の緊張は玄関のベルが鳴るところで最高潮に達するが、そこでは、

……律子と治子が食卓のものを厨へ下げた。皿を洗ふ水音がして来た。

沈黙の中に、虎雄が新聞を折返す音が大仰にきこえる。

玄関のベルが鳴つた。

というように、「皿を洗ふ水音」「新聞を折返す音」がたたみかけるように挿入され、これらの物音

が鳴り響くたびに近藤家を支配する不安と緊張は高まり、「玄関のベル」の金属音によってクライマックスを迎えることになるのである。速度を増していく心臓の拍動を伝えるパーカッションさながらに、これらは家族が共有する不安の律動を奏でているのだ。

こうした手法は、小説というよりは演劇の、それも、舞台劇においてよりはラジオ・ドラマのような、聴覚のみによって構成されるジャンルにおいていっそう効果を発揮するものであろう。すでに三島は「綾の鼓」（一九五一・一）などの劇作において、また小説では『潮騒』でこうしたテクニックを試みていた筈だが――『潮騒』は、その絵画的《ピトレスク》なそれもさることながら、聴覚的《アコスティック》な世界構造がもっと究明されるべきであろう――、「復讐」はこのような試みをより純粋に実践することを企てた小説であったといえる。この当時の三島が聴覚的な表現に関心を払っていただろうことは、「復讐」と同時に発表した音楽劇「溶けた天女」（一九五四・七）のみならず、「水音」（一九五四・一二）や「沈める瀧」（一九五五・一～四）などが証しているところでもあろう。真夏のパチンコ屋の騒音からはじまり、弟を父殺しに駆りたてていくベートーベン「田園交響楽」や雷鳴の轟き、父殺しを待ち侘びる姉の数えるパチンコの鈴玉の音、毒を飲んだ父が含嗽をする音と、弟を父殺しに駆りたてる様々の音が交響し、青酸加里を洗い流す深夜の水音のために貧しい洋服屋による父殺しが発覚する短編「水音」にしても、雪崩の音や発破の爆音などによってときおり遮られながらも、山峡の瀑布の音が主調低音として響き続ける長編『沈める瀧』にしても、その視覚的世界に目を凝らすべきよりは、むしろ瞑目してじっと耳を澄ますべき作品なのだ(5)。

＊

波の音が不吉な主旋律を奏で、様々の音が人々の神経を掻きみだす「復讐」だが、作中に飛び交う音の多くの部分を占めるのが人間達の声であるのはいうまでもない。

「復讐」の主要な登場人物は、近藤家の主人である虎雄、その妻の律子、虎雄の母の八重、近藤家に同居している虎雄の叔母、つまり死んだ父の妹である未亡人の正木奈津、奈津の娘の治子、一家を脅かし続けている倉谷玄武、玄武の動静を知らせる山口清一の七人である。しかし、このうち玄武と山口の二人は一家の人々の会話のなかに登場するだけであるから、実際には五人だけといってもいいかもしれない。しかも、虎雄ははじめから終りまで沈黙を守り——ときには眼鏡をキラリと光らせたり身を固くすることはあるが——、一言も発することはないから、物語は四人の女達の会話によって進行することになる。

四人の女達はいずれも陰気である。律子と虎雄の間に子供はなく、八重は未亡人である。そして奈津も夫に先立たれてから生活に困り、家を売った金で暮らしていたものの貸間ぐらしも重荷になって近藤家に引き取られてきている。「労苦がたださへ痩せぎすの顔をとげとげしく見せ、一人で何かつまらないことを言つて自分でいつまでも笑つてゐる」彼女の癖は娘の治子と共通しているが、その治子は昼間近所のメソジスト教会の保姆（保育士）としてわずかな収入を得ている老嬢である。つまり、彼女達はいずれも、子供のない妻であったり、未亡人であったり、老嬢であったりすることによって、すくなくともこの物語の背景となっている一九五〇年代から六〇年代にかけての社会通念からいえば、明朗さや快活さというものを欠いているとみなされる存在であり、また、彼女達はそうした社会的役割から逸脱することのないように振舞ってもいる。しかも、家族とはいえ、奈津と治子が母子である以外は、彼女達は血で繋がっているというわけではなく、また、一つの理念を共有しているわけでもむろんない。それどころか、会話のはしばしからも、また「治子が保姆の収入を近藤家にわづかしか入れず、しじゆう見栄えのしない洋服などを作つて費つてしまふのに、近藤の姑と嫁は快からぬ思ひをしてゐた」という一節などが端的に物語ってもいるように、彼女達はたがいに敵意を抱いてさえいる。この家族は、一家のなかの唯一人の男性である虎雄を介して、というよりは虎雄に報復しようとする玄武を共同の敵とすることによって贋の連帯を辛くも維持しているにすぎないのである。互いに憎みあいながら協力しあう、もはや若くはない四人の女性――子供のない嫁と、未亡人の姑と、やはり未亡人である小姑とその娘の老嬢――の張りを失った金切声が陰気に谺《こだま》しあう世界、それが「復讐」という小説の現出させる世界でもあるのだ。

　こうした世界は、小説においてよりは、戯曲においてこそより深く読者《オウディエンス》に訴えかけるものであろう。やがて十年後に、この試みは、やはり「全篇ことごとく女の声の対話法[6]」から成りたち、高貴の女達の華麗で淫らな言葉の交錯する劇である「サド侯爵夫人」（一九六五・一〇）として結晶していくことになる。「復讐」の四人の女達は、それぞれが未だ見えぬ玄武の姿を思い描き、不安に怯えながらも彼による復讐の到来を待ち侘びさえするが、同様に、モントルイユ夫人邸のサロンに集まる貴婦人達も、「バージニア・ウルフの『波』のなかで、作中に出てくるすべての登場人物によって誉めそやされるパーシバルのように(7)」、最後まで姿を現わすことのないサド侯爵を称讃することに熱中するのである。

「復讐」と違って「サド侯爵夫人」では効果音は抑制されて、というよりむしろ禁圧されて、優雅な、だが淫蕩な女達の声だけが純粋に響きわたるが――それ故、この劇の上演にあたっては、オペラさながらに女性達の音域を厳密に計量することが要求されよう――、ギリシャ劇のコロスを思わせるこうした女達の唱和は、まもなく、荒々しい男達の罵声と怒号のさかまく「わが友ヒトラー」(一九六八・一二)の熱狂にと反転していく。一九六〇年代という時代の性格を消しようもなく刻印したこれらの劇については別の機会に論ずるとして、みてきたようなところからすれば、これらの劇の作劇術《ドラマツルギー》が、すでに「復讐」という短編のなかに孕まれていたことは明白であろう。「復讐」は、「サド侯爵夫人」や「わが友ヒトラー」の原型と見做すべき作品でもあったのである。

＊

「復讐」というタイトルが示すように、この物語の中心をなすのは、八年間にわたって八通の脅迫状を送り続ける倉谷玄武と、彼の報復に怯える近藤虎雄の相剋の劇である。物語の末尾で明らかにされるように、玄武は次のような手紙を送り続けていたのだった。

近藤虎雄よ。

俺の愛する息子に戦犯の罪をなすりつけ、お前の部下たる彼を絞首台に送つて、自分はのめのめと日本に帰つて来たな。父親として俺はきつとこの復讐をする。俺の憎しみはお前一人を殺すだけでは足りぬ。いつの日か必ずお前の一家を皆殺しにしてやるから、そのつもりでをれ。

——倉谷玄武血書——

血で書かれたこの脅迫状が示しているように、元陸軍中尉の虎雄は、部下であった玄武の息子に罪をなすりつけ、彼を絞首台に送ったという戦争中の犯罪によって玄武から責められている。しかし、先にも述べたように、虎雄は沈黙を続け、玄武はその素顔を現わすことはない。

この日、海辺で玄武を見たという律子によれば、彼は「岩乗な五尺七寸ぐらゐの背丈で、色がとても黒くて、無精髭を生やし」た、「六十恰好のおぢいさん」だが、実はこれは彼の動静を知らせてくれる山口清一という男が手紙に書いた人相にすぎず、一家の誰も、彼の顔はおろか、写真さえも見たことはないのである。しかし、律子がそうであるように、奈津にとっても、玄武の顔は「夢ではつきりしてゐる」のであり、八重も彼の顔を「毎晩のやうに」夢に見ているのである。つまり玄武の素顔を見たものは誰もいないのだが、人々の想像の網膜のなかでは、彼は明瞭な輪郭を以て鮮やかに像を結んでいるのだ。というより、むしろ不在であること、彼らが肉眼で視たことがないからこそ、彼の像は「はつきりしてゐる」といったほうがよいかもしれない。

ところで、玄武という名は、「青龍」「白虎」「朱雀」と共に四神の一つとされる「玄武」に由来するものと思われる。そして、とすれば、玄武に挑まれる近藤家の当主の虎雄という名が、やはり四神の一つである「白虎」を踏まえているのは明白であろう。「蒼白」な彼の顔色が、彼が白虎の化身であることを示す表徴の一つであることもいうまでもない。玄武と虎雄の対立は、北方に位置する水の神で、亀に蛇が絡みついたような醜怪な形状の想像上の動物たる「玄武」と、氷のような冷たさを湛えた蒼白な虎との争闘の図柄を下絵にしているとみることができるのである。

倉谷玄武は、ゲンブという不気味な響きと共に水の中から出現する奇怪な生物のイメージと纏《もつ》れあいながら、一家の人々の脳裡に棲息し続けることになる。(8) それはこの作品が発表された時期がまた南太平洋に巨大なキノコ雲が沸き上り、それに遭遇したマグロ漁船第五福竜丸の乗組員の受難の報らせと共に、ついにはゴジラという、やはり濁音で発音される奇怪な生き物を産み出す時期でもあったことを想起させもする。不在であることによってかえって人々の夢のなかでは強烈に生きながらえ、彼等の生を支配しさえする存在。このモチーフを追いつめた天空に「美しい星」(一九六二・一～一二)が、また、やはり四神の一つである「朱雀」の名を冠した高貴な家の滅びを描いた

「朱雀家の滅亡」（一九六七・一〇）が出現することはいうまでもない。これらのSF的な政治小説やドラマで三島が意企したのも、不在であることによってこそ君臨し、沈黙することによってこそ人々を支配するものが存在することと、その機構《メカニズム》の解明にほかならなかったからである。

＊

「アッシャー家の崩壊」や「アルルの女」がそうであるように、「説明しがたい暗い印象の家」のスケッチからはじまり、破局への予感を漂わせながら進行していく「復讐」だが、ここでは「アッシャー家の崩壊」や「アルルの女」がそうであるようには、血腥い惨劇は起ることはない。予告された殺戮のかわりに、「倉谷玄武死す山口」と書かれた一通の電報が届けられるだけなのである。一家を怯えさせてきた当の人間の死によって物語は大団円に終ったかにみえる。また、一家が彼に怯えていることの理由が白日のもとに曝されることによって、つまり謎が解かれることによって、推理小説じたてのこの小説もハッピー・エンドを迎えたかにみえる。しかし実は「クラタニゲンブシス　ヤマグチ」という電文は、不安と恐怖の終わりではなく、その新しいはじまりを意味する言葉にほかならない。八重の手によって八通の手紙が焼かれ、電熱器のパチパチ弾ける音と共に潮鳴りが聞こえ、一家は新しい不安に包まれている自分達を見出すのである。

治子は一家の人々よりも、一歩退いて、手紙に火の移る刹那を見てゐた。彼女の慄える手はみんなが趣味のわるいといふ自分のプリントのワンピースの裾をつかんでゐた。そこで老嬢は、自分でも思ひがけず、一家に新たな希望を抱かせ、一家を再び恐怖へ向つて鼓舞するやうな、怖ろしい文句を吐いたのである。「電報なんてあてになりませんわ。きつとあの電報は、生きてゐる玄武が打たせたんです」

治子の言葉は、一家を新しく捉えはじめた不安と恐怖を代弁している。はたして、本当に玄武は死んだのか、電報は、玄武が仕組んだ罠ではないのか、というのが彼等に取り憑きはじめた新しい恐怖であり、また、玄武の死が事実だとしたら、それはそれで彼等に今までとは異った不安を抱かせることになる。玄武の死は、彼を共同の敵とすることによって成立していた紐帯の解体を意味するだけでなく、彼の復讐という終末の予感におののきながらも共有していた特権的な時間が終ることを告げる筈だからである。治子の言葉が「一家に新たな希望を抱かせ、一家を再び恐怖へ向つて鼓舞する」ゆえんである。

しかし、読み了えた読者が覚えるのは、はたして玄武は死んだのか、という疑惑だけではあるまい。電報を打ったのはいったい誰か、という疑いが萌してくる筈だからである。それが玄武ならまだよい。しかし、それが、山口や治子でないという保証はどこにもないのである。

治子には、一方では玄武の死を望んでいながらも、他方では彼を敵とすることにより共同性を維持している一家の意志を代表するという動機があるし、また老嬢の、いわば陰気な楽しみというべきものさえも、動機の一つに数えあげていいかもしれない。彼女を摑んでいるのは、この作品の二年ほど前に書いた「真夏の死」（一九五二・七）のヒロインの心理と、そう遠くはない筈だからである。

「お前は今、一体何を待つてゐるのだい」

勝はさう気軽に訊かうかと思つた。しかしその言葉が口から出ない。その瞬間訊かないでも、妻が何を待つてゐるか、彼にはわかるやうな気がしたのである。

勝は悚然として、つないでゐた克雄の手を強く握つた。

二人の子の水死した記憶にひきずられるようにして惨劇の現場を訪れた妻が「何を待つてゐるか」わかって、夫は「悚然」とする。「目は潤みを帯びて、ほとんど凛々しく」海をみつめる彼女の待っているのが、新しい惨劇の到来だということを直感するからである。人々から「一歩退いて」火が手紙に燃え移る刹那を傍観する彼女もまた、「真夏の死」の妻がそうであるように、惨劇と、そのもたらす「残酷な生の実感」に渇えているのだ。

山口の場合はどうか。彼にははっきりとした動機らしいものを見出すことは困難である。だが、ないと断定するわけにもいかない。

近藤家では、山口清一という男をこの上もないたよりにしていた。山口を知つたことは、神々のお導きだと思はれた。八重の死んだ夫は内務省の官僚であつたが、彼が恩を施した男が、偶然にも、倉谷玄武のゐる同じ村に生家を持つてゐて、そこで読書に親しみながら病ひを養つてゐることがわかつたのである。八重は長い手紙を書き、倉谷玄武に関する情報を、山口が逐一書き送つてくれるよう依頼した。そのためには八重は表書に近藤家の名前を隠し、いつも正木なつの名を使つた。村の郵便局から、近藤家の名が玄武へ洩れては困るからである。八重は乏しい遺産のなかから、山口の厚意をつなぐために、屢々見舞金や品物を送つた。山口はまづ玄武の人相を知らせて来た。同じ村ですぐつたはる玄武の動静は、病人の暇つぶしに永々と知らせて来た。玄武が村を離れる気配はなかつた。もしその気があれば、山口はすぐ電報をよこす手筈になつてゐたのである。

近藤家ではこの上もなくたよりにされている山口だが、彼が薄暗い過去を背負っているらしいことは、内務官僚だった八重の夫が恩を施した男だというところからも窺われる。内務官僚に恩義を受け、今は玄武と同じ村で「読書に親しみながら、病ひを養つてゐる」という記述から浮びあがってくるのは、たとえば戦前の左翼運動の転向者というような人間のプロフィールであろう。また、見舞の金品とひきかえに玄武の監視人の役割を引き受け、その動静を「病人の暇つぶしに永々としらせて」来るというところからは、密告者の暗い情熱とでもいうべきものを嗅ぎとってもいいかもしれない。スパイ活動をして金品を得るためにも、また「病人の暇つぶし」のためにも、山口は玄武を必要としているのであり、玄武を必要としているという点においては彼も近藤家の人々となんら変るところはない。異っているのは、彼だけが玄武の素顔を知っているという点にある。彼は玄武の側に寝返ることも可能であり、であればこそ、治子は電報を打たせたのは玄武だと断ずるのである。

読者の胸に萌す疑いは、しかしそれだけではない。はたして玄武はほんとうに実在しているのか、実在しているとしても復讐は玄武のあずかり知るところではなく、すべては虎雄の過去を嗅ぎつけた山口が仕組み、彼によって捏造された話ではないのか、という疑いが次に生ずることになろう。

この場合、山口の動機は、「病人の暇つぶし」のため、というほかは明らかではない。だが、いうまでもないことだが、犯罪の動機はつねに明確に説明できるとは限らない。「病人の暇つぶし」のためというのも立派な動機であれば、彼が虎雄の父である内務官僚から「恩を施」されたという、そのことでさえも動機たり得る筈なのだ。

すべてが山口によって捏造された話であるとすれば、近藤家の人々は玄武の幻影に――あるいは玄武という幽霊に――怯え、苛まれていた、ということになる。とはいえ、脅迫が玄武のあずかり知るところではなく、すべては山口が仕組んだ話にすぎないとしても、虎雄と一家の人々が過去の記憶を抹殺できない限り、玄武という幽霊は実在するのである。そしてまた、とすれば、この復讐劇の真の主役は、山口清一という男――一家が忘れたがっている過去の記憶を掘り起し、思いださせることに情熱を傾ける人物ということになる。その時、倉谷玄武と近藤虎雄の対立という構図は後景に却き、執拗に過去を想い起させようとする人間の物語という主題が浮びあがってくることになる筈である。

いずれにせよ、山口こそはこの物語の鍵を握る人間なのだが、このような山口像は、後の三島の作品では馴染みの、薄暗い過去を背負った脇役達を想起させよう。たとえば、戦時下に「聖戦哲学研究所」を設立し、戦後は政財界の黒幕として活躍するハイデガー信奉者である「絹と明察」(一九六四・一〜一〇)の岡野や、その前身ともいうべき『宴のあと』(一九六〇・九)の革新政党の選挙参謀山崎、あるいは「金閣寺」(一九五六・一〜一〇)の主人公を煽り、指嗾《そう》して破滅に導いていく柏木や、社会への憎悪と怨恨を燻らせ、人類の破滅を希求する「美しい星」の万年助教授羽黒というような人間達。山口を支えているのも、彼等が共有する、暗い、非合理な情念にほかなるまい。

ともあれ、「復讐」は、誰が電報を打ったかということを明白に示さないままに終る。だが、惨劇のかわりに「クラタニゲンブシス　ヤマグチ」という一通の電文を提出することによって、疑惑が疑惑を呼び、ひとつの渦となってさかまくような事態を惹き起こし、読者を混乱の渦中に引きこもうとするところにこそ、この作品の灸所は賭けられていた、とみるべきかもしれない。

＊

まあ、山口さんを知つたからいいようなものの、今でもときどき、夜中にはつとして目がさめるものね。もう八年ですよ。八年といふもの、安らかな日は一日もなかつたんだからねえ。

虎雄さんも八年間ね。

八重は虎雄や嫁の律子にこう語りかける。「八年」という言葉の呪文のような繰り返しが、一家が怯えてきた時間の永さを強調するリフレインであることはいうまでもない。と同時に、それは、この物語の現在が、一九五四年―昭和二十九年の夏であることを示してもいる。

昭和二十八年から九年にかけては、戦後の混乱が収まり、いわゆる相対安定期に入ろうとしていた時期である。スターリン死去（一九五三・三）、皇太子の英国女王戴冠式参列（同）、朝鮮休戦協定調印（一九五三・七）、ビキニ水爆実験・第五福龍丸事件（一九五四・三）、造船疑獄指揮権発動（一九五四・四）、近江絹糸人権スト（一九五四・六）、自衛隊発足（一九五四・七）というような日付は、日本の国際社会への復帰と冷戦の固定化を指標とする新しい世界秩序がはじまろうとしていたことを物語っている。だがそれは、二十代の終わりを迎えていた三島由紀夫にとっては、戦後という「兇暴きはまる抒情の一季節」（「終末感からの出発」一九五五・八）の終わりを確認することでしかなかった。「仮面の告白」（一九四九・七）によれば、一九四五年八月の敗戦を、三島は「ただ怖ろしい日々がはじまるといふ事実」の予感と共に迎えた筈だが、「怖ろしい日」は敗戦と同時にはじまったわけではなかった。そこに開始したのは、逆に、「きらびやかな心象」と「血みどろの傷の印象」をともなった「活力と腐敗」の日々だったのである。

あの時代には、骨の髄まで因襲のしみこんだ男にも、お先真暗な解放感がつきまとつて居た筈だ。あれは実に官能的な時代だつた。倦怠の影もなく、明日は不確定であり、およそ官能がとぎすまされるあらゆる条件がそなわつていたあの時代。

私はあのころ、実生活の上では何一つできなかつたけれども、心の内には悪徳への共感と期待がうずまき、何もしないでいながら、あの時代とまさに「一緒に寝て」いた。どんな反時代的なポーズをとつていたにしろ、とにかく一緒に寝ていたのだ。(「小説家の休暇」一九五五・一一)

だが、経済復興と国際社会への復帰を指標とする社会・経済的秩序の回復は、この「官能的な時代」が終り、まぎれもなく「怖ろしい日々」が到来したことを告げていた。そのことは、「それに比べると、一九五五年という時代、一九五四年という時代と、私は一緒に寝るまでにいたらない。いわゆる反動期が来てから、私は時代とベッドを共にしたおぼえがない」という右の文章に続く一節に率直に表明されてもいるが、この間の事情については、一千枚に及ぶ長編野心作『鏡子の家』（一九五九・九）がなによりも雄弁かつ詳細に語っているところであろう。

山の手に位置する風格のある洋館でありながら、「おそろしく開放的な家庭で、どことはなしに淫売屋のやうな感じ」を与え、「あらゆる階級の枠を外してしまつた」場である友永鏡子の家。

そこでは冗談も言へ、どんな莫迦話もできる。しかも金は要らず、ただで酒が呑める。誰かしら酒を持つて来て、置いて帰るからである。テレビジョンもあれば、麻雀もできる。好きなときに来て好きなときに帰ればよく、そこの家にあるものは何でも共有財産になり、誰かが自分の車で来れば、その車はみんな自由に使ふことになる。

物語は、この家に集まる四人の青年――学生ボクサーの峻吉、新劇俳優志望の美青年収、童貞の日本画家夏雄、有能な商社員杉本清一郎――の二年間にわたる運命の変転をめぐって展開する。彼等はいずれも、自分達の前に「時代の壁であるか、社会の壁であるかわからない」ながら「巨大な壁」がたちはだかっていることを感じている。だが、「俺はその壁をぶち割つてやるんだ」と意気込むボクサーも、「僕はその壁を鏡に変へてしまふだろう」と夢想する美青年も、「僕はとにかくその壁に描くんだ。壁が風景や花々の壁画に変つてしまへば」と目論む画家も、「俺はその壁になるんだ。俺がその壁自体に化けてしまふことだ」と主張する商社マンも、壁の前で敗退してしまう。ボクサーはチャンピオンになるものの、つまらぬ喧嘩で指に致命的な傷を負い、美貌と鍛えぬかれた肉体を誇るナルシストは醜い高利貸と心中し、将来を嘱望された画家は神秘主義に囚われて絵を描くことができなくなり、重役の娘と結婚してニューヨークに転勤したエリート商社員は寝とられ男《コキュー》の悲哀をかこつことになるのである。

一九五四年の四月からはじまるこの物語は、二年後の一九五六年四月、四人の青年の破滅を見届けた鏡子の家に七匹の犬と共に別居中の夫が帰宅し、「あたりは犬の咆哮がとどろき、ひろい客間はたちまち犬の匂ひに満たされ」るところで終る。フォーテンブラスの登場によってデンマークの王室に権威と秩序がもたらされるように、そしてそれがハムレットをはじめとする若者達の血によって購われたように、「戦後の時代が培った有毒なもろもろの観念から手放しで犯された」彼女の家にも、若者達の破滅を代償にして秩序が回復するのだ。

それが、杉本清一郎の見取図が完成すること、すなわち

動乱はもはや理性的な話し合ひで解決され、あらゆる人が平和と理性の勝利を信じ、ふたたび権威が回復し、戦ふ前にゆるし合ふ風潮が生れ……どの家でも贅沢な犬を飼ひだし、貯金が危険な投機にとつて代り、数十年後の退職金の多寡が青年の話題になり……かうしておだやか

な春光が充ちて、桜が満開で、……すべてこれらのことが一つ一つ、まぎれない世界崩壊の前兆なのであつた。

という予感が現実のものになり、「世界の崩壊」がはじまることを意味していたかどうかはさておくとして、『鏡子の家』が、一九五四年から五五年にかけての、つまり、戦後の混乱が収まり、相対安定期を経て高度成長に向かう時期の日本人の精神の地図を、相当の精度で作図してみせていることには誰も異論をさしはさまないだろう。

「復讐」のなかで八重の繰り返す「八年間」という言葉には、この時点における「戦後」という時間に対する錯綜する感慨がこめられている。それは怯えと不安に苛まれながら、一方ではその不安と怯えによって連帯し、またそのことによってこそ生が緊張と充実のなかに意味づけられもした時間でもあり、その時間が終焉に近づいているという予感のなかで、一家は怯えから解放されるという期待と充実した時間が終るという不安に包まれているのである。という意味でそれはまた、占領の終結と朝鮮動乱の休戦によって安息と秩序が回復しながらも、ビキニ水爆実験や自衛隊発足などが新しい不安のざわめきを波立たせはじめていた時期の日本人を蔽っていた意識と響き合ってもいるのである。「復讐」には、やがて『鏡子の家』が明らかにしていくような精神の混沌がアモルフなままに剥きだしにされているのだ。

＊

必ずしも世評は芳しくなかったとはいえ、『鏡子の家』がなみなみならぬ意欲をもって書かれた作品であることは著者自身が幾度か語っているのをはじめ、それが一千枚に及ぶ、『豊饒の海』（一九六五・九～七一・一）に次ぐ長さの小説として書き下ろされたこと、またこの作品執筆と雁行して「新潮」に連載された公開日記「裸体と衣裳」（一九五八・四～五九・九）の記述のはしばしから窺えるところでもあるが、そのなかで著者は、この作品のそもそもの母胎は一九五四年に発表した「鍵のかかる部屋」にあると述べている。

「鍵のかかる部屋」からどのようにして『鏡子の家』が妊まれていったかは知るよしもないことだが、それが一九四八年という、「誰も彼もあくせくして生き、子供のやうに『悪いこと』に夢中になり、賭博やヒロポンや自殺にむかつて傾斜してゐた」時代、「人々は好い気になつて悪い酒を飲んでは抒情的になつてゐた」時代を背景にした「ニヒリズム研究」（「裸体と衣裳」）である点において、確かにこの作品が『鏡子の家』の先蹤をなしているとはいえるだろう。のみならず、時代を支配する無秩序のなかで、「無秩序もまた、その人を魅する力において一個の法則である。それと絶縁して、その自由だけをわがものにすることはできないだろうか」と夢想する若者の「内心の小さな無秩序」を保証する「鍵のかかる部屋」をそのまま拡大すれば、自由を求める若者達の集まる「鏡子の家」になり、しかも、そこに君臨する女主人が娘と二人暮らしの人妻であるというような設定においても、両者は濃い血縁関係にあるといってよい。

しかし、それよりも両者の近親関係を印象づけるのは、そこに男性の、とりわけ父親の存在が稀薄で、かわって女性の体臭とでもいうべきものが濃密に漂ってくることであろう。主人公の訪ねる場所「鍵のかかる部屋」のある家が、人妻とその娘と女中の住む、なにやら巨大な母胎を思わせる場所であるように、「鏡子の家」も、夫と別居中の女主人をはじめ、いずれも裕福な家庭の出身で、シングル・ライフを満喫している女性達や、母子家庭（清一郎、峻吉）か、さもなくば老いた父（夏雄）、もしくは、生活無能力者の父（収）を抱えた、いずれにせよ父親の影から自由な若者達の構成する、いわば「アマゾン・ユートピア」(9)とでもいうべき空間なのである。

こうした「鍵のかかる部屋」や「鏡子の家」が、戦後の日本の社会の暗喩であるのはいうまでもあるまい。松山巖のように、「父親不在の家にいる母親と娘が占領下の日本と講和条約後の日本を表わし、母親の死後も少女を世話し、『あの子は実は私の子なんです』と告白する怪物のような女中がアメリカを表わしている」(10)とみ、『鏡子の家』に一九五四、五年頃の日本の社会を、そして自分の勤める会社の重役の娘婿になり、アメリカ人に妻を寝とられる清一郎に「アメリカの影」（加藤典洋）のなかに生きる戦後の日本人の戯画化された肖像画をみるのも、必ずしも穿《うが》った解釈とはいえないのである。

事情は、四人の女達の湿った金切声の谺しあう「復讐」の陰気な家でも同じである。ここもまた一種の「アマゾン・ユートピア」なのであって、玄武の「復讐」に怯えながらも、他方ではそれを楽しみ、ついには惨劇の到来を待ち侘びさえする――「真夏の死」の母親がそうであるように――一家の姿は、そのまま戦後の日本人の姿と重なりあってもいる筈なのだ。

ただ、ここでは「鍵のかかる部屋」や『鏡子の家』とは異って、家父長は不在であるというわけではない。沈黙しているだけなのだ。

虎雄はほとんど会話に加はらない。元陸軍中尉で体格はよいけれども、顔色は蒼白で、縁無眼鏡が顔の印象を一そう冷たく見せる。エゴイストで道楽がなんにもない。大工道具いぢりが、趣味といへる唯一のものである。

女達の声が家中に響きわたるにまかせ、ひたすら沈黙を守り続けるこの元陸軍中尉は、そのまま、王位を剥奪され、権威を失墜した戦後の日本の家父長を代表していよう。しかし、「顔色は蒼白で、縁無眼鏡が顔の印象をいつそう冷たく見せる」と形容されるとき、それは単に平均的な戦後の家父長のイメージを超えて、敗戦になってはじめて衆人の前にその素顔を曝した現人神――昭和天皇の肖像そのものを喚起させるのではないだろうか。かまびすしい女達の声の響きのなかで、ひたすら沈黙し、玄武によって体現される過去の記憶に怯える中年の男――それはそのまま、敗れた天皇の姿でもあるのではないか。三島はここでむろんあからさまにではなく、近藤虎雄という中年男の仮面を被らせるという周到な配慮を施しながらではあるが、戦後の天皇を素描してみせたように思われる。ここにはまだ「英霊の声」（一九六六・九）その他にみられるような、昭和天皇に対するスタンスは明瞭ではない。だが、「などてすめろぎは人間《ひと》となりたまひし」という怨嗟の声に集約されるような昭和天皇へのアンビバレンツの一端は、すでにここに示されているといえる。「近藤虎雄よ／俺の愛する息子に戦犯の罪をなすりつけ、お前の部下たる彼を絞首台に送つて、自分はのめのめと日本に帰つて来たな」という八通の脅迫状の血染めの文字からは、「などてすめろぎは人となりたまひしか」という呪詛を透しみることができるにちがいない。玄武の脅迫状から聴きとることができるのも、まぎれもない「英霊の声」なのだ。

三島が昭和天皇へのスタンスを固めるのは、おそらく『鏡子の家』を書いてからで――「裸体と衣裳」にも縷述されているように、彼はこの作品執筆中に結婚し、また皇太子の結婚も見届けた――、そのことは、『鏡子の家』についての次のようなコメントにも仄めかされているかと思われる。

登場人物は各自の個性や職業や性的偏向の命ずるままにそれぞれの方向へ向かつて走り出すが、結局すべての迂路はニヒリズムへ還流し、各人が相補つて、最初に清一郎の提出したニヒリズムの見取図を完成にみちびく。それが最初に私の考へたプランである。しかし出来上つた作品はそれほど絶望的でなく、ごく細い、一縷の光りが最後に天窓から射し入つてくる。(「裸体と衣裳」)

「一縷の光」が射し入ってくるという一句が指しているのは、『鏡子の家』に照らしていえば、結末で「七疋のシエパアドとグレートデン」と共に夫が帰宅し、自由と放縦に蹂躙された『鏡子の家』に秩序が回復してくることであろう。女性の匂いが荒々しい動物の匂いに圧倒され、家父長の権威が甦えること――それは戦後社会におきかえていえば、天皇の尊厳が回復されることをおいてはあるまい。いうまでもなく、天皇の尊厳を回復するという思想は、戦後が理想としてきた価値観に正面から敵対する思想にほかならない。とすれば、『鏡子の家』が伝えようとしているのは、戦後の支配的なイデオロギーと正面からむきあい、女の匂いにかわって犬の匂いを満ち溢れさせ、平和と民主主義の理想にかえて天皇の権威と栄光を蘇生させようとする意思なのである。<ニヒリズム研究>という、『鏡子の家』のモチーフからいえば、三島がこの作品において確かなものとしたのは、<能動的ニヒリズム>という立場を選ぶという意思であり、であればこそ、彼はやはり同じ時期に<能動的ニヒリズム>を拠り所に戦後思想を批判し、日本共産党を中心とする既成の左翼運動と訣別するところから出発した新左翼のラディカリズムに、後になって共感を示すことにもなるのである。

「復讐」には、未だそのような意思は明瞭ではない。しかし、ここに漠然とではあれ、天皇が彼の視界に姿をあらわしはじめていること、それが近藤虎雄という、過去の忌わしい記憶に苛まれ、復讐に怯える存在として形象されていることは、もう一度ふり返っておいていいように思われる。

ところで、先にもみたようにこの短編小説は、夏の一夜の出来事をとりあげ、「一場の舞台をあたかも観るような巧みな劇的構成」(11)のうちに繰り展げられるが、というようにみれば、この出来事の起こった夜は、一九五四年―昭和二十九年の八月十五日と特定してもいいかもしれない。八月十五日が日本の伝統的な時間体系のなかで一種特権的な意味を持っていたことは、この夜、「竹取物語」のかぐや姫がまばゆい光で地上の人間達の目をくらましながら天上の世界に還帰し、「源氏物語」のヒロイン達の多くがこの夜の前後に死んでいくところが証すところでもあるが、近代の時間体系においては祖先の精霊が帰宅する日であるだけでなく、とりわけ戦後は、「終戦紀念日」として人々の心に特別の記憶を喚び起す日でもあるからである。すなわち、この日こそは、天皇が人間に落魄した日でもあるからなのだ。


〈注〉
(1) 石﨑等「解説」(岡保生・榎本隆司編『短編小説名作選』一九八一・四現代企画室)

（2）*Ukiyo*, ed. by Joy Gluk, New York, Crosset's Universal Library, 1963. に *Revenge* と題して収録されている。

（3）「アッシャー家の崩壊」と「アルルの女」はそれぞれ次のような書き出しではじまる。

《物うく、陰鬱に、物音もなくひそまり返つて、空には低く重苦しく雲の垂れこめた秋のある日、わたしは奇妙に荒涼とした土地をただひとり馬で日もすがら通りすぎていた。そして夕やみの次第にせまつてくるころ、ついに陰鬱なアッシャー邸の見えるところまでやつてきた。どうしたわけか自分でもわからなかつたが――とにかくこの建物を最初ちらりと目にしたとき、耐えがたく憂鬱な思いがわたしの心に沁みわたつた。（中略）わたしは眼前の光景を――別にとりたてていうこともないその邸、また格別のこともない邸のまわりの風光――うらさびた壁――うつろな眼をおもわせる窓々――幾本か生い茂つた菅――そして何本かの朽ち果てた樹々の白い幹をただもう全くぐつたりした心でながめた。》（松村達雄訳、一九五〇・二河出書房刊『世界文学全集ポオ篇』所収）

《風車小屋を下りて村へ行くには、榎を植えた大きな庭の奥にあつて、道の近くに建つている『農家《マス》』の前を通る。赤瓦で屋根を葺き、栗色の広い外壁には不規則に窓が明き、そして一番上に納屋の風見があり、刈草を捲き上げるのに使う滑車が見え秣の茶色の束が五つ六つはみ出していて、いかにもプロヴァンスの地主の家らしい……どうしてこの家が私の心を打つのか、どうしてこの閉された門が私の胸を痛ませるのか、それは言葉には表わせないが、この家を見るとぞつとするのだつた。周囲があまりに静かだ……人が通つても犬は吠えず、小蚊鳥は鳴きもせずに飛び去る……家の中は声一つしない！　騾馬の鈴さえも聞えない……窓の白いカーテンと、屋根から昇る煙とがなかつたら、誰も住んでいないと思われたろう。》（武

林無想庵訳・一九五〇・一一河出書房刊『世界文学全集ドーデサンド篇』所収）

（4）Petersen, Gwenn Boardman, *The Moon in the Water : Understanding Tanizaki, Kawabata, And Mishima*, The University press Hawai, 1979, 二八九頁。

（5）これらの他にも、消防ポンプや、フルートのような台風の風の音（「禁色」一九五一・一～一〇、一九五二・八～五三・八）、ピアノ（『仮面の告白』一九四九・七、『奔馬』一九六七・二～六八・八）、気笛（『午後の曳航』一九六三・九）など様々の音を聞くことができる。それらはピーターセン（前掲書二五三頁）も指摘するように、性的欲望（「禁色」）や死（「仮面の告白」）を表わす音でもある。また、三島が、フロイト理論を援用しながら、音楽を聞くことのできない不感症の女性の心理の深層の探求を試みた「音楽」（一九六四・一～一二）のような作品を書いていることも周知のところである。

（6）マルグリッド・ユルスナール（渋澤龍彦訳）、『三島あるいは空虚のヴィジョン』（一九八二・五河出書房）

（7）ユルスナール・前掲書。

（8）それは、本作品発表の三か月ほど前の一九五四年三月、アメリカは南太平洋ビキニ環礁で水爆実験を行い、和歌山県のマグロ漁船、第五福竜丸が被曝、ソ連は一九四九年に、イギリスは一九五二年に核実験を成功させていたが、アメリカの水爆による日本人の被曝は、改めて平和が核戦争の恐怖と背中合わせであることを実感させた。放射能による被曝の不安は、この年十一月に封切りの映画『ゴジラ』に凝縮して表現されるが、北方に生息するという怪物を連想させる「玄武」に脅かされる一家の不安は、そのままこの時期の日本人を捉えた不安と恐怖の感情と相同していたともいえる。なお、『ゴジラ』は、この年八月に伊勢志摩でロケーションを行うが、ほぼ同時期に、同じ地域が十月にやはり東宝封切りの映画『潮騒』のロケ地として選ばれていたことも、この作品が書かれ、読まれた時代の雰囲気を理解するうえでは留意しておいていいことと思われる。

（9）エレイン・ショーウォーター（青山誠子訳）、「フェミニズム詩学に向けて」（E・ショーウォーター編、青山誠子訳『新フェミニズム批評』一九九〇・一、岩波書店刊・所収）

（10）松山巖『都市という廃墟』（一九八九・七新潮社）

（11）（1）に同じ。

海という墓——水上勉の初期作品・素描——

苦　界

〈社会派推理作家〉というのが、一九五九年八月、『霧と影』（河出書房）によってデビューした水上勉に貼られた最初のレッテルだった。もっとも、「最初の」という表現は必ずしも正確であるとはいえないかもしれない。この作品発表の十年以上も前に、彼は『フライパンの歌』（一九五三・一〇　文潮社）、『風部落』（一九四八・一一　同）などの作品を刊行しており、古風な〈私小説作家〉とみられていたからである。曽根博義は、水上が絶えず多数の読者を得てきた秘密を「何よりその変身の巧みさ」にあるとし、彼を「変身の作家」だとしているが(1)、その変身は、『霧と影』による〈私小説〉から〈社会派推理小説〉への転換に始まった、といえよう。

『霧と影』は、東京・日本橋の繊維問屋街を舞台にした、既成服卸業者の失踪事件と、福井・若狭の海岸での小学校教員の事故死とを縦横の糸にしながら繰り展げられる。東京という都市で起った事件と、福井の山村でのありふれた事故死が一点で結ばれるという構成は、作者自身も述懐するように、松本清張の「点と線」（一九五七〜八）に負っていた。

「霧と影」は、洋服の行商をしていたころの所産である。服を売りながら五ケ月かかって書いた。（中略）私はそのころ松本清張氏の「点と線」「眼の壁」「黒地の絵」などに圧倒されていた。わかりのいい文章、主題を明確に提示する、あの簡潔で個性的な叙事文の見事さに感服していた。そうして、氏が、おなじ推理小説を書くにしても、どこかに自分の顔を出しているのに打たれた。人間、動機、社会的背景。それらをていねいに書きこむことによって、推理小説は立派な文学作品となる可能性が暗示されているように思えた。すでに松本氏は、そういう意味での秀作を数多く発表されていた。私は十三年間捨てていたペンをとる勇気が出た。（「社会派のレッテル」一九六二・五・一〇「朝日新聞」）

「点と線」「眼の壁」（一九五七）「黒地の絵」（一九五八）などが読者に迎えられたのは、犯罪のトリックや、それを看破する非凡な探偵の推理によって読者の興味を引きつけるという伝統的な探偵小説の枠組を打ち破り、平凡な刑事や新聞記者などが、一見ささいな事件を解明していく過程を追いながら、巨大化し、複雑化していく戦後社会のメカニズムを暴きだしていくところにあった。読者の関心は、ここでは、事件のナゾもさることながら、事件を絶えず分泌せずにはいられない社会そのもののほうに向けられていたといっていい。読者は、事件のナゾを追いながら、事件が明るみに曝していく社会のナゾをこそ読もうとしたのだ。人々は松本清張の推理小説を通して、いわば戦後社会という物語を読むことに興味をそそられたのである。そして、そこに〈社会派推理小説〉と呼称される所以もあったといえる。しかし、もともと探偵小説というものは、たとえばコナン・ドイルの〈シャーロック・ホームズ物《シリイズ》〉がビクトリア朝のロンドンという十九世紀最大の都市によって、また、江戸川乱歩の作品が一九二〇年代という都市の闇のなかから産みだされたものであるとすれば、同じように、高度経済成長のトバ口にあった一九五〇年代後半の東京は、というより日本の社会は、新しい探偵によって解明されるべきナゾに充ちていた、すなわち、〈社会派推理小説〉によって読み解かれるのを待ちつつあった、というべきかもしれない。

『霧と影』は、松本清張がうちたてた手法を忠実に踏まえて構成されている。「点と線」が、九州・香椎での情死体の発見から始まり、汽車や飛行機の時刻表をクロスさせたり、東京駅ホームの機構を利用する等の新鮮な着想を駆使しながら戦後社会の暗部に測鉛を降していったように、ここでは既成服をめぐる取り込み詐欺事件が五十年代共産党の「トラック部隊事件」と交錯し、さらに、北陸の山村の因習にみちた土俗的世界を浮かびあがらせていく。都市生活者の利害関係を追及していくことが、そのまま閉鎖的な共同体の論理を解読していくことに直結しているのであり、読者は事件のナゾを解きながら、いつのまにか、不可解な怪物と化した戦後社会の相貌をまのあたりにすることになるのだ。同様の手法は、水俣病をとりあげた「不知火海岸」（一九六〇・一「別冊文春」）及びそれを改稿した『海の牙』（同四　河出書房）や、出版社の争議に想を得た「耳」（同五「別冊クイーン」）を始め、「若狭湾の惨劇」（同五～一一「旅」）「爪」（同九～一九六一・一「宝石」）など、いずれも一九六〇年に書かれた作品にも用いられている。

ただ、清張に倣っているとはいえ、トリックや推理の手順は必ずしも彼ほどに斬新であったり、鮮やかだったりするというわけではない。権田萬治も指摘する、[2]「巣の絵」（一九五九・一〇～六〇・三「週刊スリラー」）の、墓詣りを利用して犯人達が互いに連絡をとるというような独創的なものもあったとはいえ、幼稚だとか荒唐といわれるものも多かったし、政治経済のメカニズムも、明確な方法意識のもとに捉えられているわけではないのだ。そしてそこに、彼自身認めるように「推理小説としても社会小説としてもどっちつかず」（「私の推理小説――社会派作家とよばれて」一九六一・七・二四「毎日新聞」）という不満が寄せられる理由もあったのである。

しかし、実は、「推理小説としても社会小説としてもどっちつかず」というところにこそ、彼の小説を清張と画する一線があったというべきかもしれない。水上のめざしていたのは、推理小説とか社会小説とかいう枠組を――むろん私小説というそれも――超えた、そのような定義に拘束されない作品だったと思われるからである。すくなくとも『霧と影』がそのような可能性を予見させる作品だったことは、一九六二年七月という時点で篠田一士が書いた『霧と影』論（「水上勉氏の文学――『霧と影』以後葬られた〝文学作品〟」一九六二・七・二七「東京新聞」）などからも窺えよう。

「自分が推理小説を好んで読むのは、そこにえがかれる風景をたのしむためだ」というイギリスの詩人W・H・オーデンの言葉を引き、「けわしい山陰につくられた水田や人気もまばらな停車場、その白っぽいプラットホームがすぐさきの線路をこえて山地へ入ってゆく道などの風情が、それぞれ微妙な音調をもって読者に語りかけ」るようなところにこの作品の魅力があることを指摘しながら、篠田は次のように述べている。

だが、もちろん、「霧と影」の中核はこの戦慄と優しさにみちみちた旋律にあるのではなくてそれを主導低音のようにして構築されたロマン、そう、ゴシック・ロマンスの世界である。ここには現代の都会と農村が可能なかぎり対立的にえがかれ、その間をめまぐるしく往き来する人物たちは彼ら自身の過去を背負うと同時に、彼らの先祖の暗い血の宿命にさいなまれている。これは外のどの小説家もしなかった方法で現代日本の複合した断面をみせてくれる。ぼくは「霧と影」のまえに「楢山節考」をおき、あとに「さいころの空」を据えてみる。そうしてみたとき、この小説がいかに巨大な構想の下に書かれたかということを、あらためてぼくたちは思い知らされるはずである。

たしかに、この作品の出現した一九五〇年代前後は、一方で深沢七郎の戦慄的な「楢山節考」（一九五六）が土俗的世界への想像力を駆りたて、他方で、兜町を舞台に、若い相場師の挫折を描いた野間宏の「さいころの空」（一九五八〜五九）や、企業の薄暗い部分に光をあてた城山三郎の「総会屋錦城」（一九五八）が戦後社会のメカニズムにメスを入れ始めた時期でもあった。『霧と影』は、これらの作品があかるみにだした都市と農村、文明と自然、合理と非合理、近代的なものと土俗的なもの、という対立するいずれにも触手を伸ばしながら、両者に引き裂かれる人間の姿を照射した作品だったのである。その意味では、〈社会派推理小説〉というコンセプトに封じ込めることのできない、「巨大な構想」のもとに企てられた作品だったといえよう。

とはいえ『霧と影』が、もともと篠田の期待した方法意識からするものでなかったことは改めていうまでもないだろう。「点と線」の手法を忠実に踏まえ、それを水上流に彩色しながら書かれた作品であり、篠田が思いえがいたゴシック・ロマンスの可能性は結果として産みだされたものにすぎなかったからである。しかも『霧と影』の手法は、この作品が〈社会派推理小説〉のレッテルのもとに流通し、作者もまたジャーナリズムの要請を受けて同種の作品を量産する過程で、しだいに類型化していくことにもなった。「海の牙」以後、「耳」「爪」「若狭湾の惨劇」等の作品が、それぞれに工夫を凝らしているとはいえ、ワン・パターンの単調さに陥っている観があるのは否み難い。

にもかかわらずこれらの作品が多くの読者を得たのは、それが、従来の推理小説がみすごしてきたような人間達を登場させ、現実社会の感触をとりだしてみせたところにあったといえよう。そこに登場するのは古典的な探偵小説で馴染みのスーパースターとしての探偵でも犯人でもない平凡な市井人であり、彼等の生きる社会も、それにふさわしく〈世間〉とか〈世の中〉という呼び方がより適切であるようなそれなのである。『霧と影』の小宮雄介や宇田甚平が往還し、歩き廻るのは、都市と農村が互いに浸透しあい、合理と非合理が互いに手を握りあっているような〈世間〉という空間なのだ。それは、野間や城山の作品におけるように社会科学的な分析視角のもとに出現する社会とは異なる。むしろ社会科学的な認識の対象とされることに抗わざるを得ない社会であるといっていいだろう。また、そこに拡がっているのも、名所旧蹟にはほど遠いありふれた風景である。そして、という意味ではこれは、国木田独歩が「武蔵野」（一八九八）や「忘れえぬ人々」（同）で切り開いた自然主義文学の伝統に連なっていたといえる。というより、『霧と影』が果したのは、「武蔵野」や「忘れえぬ人々」がそうであったような、新しい風景と人間の発見であったといったほうが当を得ているかもしれない。

このような社会の捉え方は、松本清張もさることながら、師であった宇野浩二に負っているといえるだろう。はやく舟木重信も評したように、[3]「蔵の中」（一九一九）「子を貸し屋」（一九二三）などの作品の人間達が生きる場所もまた、〈浮き世〉とか〈世の中〉という呼称の似合う、〈人情〉が交換され消費される世界だったからである。江戸川乱歩が「D坂の殺人事件」（一九二五）や「屋根裏の散歩者」（同）などで鮮やかに読み解いてみせた一九二〇年代の東京を、宇野は業苦を背負った人々の群れ集う〈苦の世界〉としてみつめたのだった。

「初音町とは床しけれど、世をうぐいすの貧乏町ぞかし」とは、樋口一葉の名作「大つごもり」（一八九五）の一節である。ヒロインの下女お峰が、師走の十六日に芝白金の奉公先から、育ての親で、病気で窮迫している伯父の安兵衛が侘住居する小石川初音町の裏長屋を訪ねる条りの冒頭だが、一八八〇年代から貧民街として知られたこの界隈は、宇野浩二が〈夢見る部屋〉を持った菊富士ホテルとも近く、『霧と影』を書く前後の、無名時代の水上勉が住まいを転々とした一帯でもある。水上の作品のなかの人間達は、そのような、「世をうぐいすの貧乏町」に、現世を〈憂き世〉とみなしながら棲息する人々にほかならない。そして、そこに生きる人々が、宇野の作中の人々と同様いずれも業苦を背負っているという意味では、ここは〈世間〉というよりは宇野に倣って〈苦の世界〉、というより〈苦界〉と呼ぶほうがいっそう似つかわしい場所というべきかもしれない。哀歓とペーソスに溢れた宇野の『苦の世界』（一九一九）とは異って、哀はあっても歓はなく、サスペンスはあれどペーソスを欠いた——もっとも、処女作『フライパンの歌』[4]には師ゆずりのペーソスの、そこはかとない香りを嗅ぐことはできたかもしれないが、水上の、すくなくとも初期の作品における社会は、いわば〈苦界〉というべき場所だったといっていいかと思われる。

因果の糸

知られるように、トリックの奇抜さにおいて妍を競うよりも、人を犯罪に駆りたてる〈動機〉にこそ注目すべきだというのが、松本清張の画した推理小説の一つの大きな方向転換だった。人に法や掟を侵犯させるに至る〈動機〉の追及を通して社会の隠された部分を剔きだしにし、人間の内部世界をあらわにしていくところに、ドストエフスキーの「罪と罰」から、〈社会派推理小説〉に先立って出現した三島由紀夫の「金閣寺」（一九五六）に至る、犯罪者を主人公にした近代小説の伝統があったことはいうまでもないが、トリックの解明に偏した推理小説を、〈動機〉を追及するそれにと展開させたところに清張の役割があったといえる。

社会派推理作家として、水上もまた〈動機〉にこそ目を向けようとしたことは、彼自身「動機は、好みからいって社会性のあるものがいい。しかし、いくら社会性があるからといって、人間がする犯罪だから、人間の背景となる社会のつなぎ目が説明されねばならない」（「私の立場」、一九六一・四「文学」）と語っている通りであろう。「雁の寺」（初出、一九六一・四「別冊文春」）や「飢餓海峡」（初出、一九六二・一〜一二「週刊朝日」）等は〈動機〉そのものを主題とした作品といってもいい。

しかし『霧と影』や「巣の絵」などでは、犯罪者の側の〈動機〉は必ずしも「雁の寺」や「飢餓海峡」のように重い意味をもってはいない。そこでは、犯罪は政治組織（『霧と影』、『火の笛』〈一九六〇・一一　文芸春秋社〉）や軍隊仲間（「巣の絵」「若狭湾の惨劇」）等の組織の利害のもとに敢行されるのであって、組織の非人間性は告発されているとしても、犯罪者の顔は明瞭ではない。
これらの作品で作者が目を向けているのは事件の被害者達に対してであり、彼等が殺される〈動機〉についてである。だが、彼等の〈動機〉は、これまた稀薄といわねばならない。水上が作品のなかではじめて人を殺すのは『霧と影』においてだが、被害者の第一号である宇田参平の場合は、弟の甚平の関わる組織の人間を匿まうという、それだけの理由で殺されてしまうし、参平の息子の担任である郷土史研究家でもある小学校教師笠井早男は、参平の死体を目撃したために殺されねばならない。また、「耳」の人のいい工員は選挙地盤をめぐる争いのために全く意味もなく惨殺されるし、「闇の記憶」（一九六二・三「婦人公論」〈「花の墓標」第三話〉）の交換手が犠牲者になるのは、彼女が交換手であったという理由からだけで、彼等はいずれも「無意味な死」(5)を死なねばならないのだ。しかし、彼等が、自分のほうでは殺害される〈動機〉を持たないにもかかわらず虫けらのように殺されてしまうところに現代社会の不気味な実態もまた明らかにされるのであって、現代の社会は、無辜の人間が自分には非もなく死なねばならないという意味でも〈苦界〉なのである。もし彼等に非があったとすれば、それは彼等が不運にも事件を目撃してしまったか、或いは、なんらかの形で犯人と袖すりあったから、というほかはない。たとえば、「巣の絵」の心やさしい童画家新田義芳の場合。大塚坂下町の質屋の地下室という自分だけの部屋に籠って幻灯画を描くのを職業にしている男、といえば、宇野浩二の「蔵の中」や「夢見る部屋」（一九二二）の主人公を想起させるが、この夢みがちな芸術家は、無聊をいやすべく名刺を作り、護国寺や雑司ケ谷の墓地の名刺受けに入れたために事件に巻きこまれる。名刺を入れたのは、ちょうど彼の童話のなかの貧しい少女が紙切れに願事を書いて風船にくくりつけて空に飛ばせた行為にも通じる夢見がちな心理からするものだったが、そうした夢見がちな心と、新田義芳という武将を思わせるような名前が、犯罪と機縁を結ぶことになるのである。この、宇野浩二が書いたらたぶんこういう推理小説になっただろうと思われる作品の意表をつく設定は、現代社会の不気味さとその恐怖を喚起すると共に、また〈因縁〉という言葉も想起させる。墓地が舞台に選ばれていることや、無縁仏として葬られる彼の通夜の情景などがそれを連想させるからだけでなく、童画家の孤独な死の理由がちょうど縺れた因縁の糸をほどいていくように読み解かれていくからでもある。その糸は、ただ犯人《ホシ》と被害者《ガイシャ》の間にだけ張られているのではない。片足がぐあいの悪い少女や、あやしげなカメラマン、もの書き、やはり孤独な出版社の社員などが、なんらかの形で童画家と縁を結び、彼等によって因果の糸は解《ほど》かれていくのである。そこにあらわにされてくるのは、いわば網の目のように因果の糸の張られた、現世という〈苦界〉の光景なのだ。

犯罪者よりも、むしろ被害者の〈動機〉に目を向けてきたかにもみえる水上が、罪を犯す人間に目を転ずるようになるのは「銀の川」（初出、一九六〇・一一～六一・一　「週刊文春」、のち改稿して一九六〇・四　河出書房刊）、『火の笛』を発表した一九六〇年の終りから翌年にかけてのあたりであろうか。このうち『銀の河』は、「はじめて女が描けました」(6)と自負している通り被害者の女性歌人像については作者自身も満足のいくものだったようだが、『火の笛』も注目すべき作品だったと思われる。

敗戦後まもない一九四九年、東京での警官殺害事件と北陸での進駐軍兵士による婦女暴行事件を二つの中心に、スパイ機関の暗躍を背後におくという設定は『霧と影』と同工異曲といっていいが、この作品には、犯人の〈動機〉にそれまでの作品にはない陰翳がみられる。犯人の簑内徳太郎は北陸の貧しい山村出身であり、薄暗い過去を背負っているという点では『霧と影』の宇田甚平と、いわば一種の血縁関係にある。しかし、後者が自分の組織のために、或いは自分の奉ずる思想のために無辜の人間を殺すのに対し、簑内の場合には暴行されて死んだ妹の復讐が〈動機〉なのである。すなわち、妹の死の背後にみえかくれする権力への報復が彼の殺人の内的なモチーフとなっているのであって、それが、この作品にある厚みを与えているといえる。或いは、視点の相対化をもたらしているといってもいい。宇田参平や笠井早男を始めとして、これまでの作品の被害者達は、いずれも、殺されるべき積極的な理由を持たない人達だった。彼等はふとしたことを機縁に事件に関わり、無意味に死んでいったのである。だが、この作品の被害者である警官宇梶は、彼自身が消極的にではあれ暴行事件に加担し、そのために死者の兄による裁きを受けねばならぬという〈動機〉を持っている。ここでは、被害者はまた加害者でもあり、被害者《ガイシャ》の側から加害者《ホシ》を一方的に断罪するという、これまでの作品にみられた観点は相対化されているのだ。水上は、ここではじめて、殺す人間の内部の薄暗い領域に一歩踏みこんだ、といっていいかもしれない。そしてそのことは、とりもなおさず、彼にとって、自分の内部の薄暗い部分をみつめることを意味していた筈である。

ところで、被害者と加害者の相対化ということに関していえば、『霧と影』の笠井早男や、「巣の絵」の新田義芳等の被害者が、いずれも、山村の分教場の教師や夢みがちな童画家というように、なんらかのかたちで作者自身の分身であったことも想い起しておくべきであろう。水上も笠井と同様、戦時中に郷里に近い山村の小学校で教鞭を取ったこともあり、また、新田と同じく、娘を預けて童話を書いて過ごさねばならぬ時期があった事情については、『凍てる庭』(一九六七・五 新潮社)その他に繰り返し語られているところである。水上は笠井や新田に無意味な死という運命を与えた。そこに、過去の自分への訣別というモチーフはこめられていたかもしれない。しかし、彼等を無辜のままに死なせたとき、そこに自己憐憫という甘えの感情が潜んでいなかったかどうか。だが、笠井や新田が分身であるなら、北陸の山村に出自し、社会への敵意を燻らせる宇田甚平や嚢内徳太郎もまた、彼と出自と敵意を共有しているには違いないのだ。笠井や新田を無辜のままに葬った水上にとって、彼等と悪縁を結んだ宇田や嚢内をみつめることとは、回避することのできない課題であったといわねばならない。

一九六二年、「雁の死」(三「別冊文春」)で「雁」四部作を完成させた水上は、次のように回想している。

私はこの三作(『不知火海岸』『海の牙』『耳』を指す―注)によって、推理小説としても、社会小説としても不合格であるという批評家の言葉を受けた。どうしたら、人間を感動させることのできる推理小説がかけるだろうかと模索しはじめた。つまり、同じ殺人や犯罪を主題にする小説をかくのなら、遊びでなくって、真に当事者の身になって描かねばならないということを思うようになった。水俣病のことをかいて失敗した理由は、私自身が傍観者であり、患者のかなしみを真に知らなかったからどっちつかずの作品になったのだと思いかえした。(「社会派のレッテル」、一九六二・五・一〇「朝日新聞」)

「真に当事者の身になって」描くとは、被害者だけでなく、罪を犯す人間とも「かなしみ」を共有することであろう。いわば、内なる加害者をみつめること、或いは、加害者としての自分を凝視することた。必ずしも成功作とはいえない『火の笛』だが、水上がここで獲得した視点は、それがやがて「雁の寺」の完成をもたらすことになるという意味で重要だった。『火の笛』では、犯罪者籆内の相貌は遠望されるのみでまだ明瞭ではないが、断崖の上から父と共に身を翻したまま生死いずれとも定かでない彼は――『火の笛』の結末は、『雁の寺』(全、一九七四・六「文春文庫」)のそれと酷似している。また、主人公の生死の判断が読者に委ねられている点でも『雁の寺』(全)を思わせるものがある――背が低く、頭の鉢の張った白眼がちの小僧慈念として「雁の寺」に甦えることになる筈である。宇田甚平がそうであるように、不倫の果ての呪われた〈桑っ子〉[7]として出生し、和尚殺しという一種の父殺しを働き、母を姦し、実の父によって殺されることになる、頭の鉢の開いたこの異形のオイディプスは、水上が自己のうちなる犯罪者を凝視することを通して生みだした存在でもあるのだ。

それにしても、社会が、人と人が有縁・無縁の因果の糸で結ばれ、縺れあっている〈苦界〉であるとすれば、宇田甚平に始まり、籆内徳太郎、堀之内慈念、犬飼多吉と続く系譜の男達は、いずれも、その〈苦界〉を彷徨する〈餓鬼〉という言葉がふさわしい存在といえよう。『飢餓海峡』(定本、一九七二・九　朝日新聞社〈水上勉社会派傑作選四〉)〈あとがき〉(「『飢餓海峡』について」)で水上は、この作品で「戦後の飢餓の時代に(中略)やむなくひとを殺さねば生きてゆけなかった人間」の生きざまを追尋したかったと語っているが、慈念はさておくとしても、彼等はいずれも辺境に生まれ、戦争の却火を潜りぬけた、戦後社会という〈苦界〉に棲息する〈餓鬼〉なのだ。というより、嚢内や犬飼は、戦後に生き延びた慈念だったというべきかもしれない。

〈餓鬼〉といえば、ところで、小松伸六が慈念を、「雁の寺」(初出)とほぼ同時代にドイツでベスト・セラーになったギュンター・グラスの『ブリキの太鼓』(8)の主人公オスカルに比肩している(9)のは卓見であろう。ドイツ人とポーランド人のいずれともつかぬ男を父とし、父の妻となった女を妊娠させ、戦後は愛用のブリキの太鼓を持ってサーカス団で活躍する小男のオスカルには、たしかに『雁の寺』(全)の主人公との濃い血縁が感じられる。慈念と同様、オスカルにもドイツの戦後が生んだ〈餓鬼〉のイメージがまつわっているのである。しかし、それもさることながら、こうした〈餓鬼〉の、とまではいえなくともすくなくとも慈念の造形において、師である宇野浩二の影を無視することはできないのではないか。というのも、寺で少年期を過した小僧が、師であり、育ての父でもある和尚を殺して出奔するという「雁の寺」の結末は、浅草の娼婦達の母性本能を満足させる愛玩物となってきた少年太一が、いつのまにか〈恐るべき子《アンファン・テリブル》〉となって都会の人ごみに紛れていく「子を貸し屋」や、半田六郎という奇怪な人物が夜の闇のなかに姿を消していく『苦の世界』のそれを踏んでいると思われるからである。「子を貸し屋」が、太一という〈恐るべき子〉の誕生の物語であるとするなら、『雁の寺』も、やはり慈念という〈餓鬼〉の生成の劇を主題にした小説にほかならない。また、半田六郎という鏡の光の屈折のなかに宇野が自分の顔をみつめた(10)とすれば、水上は慈念という〈餓鬼《アンファン・テリブル》〉のなかに自分の脱ぎ棄てた過去をみたのだ。

悲　母

さきにも触れたように、水上は『銀の川』で「珍しく興味のある女が書けた……」(単行本版「あとがき」)と語っているが、たしかに、後年の作品と比較して初期の作品において、女性の輪郭は必ずしも鮮やかとはいえない。『霧と影』『海の牙』「巣の絵」等では、女性は犯人《ホシ》でも被害者《ガイシャ》でもない存在として脇役をつとめるにすぎないし、「爪」にマニキュアをした被害者は、都会に憧れて上京した田舎娘という以上に掘り下げられているわけではない。彼女等に較べると、男達を翻弄したあげく破滅していく『銀の川』の女流歌人堂島美保子は複雑な女の魅力を湛えているといえるだろう。中井英夫の協力によって、随処に短歌を鏤めた趣向も眼を奪う。しかし、水上文学における女性像の系譜を遡っていくときに注目されるのは、『銀の川』もさることながら、むしろ、この作品が連載される一カ月ほど前に発表された短編「うつぼの筐舟」(一九六〇・一一「オール読物」)ではないか。北陸の海岸に若い女の死体を乗せた「うつぼ舟」が漂着するところから始まるこのミステリーは、しだいに、貧しい寺大工と日蔭の女をめぐる哀れな愛のゆくすえを明るみにだしていく——。七十二歳になる京都の寺の住職の隠し妻で彼の子を身籠っていた女は、寺の普請にきていた男と出奔し、男の故郷に逃れて新しい生活に夢を托していたのだが、夫からの追手が来ていると知って自殺し、男は「うつぼ舟」に女の死体を乗せて海に棄てたのである。

「うつぼの筐舟」ではまだ漠然とした趣きがあるものの、やがて「案山子」（一九六一・一「週刊公論」）「おえん」（同・三「週刊朝日」別冊）「西陣の蝶」（一九六二・六「別冊文春」）などを経て、「五番町夕霧楼」（同・一〇「別冊文春」）や『越前竹人形』（一九六三・七　中央公論社）において鮮明に像を結んでいく水上文学の女性像に共通しているのは、彼女等が、いずれも自分に与えられた悲惨な運命を甘受していく存在であることだろう。夫を裏切って若い男のもとに走るヒロイン睦子は、男を破滅にと誘っていく存在として『銀の川』の美保子がそうであるように〈宿命の女《ファム・ファタル》〉を連想させもするが——そういう系譜の女性は「杉森京子の崩壊」（一九六一・八〜一〇「週刊サンケイ」）にも姿をみせる——、と共に、寺の伽藍の陰で新しい生への渇望に身悶えする存在として、「五番町夕霧楼」の夕子や『越前竹人形』の玉絵など、遊廓という檻のなかに閉じこめられた女性達の列に属してもいるのである。夕子や玉枝において全貌をあらわにする水上文学のヒロイン達は、まず、〈うつぼの筐舟〉に乗って姿を現わした、といってもいいかもしれない。

暴行されたあげくに離縁され、狂気になっていくおえんや、娼婦として男達のなぐさみものになり、結局は肺病に冒される蝶子（「西陣の蝶」）など、彼女等は、自分の生を苦行でもあるかのように耐えていくが、その生の悲惨さは、多くの場合、彼女達が死体となって発見される場面においてひとつの極みに達する。

いったいに水上の作品は、死体が発見される場面をクライマックスに全体が構成されている場合がすくなくない。「不知火海岸」は、そのサスペンスもさることながら、忌わしい病毒によって腐乱した死体が啄ばまれる光景が不気味な残像として去らないし、それを書き直した「海の牙」では、水銀毒に冒された海にむかって死んでいく、やはり水俣病の母子の像が読者の網膜にながく生きつづける。これらが、現世という〈苦界〉を象徴する図柄であるのはいうまでもないだろう。物語は、その目を蔽うばかりの酸鼻な光景をめざして語られていく趣があるのであり、主題は、ここに改めて集約的に提示される。というより、作品全体がこの地獄図絵のひとつの絵解きであるといってもいいかもしれない。鴨長明の『発心集』に触れて水上は、その説話のなかに「作者の発心の楽しみというよりは、地獄を逃げようとして逃げきれないでいる人の苦しみ」をみ、「地獄を創ってみせる人の力」を感じるといっている（「発心集・地獄の文学」、一九七六・一〇「波」）が、地獄絵を描こうという情熱が、彼の作品を支えているといってもいいかもしれないのである。

そして、その地獄図は、女性達が死体として描かれる場合に、とりわけ悲惨さを際だたせるのだ。「うつぼの筐舟」の場合だけでなく、「越前竹人形」の原型になった作品ともいえる「鴉の穴」（一九六三・一～三「旅」）のお咲は、海に面した樹海のなかで黒髪と白い骨だけになりながら、「不知火海岸」のそれと同様わずかに残った腐肉を鴉に啄ばまれ続けるし、「真福寺の階段」（一九六一・一〇「別冊小説新潮」）のたつ枝は寺の踏み台に閉じこめられたまま、コンクリートの亀裂が子供に発見されるのを待ちつづけなければならない。また、「案山子」のさとの死体は、凍てついた水田の氷のなかに閉じこめられているのが村人に発見される。

庄左の日蔭田にはった薄氷の上に、いちめん海苔のようにへばりついた黒い糸屑のようなものがあった。よくみると、それは糸屑ではなかった。何かもっとべつのものにみえた。男は薄氷の上を歩いてその黒いかたまりのみえる所に近づいた。

「うえッ」

男はもっていた杖をふるわせて棒立ちになった。それは人間の黒髪であった。髪は海苔を敷いたように薄氷の上に浮いていた。その髪の根もとには、埋もれた一本の案山子があった。首だけの案山子であった。髪はその案山子の頭から生きもののように黒々と浮いてみえた。「案山子」

横恋慕した男に凌辱され、それを知った夫のために殺された農婦さとの死体がみつかる場面だが、この図柄は、日蔭田に閉じこめられ、冷たい水のなかで終えなければならない女性の生を彷彿させよう。悲惨な図柄は、その生のみじめさと見合っている。ただ、コンクリート詰めされるたつ枝の場合などと異なって、水のなかで死んでいく彼女に、末期の水への渇きはなかっただろうことが、わずかに、慰めといえばいえる。そして、多くの場合、彼女らは花に囲まれて水死していくのである。たとえば、「赤い毒の花」（一九六二・三「小説新潮」）では、自分を欺いた男の種を宿した小夜子は、絨毯を敷いたように咲き乱れる真紅の花の群れのなかで、黒い傘をひろげたようにやはり髪の毛を水面に浮べながら死んでいるし、「西陣の蝶」では、これも同じく男を殺してみずから果てる薄倖の蝶子は、黄色い花の群生する湿地に横たわる。また『火の笛』の嚢内まつは、水仙を手にしたまま暗い海の渦巻きのなかを漂っていく。[11] さらに、花こそ持たないが、短歌仲間の足の悪い学生と実らない情事を重ねる『銀の川』の美保子は、吸いこまれてしまえば出てこられない穴があるというういいつたえのある銀色に光る淵から浮かびあがってくるのである。

その死はむごたらしいが、水のなかで死んでいく彼女等には、ある救いも感じられる。これら、花に囲まれて水死していく女達は、男の不実に絶望して死んでいく哀れさにおいて「ハムレット」のオフィーリアを、また、その最期が痴情の糸の縺れた果ての無惨な結末であることにおいて、メーテルリンク「ペリアスとメリザンド」のメリザンドを想起させもするが、オフィーリアやメリザンドの場合と同じく、水のなかでのその死には、あるやすらぎさえ漂っているとみえるのは、すべてを浄化するという水のミスティシズムのゆえだろうか。というより、もともと〈うつぼ舟〉に乗ってやって来た睦子がそうだった如く、彼女等は水の気配と共にこの世にたち現われた〈水の女《ウンディーヌ》〉――メリザンドが男と運命的な出会いをするのも水辺でだったが――であったといっていいかもしれない。「うつぼの筐舟」は、作中でも語られるように、柳田国男の「うつぼ舟の話」（一九二六）から想を得ているが、彼の作品に顕著な水死のイメージには、海の彼方に〈常世の国〉があると信じた折口信夫の「水の女」（一九二七）を思わせるものがあるのだ。〈水の女〉としての彼女等は、野口武彦もいうように[12]、男達を救済しなければならない。

氏の作品世界にあっては、ひとりひとりの女の、春をひさぐのに疲れ、病いにむしばまれ、憑かれたように死にいそぐその肉体の彼方に、もうひとまわり奥行きの深い視界が透けて見えてくるのである。ひたすらなる受苦をつうじて解脱に近づく女。これらの女たちは、時には娼婦となり、時には母性愛を求められるだけの対象となって、さまざまに男たちを救済する。そしていよいよ不幸なことには、自分が男たちから救済されることはほとんどないように見えるのである。

「うつぼの筐舟」にぼんやりと姿を現す「救済する」存在としての女性が、その顔だちをあらわにするのは、痴情の縺れから妻を殺した男を匿まい、男が自殺したあとでも白骨化した死体の周辺を雛壇のように美しく飾り、食事を運びつづける気の触れたおえんからだが、こうした女性像が、〈悲母〉として水上のなかに確固とした像を結んでいくのは、狩野芳崖の未完の傑作「悲母観音図」に触発されて書いた「水の幻想——熊野曼陀羅私考」（一九七六・一一「芸術新潮」）の次の一節などが端的に証しているところであろう。

人も知るとおり、嬰児は観音の下にあって、円光の中でうぶ声をあげている。その円光の下には、峨々たる岩磐の屹立する山塊があって、このけしきは芳崖が自ら峻峻の妙義に分け入り、第二石門を見た時に発想したものだとつたえられている。嬰児の生誕が果てしない穢土に生ずるとするなら、岩の屹立する妙義は、うき世の象徴だろう。芳崖はその山巓に子を描き、頭上に慈悲ふかき観音を立たせて、右手の宝瓶からしたたり落ちる水をあたえ、子にいのちをもたせている。不思議というしかない絵だが、ぼくは宝瓶から内角にかすかな弧をえがいて水滴がおちかかるのを嬰児が見あおぐ顔をみつめて感動するのである。

水上がこの文章を書くのは一九七六年で、「人殺しのことばかり考えてそれを書きつづけてくたくたになる」（「金閣と水俣」、一九七四・四「世界」）日々から十余年経ってからである。しかし、『海の牙』の掉尾、病いに冒された母子が海辺で息絶えている光景のなかにすでに透かしみることのできる「悲母観音」の構図は、北国の海辺に乳呑み子が漂着するところ(13)から始まり、彼女が海に帰っていくところで終わる「非母観音」（一九六五・一～六六・一二「小説現代」、のち『北国の女の物語』と改題して一九七二・八　講談社刊）を経て、しだいに確かなものとなっていくのである。

海という墓

「別冊宝石」の水上勉特集で、大伴秀司のインタビューに答えて、水上は次のように語っている。

他言されちゃ困るんだが（あたりを見廻してから）日本アルプスが日本海におちこむところに〝親知らず〟とよばれる秘境があるでしょう。あそこの絶壁は底なし海だと伝説が残っているが、実は本当に底なしなんですよ。それも福井の真下を通って、信州の南のほうまで、ぐっとえぐれて海底窟になっとるんですわ。ところが、その穴の奥に、日本中から流されてきた水死体がぎっしり詰ってるんです。ちょうど善光寺の真下あたりになるのかなあ。海底の黄泉の国っていうわけですな。（あたりをうかがいながら）誰にも話さないでくださいよ。

「親不知」の下から信州の南端辺にまで海底洞窟が拡がっているといういいつたえは、幼い頃に村の古老から聞いたものだった。むろん「若狭の古老がはなしてくれたおとぎ話めいたこの海底からの善光寺詣でを、私は信じるようなおろか者ではない」と、後に、絶品といっていい名紀行文

「絶壁の果て・親不知」（一九六四・六「旅」）でも述懐するように、水上はこの洞窟の実在も、「黄泉の国」の存在も信じていたわけではない。しかし、海の彼方に「常世」があることを信じて補陀落渡海を決行し、盆の十六日に、その年に死亡した新仏の位牌を乗せて精霊舟を見送った人々を愚かだと見做していたわけではないこともいうまでもないだろう。むしろ、「常世の国」を幻想せずにはいられぬ、貧しく、寄辺ない人々の心の奥処こそ、水上が〈探偵小説〉を手段に尋ね入ろうとした場所だったというべきではないか。インタビューの行われた一九六二年は、一月から「飢餓海峡」の連載を開始したのをはじめ、九月に「五番町夕霧楼」を、また、インタビュー掲載誌の発行された同じ十二月には「越後つついし親不知」を発表してもおり、「変身の作家」とされる彼が、推理作家から「『人間を書くこと』の方向」（定本版『飢餓海峡』「あとがき」）に転じようとした年でもある。インタビューでの、重大な秘密でも告白するような口ぶりは、日本人の心性の内部というナゾに踏み込もうとする時期の彼の、デーモンに憑かれたとでもいうべき表情を彷彿させよう。彼が憑かれたのは、海の彼方に〈他界〉を仮構せずにはいられぬ生と、後年に彼が好んで使った言葉でいえばその心田《しんでん》のありようだった。いや、正確にいえばそれを共有したいという希求だった。水上文学のなかの女性達の多くは水死していくが、そこには彼のそうした願望も投影しているといってもいいだろう。彼女達が横たわる水は、やがて海に注ぐものであってみれば、海は、「親不知」の難所を境界に善光寺の下あたりまで通じる、巨大な墓場でもあった。「越の娘」（一九六二・三「小説新潮」）の千代が認めた如く、現世は水によって浄化さるべき〈穢土〉にほかならず、海こそはその傷だらけの魂がやすらぐべき場所だったのだ。

しかし海は、彼女達にとってだけ墓地としてあるのではない。作者がみずから「得体の知れない鬼子」だという『飢餓海峡』の樽見京一郎＝犬飼多吉もまた、青函連絡船のデッキから灰色の津軽海峡に身を翻えしていく。彼もまた、海を墓場として選ぶのである。だが、墓というものが、母胎から放逐されることによってこの世に生を享けた人間が回帰していくべき処でもあり、それゆえ墓処が、文化を問わず、子宮＝胎内に象られているものでもあれば、そしてまた彼が身を投じた海が〈妣の国〉につながり、事実また巨大な胎内を思わせる海底洞窟に通じているのであってみれば、それも異とするべきではないかもしれない。みずからの積んだ悪業を、法によって裁かれることを肯《うけ》がわない彼も、窮極においては「往生」（親鸞）すべき存在なのだ。前記定本版『飢餓海峡』「あとがき」にもいうように、『飢餓海峡』を最後に、水上は推理小説の筆を絶った。樽見と共に、その小説の夥しい犯罪人達を海に葬ったといってもいい(14)。

内田吐夢監督による映画「飢餓海峡」（一九六七　東映）を観た者は、三國連太郎扮する樽見が身を投じた海峡に、和讃の唱和が響きわたるのを忘れないだろう。しかし、この小説の読者は、樽見こと犬飼の相貌が、彼を産み出すために苦しんでいた作者が、この作品の中断をひきかえに書いた「越後つついし親不知」の末尾、不運なおしんの死棺から発見された嬰児の俤と重なるように思わないだろうか。そしてこの母子の構図が、狩野芳崖が未完のままに残した「悲母観音」のそれとも重なっていると、感じないだろうか。

〈注〉

（1）曽根博義「評伝作家としての情と理――『古河力作の生涯』をめぐって」（「別冊新評・水上勉の世界」一九七八・七）
（2）権田萬治「弱者へのレクイエム――水上勉の推理小説」（同右）
（3）舟木重信「宇野浩二論」（「新潮」一九一九・七）
（4）本論では『飢餓海峡』を刊行して推理小説の筆を断つまでを「初期」とみることにしたい。
（5）佐藤俊「水上勉論」（「別冊宝石114・現代推理作家シリーズ1、水上勉編」一九六二・一二）
（6）大伴秀司「水上勉の周囲」（同右）
（7）〈桑っ子〉のことは、『霧と影』はじめ様々の作品に語られるほか、「桑の子」（一九六三・一〇「小説中央公論」）という作品もある。
（8）Grass, Günter, Die Blechtrommel, 1959（宮本研一訳、一九七八・九　集英社）
（9）「叙情による認識と表現――水上勉入門」（「別冊新評」一九七八・七）
（10）拙稿「メディアの顔――宇野浩二『苦の世界』」（「日本近代文学」四八集　一九九一・一〇）
（11）同様の趣向は、短編「水仙」（一九六三・三「オール読物」）にも語られる。
（12）「他界から来た女たち」（「面白半分臨時増刊・かくて水上勉」一九八〇・三）

(13) 注(6)に同じ。
(14) 権田萬治は注(2)の論文で、『飢餓海峡』は水上の「推理小説への鎮魂曲であった」とみている。

野坂昭如「火垂るの墓」を読む

焼跡・闇市

一九四五年九月二十一日深夜、神戸三宮駅。糞尿にまみれながら一人の戦災孤児が死ぬ。飢えた少年が死ぬまで大切に手にしていたのはドロップの缶で、駅員が駅の裏の焼土を蔽う叢に抛ると、中から死んだ妹の骨と共に三十匹ほどのホタルが飛びだし、つかのま光芒を放って闇に消えていく――。

野坂昭如「火垂るの墓」（一九六七）の冒頭である。物語はここから時間を遡り、六月五日に神戸の空襲で焼け出され、母を喪った中学三年生の少年清太が四歳の妹節子と共に遠縁を頼り、そこを飛び出して防空壕で生活するものの、飢えのために妹が衰弱し、栄養失調で死に、三宮駅に来るまでの二ヶ月余りの日々を語っていく。西鶴ばりの饒舌な語りのなかに出現するのは、大量殺戮といったほうがふさわしい酸鼻をきわめる戦災の光景と、焼跡に剥き出しにされる人性と、すさまじい飢餓の世界である。硝煙と血の匂いが立ちこめ、卑小・酷薄かつ哀れな人間達の姿が浮かび上がる。

知られるように、野坂昭如は、この作品と「アメリカひじき」（一九六七）によって直木賞を受賞、とりわけ著者の同世代に共感をもって迎えられた。戦時下の記憶をもとにした「火垂るの墓」と違い、「アメリカひじき」は高度経済成長さなかの一九六〇年代後半、時代の花形産業であるTVCM業界に勤め、時流にノッテいる男の、五体にしみついたアメリカコンプレックスを風刺した短編である。B29の落とした焼夷弾でお袋を亡くし、香櫨園で泳げばアメリカのボートに追いかけられ、中之島では「女に逃げられたいうて腹立てた兵士になぐられ」るなど、すきっ腹かかえた少年時代にチューインガムや「アメリカひじき」すなわち紅茶のような腹の足しにならぬものしか配給しなかったアメリカ憎しでこりかたまっているくせに、なぜかアメリカ人の顔をみるとサービスしたくなる主人公が、戦後に生き延びた「火垂るの墓」の清太であるのはいうまでもない。「火垂るの墓」は、敗戦時に少年であり、「若者にとっては一度は訪れるべき善光寺、御利益たまわり箔つけるところ」であるアメリカに、ふくむところありながら肚のうちに納め、戦後の繁栄を謳歌している世代——昭和ヒトケタ世代の心情を真率に吐露した作品として喝采を浴びたのである。たとえば、作者と同じ一九三〇年、すなわち昭和五年生まれの歴史学者菊池昌典は次のようにこの作品への共感を表明している。

私は「火垂るの墓」をよむたびに飢えを実感する。回想はしばしば苦しい体験を甘美なものにしがちであるが、飢餓体験とはそんなものではない。飢えは、たえず、満腹へのはてしない渇望をうみだし、頭の中は食物で一杯になって沸とうするのだ。そして、飢えのきだるさ。指の間にできる湿疹、皮膚の下にトンネルのように穴を掘りつづけては、ウミをつくりだすカイセン、そのウミをつぶせばたちまち黄色の膿汁をつくりだし奇怪なカサブタとなる抵抗力ゼロの栄養失調の私の姿をおもいだす。それは、やはり、昭和一ケタ世代の共有する特異な生活体験であり、一ケタ世代以外の者にはわかるはずのないものなのだ。(「昭和一桁世代の反国家的原型」一九七四・一二、「国文学」)

「火垂るの墓」は、発表当時、ちょうど三十代なかばになり、戦時下の記憶も薄れかかっていた世代に、少年時代の体験をまざまざと喚び起こす小説として受けとめられたが、もともとは同世代の、とくに女性を読者として想定して書かれたかと思われる。というのも、この小説は、一九六七年、「婦人公論」に発表、直木賞受賞と同じ翌年一月に婦人公論読者賞を受けたエッセイ「プレイボーイの子守唄」を作品化したものだったからである。

当時、作者は、三島由紀夫が「醜悪無慙な無頼の小説」(「人間通の文学」)と絶賛し、今村昌平が「人類学入門」として映画化した『エロ事師たち』(一九六三)で直木賞候補となってはいたものの、エッセイスト・作詞家・ルポライターとして、というよりは、黒メガネをトレードマークにした

「プレイボーイ」――一九六二年に彼が編集した『プレイボーイ入門』はこの年のベストセラーになった――として著名だった。三島は「エロ事師たち」に、「『プレイボーイ』などと言つてうそぶいてゐる野坂氏が、こんなに辛辣な人間だつたとは、面白いことだ」という感想を付け加えてもいるが、「プレイボーイの子守唄」は、この軽薄なプレイボーイが、「辛辣」な「人間通」という顔のほかに、もう一つの顔をみせたエッセイでもあった。このエッセイ（手記）が「婦人公論」の読者の共感を呼んだのもそこに関わっているので、この手記は、そこに回想されている体験の切実さに加えて、それが、黒メガネの「プレイボーイ」の、世間に流通しているイメージを裏切るような胸中の吐露――赤裸々な内面の告白であるところが共感の渦を巻き起こすことにもなったのである。そして、六十年代後半の「婦人公論」の読者が、なんらかのかたちで戦争を体験し、高等教育を受けた昭和ヒトケタ世代を中心とする知的女性層であったとすれば、「火垂るの墓」はまさに、昭和ヒトケタ世代の、しかも主として女性の支持を受けて誕生した作品でもあったといえよう。

直木賞受賞後まもなく作者は、昭和ヒトケタ世代のなかでもとりわけ、昭和四・五・六年生まれの世代を〈焼跡・闇市派〉であると規定し、みずからの世代の固有の体験に固執することを宣言（「焼跡・闇市派の弁」一九六八）した。〈焼跡闇市派〉という呼称は必ずしも定着せず、より幅を広くとった〈内向の世代〉というタームにとって代わられ、〈焼跡闇市派〉といえば野坂昭如その人を指す固有名詞にさえなった観があるが、とはいうものの、〈焼跡闇市派〉という言葉で括るしかないような体験の共有というものがあったにはちがいなく、「火垂るの墓」がその体験の切実さを代弁する小説であったことはまちがいない。「幸か不幸か文学になった春本」(澁澤龍彦)たる「エロ事師たち」の作者であり、「ベトナム姐ちゃん」(一九六七)や「アメリカひじき」のような反米的女性差別小説ものして顰蹙を買ったプレイボーイは、空襲で父母を喪い、幼い妹を抱いて焼跡をさまよったかつての戦災孤児として、昭和ヒトケタ世代の語り部として登場することになったのである。

父の従弟の嫁の実家

六月五日の空襲にはじまって、九月二十一日に清太が野垂れ死ぬまで、「火垂るの墓」の物語の時間は、日付によって正確に区切られる。六月五日空襲、遠縁の未亡人の家への避難、七日母の火葬、七月六日横穴の防空壕への転住、八月二十二日妹の死、九月二十一日清太の死という具合である。それだけではなく、近所の畑を荒らした清太が農夫からしたたか殴られて駐在に突き出されるのは七月三十一日、住宅街に忍びこんで米と換えるための衣類その他を掠めとるのが八月五日であるという風に、物語のなかの主要なエピソードには、必ず具体的な日付が記されているのである。

こうした日付の記述は、物語の発端が神戸空襲の日であり、その終結、すなわち清太の死ぬのが「戦災孤児等保護要綱」決定の前日であるという記述と相まって、フィクションというよりはノンフィクション（記録）という印象を読者に与えずにはおかない。事実、七月三十一日は福井が、八月五日は西宮が空襲された日でもあることは作中にも語られている通りであるし、八月二十一日は、戦後はじめての台風が焼跡を吹き荒れた日でもある。こうしたさりげない日付の記述が、戦争を体験した人々に一九四五年の八月前後の日々の記憶を喚起したことはいうまでもないだろう。日付だけでなく、ガラガラという物音と共に屋根から転げ落ちる「径五糎長さ六十糎ばかりの焼夷弾」とか、「タマゴ一箇三円油一升百円牛肉百匁二十円米一升五十円の闇」とかいう類の具体的な数字、「御影国民学校」「回生病院」「山王下の広場」というような実在の地名の記述は、戦争を体験した人々に当時の記憶をまざまざと甦らせるだけでなく、それを〈物語〉としてしか知らない読者をも、戦時下という時間のなかに誘いこんでいかずにはいない。具体的な日付や実在した町の名、商店や病院や学校など、それらが呼び起こす記憶やイメージを錯綜させながら一つの物語世界を現出させていくというのは作者が学んだ織田作之助の教えた手法でもあるが、こうした手法を駆使した語りによって、読者は戦争という現実のなかにひきずりこまれていくのだ。だが、数字や実在の地名などを鏤めながら織田作の文学が「虚の世界」（「可能性の文学」一九四六）を提示しようとしたのと同様、「火垂るの墓」が忠実であろうとしたのも戦争という歴史的事実の記録ではない。語り手が懸命になって伝えようとしているのは、母とその二人の子供の死であり、戦争というものの生なましい感触なのである。六月五日、七月六日、七月三十一日、八月五日というような日付が、神戸、明石、福井、西宮等々の空襲の記憶を喚起させることにはまちがいないが、それらの日付はそうした歴史的事実のゆえにというよりは、硝煙や血の匂い、「香華もなく、枕団子も説教もなく、泣くものさえいない」講堂におかれた母の死体や、疥癬だらけになり、下痢にさいなまれて崩壊し、死へと歩みを進めていく妹と兄の生活のメルクマールとして克明に記録されるのであり、その逆ではない。そのことは、たとえば八月十五日が「母の死よりはるかに実感」をもって父の死を受けとめた日であり、なけなしの金をはたいて求めた一升四十円の白米を妹が受けつけなくなった日として語られているところなどにも示されている。織田作が思想や観念、あるいは歴史的事実というようなものによってではなく、数字や実在の場所などの〈具体〉によって対象を捉えようとしたように、語り手もあくまで私的な記憶を喚起させるモノに固執していくのである。

一九四五年六月五日に始まる日付は、母子三人が次々に崩壊し、死んでいく受難の時間を刻む目盛りといっていいが、その受難物語は次のような崩壊の描写からはじまる。

角の家の二階から黒煙が吹き出し、申し合わせたようにそれまで天井屋根裏でくすぶっていたらしい焼夷弾、いっせいに火の手上げて庭木のパチパチはぜる音、軒端を走る火やら燃えながらはずれておちる雨戸、視界は暗くなりみるみる大気は熱せられ、清太は突き飛ばされたように走り出し、かねて手はずは石屋川の堤防へ逃げる定めだから、阪神電車の高架に沿って東へはしったが、すでに避難の人でごったがえし、大八車ひいた人や布団包みかついだ男、金切声あげて人を呼ぶ老婆、じれったくなって海へむかい、その間にも火の粉が流れる。

このような崩壊からはじまった物語は、母、妹、主人公のそれぞれの崩壊過程を丹念に辿っていく。しかし、崩壊・解体していくのは彼らの家や肉体だけではない。人々を結んでいた関係もまたその絆を断ち切られ、解体していく。妹の肉体を疥癬が蝕んではっきりと衰弱の兆候をみせるのは七月末になってからだが、遠縁である未亡人の家に身を寄せ、持参した「米卵大豆鰹節バター干鰊梅干サッカリン乾燥卵」を食べ尽くした六月半ばから、家を出る七月はじめまでの日々は、血縁的な共同体が徐々に崩壊し、解体していくそれでもある。最初は戦災孤児として憐れんでくれた未亡人だが、金の切れ目が縁の切れ目のたとえどおり、持参の食べ物や衣類がなくなるにつれて出ていけがしの態度を露骨にし、まもなく台所を別にし、ついには「ほんまにえらい厄病神がまいこんできたもんや……」という言葉と共に兄妹を横穴の防空壕に追いやってしまうのである。しかし、遠縁とはいっても実は、海軍大尉で消息不明になっている父の従弟の嫁の実家であってみれば、いずれそこが居辛くなるのは当然であったともいえる。「父の従弟の嫁の実家」とは、〈他人〉と〈身内〉を区別する地縁血縁的共同体の観念からすれば、〈身内〉と〈他人〉の境界に位置する存在、というより、はっきりと〈他人〉に属する空間といっていいだろうからである。だが、そういう遠い縁故であっても、すがらなければ生きていけないのが戦時下から戦後にかけての「非常時」というものの現実だった。作者自身、戦争末期から戦後にかけて、小学校時代の同級生のツテを頼って福井県春江に疎開しただけでなく、「養父の、養母の妹の生家」に身を寄せるというような辛酸を味わったこともあったらしい。戦争は、地縁とか血縁によって結ばれる共同体を引き裂いた。というより、平和な時代には、地縁とか血縁という言葉が蔽い隠している関係を剥き出しにしてみせた。親と子が一つの食べ物を奪いあい、隣同志が監視しあう――人間がその〈人性〉を曝し、裸の人間が向き合うというのは、作者が繰り返し語ることになる図柄でもあるが、「父の従弟の嫁の実家」は、そのような悲惨で滑稽な茶番狂言の板に懸けられるにふさわしい場所でもあった。「父の従弟の嫁の実家」という場所を選びながら、語り手は伝統的な共同体が崩壊していく様相をあからさまにしていくのである。

ところで、地縁・血縁的な共同体の崩壊とは、それを最終の単位とした共同体すなわち日本という共同体の崩壊のことにほかならず、またこの共同体を基盤にした文化の崩壊のことにほかならない。「火垂るの墓」末尾、妹の死体を焼いた清太が防空壕から谷あいの街並を眺める場面はその意味で印象的である。四年前、清太は父の従弟が結婚するにあたり、候補者の身もとを調べる母のお供をしてこの辺りを歩き、遠くあの未亡人の家の付近を眺めたことがあった。焼け残った付近の佇まいは当時となんら変わってはいない。だが、変わり果ててしまったのは清太の運命だけだろうか。

語り手もあるいは意識していたかもしれないが、考えてみれば、六月五日に紅蓮の炎に包まれたのは、織田作も敗戦直後に「近代日本文壇の菊五郎」と呼んだ谷崎潤一郎が「細雪」（一九四三～四八）の舞台に選んだ一帯でもあった。そして四年前の一九四一年とは、この長大な物語も大詰め、ヒロインの雪子が婚儀調い蒔岡の家を出ることになる年でもあれば、その妹の妙子がバーテンの三好との間に出来た女児を死産した年でもあったのである。医者の手違いにより死んで生まれた子は「蝋色に透き通つた、なまめかしい迄にうつくしい顔」で、妙子と浮名を流して死んだ板倉や奥畑の恨みが取り憑いているようにも思われて姉の幸子に寒けを覚えさせたと語り手は説明している。板倉は「裸一貫で亜米利加三界へ飛び出して」写真術をマスターした男で、「亜米利加移民に共通な欠点を持つ粗野な青年」だが、一九三八年の阪神大水害で活躍し、蒔岡家では見直された妙子の恋人である。阪神大水害といえば、節子はまだ生まれていなかったが、清太には八歳のときの経験で、被災した兄妹が最初に身をひそめるのは石屋川の川床の、この水害以後二段になった、その上段にあるくぼみでもある。「火垂るの墓」の語り手の念頭に「細雪」があったかどうかはともかく、蒔岡家と清太一家が、同じ時代、同じ一帯の空気を吸い、ほぼ同じような階層に属し、同じ文化のなかにあったことはたしかである。清太の眼に映る付近の景色は、たしかに四年前とすこしも変わってはいない。しかし、六月五日、七月三十一日、八月五日と耳を掠めた爆音とともに崩れ落ちたのは、日本的共同体そのものであり、その文化でもあった。空襲がたんに物理的に建物を灰にし、人々を殺戮するだけでなく、日本的共同体を解体させた以上、そこが焼跡でない筈もない。空襲は清太の御影の家を跡形もなく灼き尽くしたが、また、「父の従弟の嫁の実家」も、蒔岡家をも灰にしたのだ。妹の骨を手にした清太の眼に映しだされているのは、「父の従弟の嫁の実家」の廃墟であり、蒔岡家の廃墟なのである。そしてこのとき、清太にも慢性の下痢がはじまっていたことも、付け加えておくべきかもしれない。

「細雪」の雪子の場合、それは彼女の「人形」から人間への解放を暗喩するもの（東郷克美「細雪――妙子の物語あるいは病気の意味――」一九八五・二「日本文学」）であったかもしれない。だが清太においては、妹がそうであったように、崩壊の兆候以外のなにものでもない。崩壊は肉体の内部ではじまっているのであり、糞尿まみれの死の始まりにほかならないのだ。「野坂的語り」（澁澤龍彦）が、諸行無常の響きを高鳴らせるのは、こういう場面においてである。

満池谷横穴防空壕

未亡人の家を出た兄妹が暮らすのは、西宮満池谷の貯水池の畔にある横穴防空壕だが、ここはそれまでの家のように人間関係のしがらみに苦しめられることのない場所である。

「父の従弟の嫁の実家」で日本的共同体の共同性の解体を体験した少年は、ここに妹と二人だけの共同体をつくることを夢みたともいえる。防空壕での生活が、解放感とともにはじまるのもそのゆえである。

行李布団蚊帳台所道具に洋服箱母の骨箱どうにか運びこんで、あらためてみれば只の洞穴、ここに住むかと思うと気が滅入ったが、当てずっぽうにとびこんだ農家は藁をわけてくれたし、お金でわけぎ大根も売ってくれ、なにより節子がはしゃぎまわり、「ここがお台所、こっちが玄関」ふと困ったように「はばかりはどこにするのん?」「ええやんか、どこでも、兄ちゃんがついてったるさかい」藁の上にちょこんとすわって、父が、「このこはきっとろうたけたシャンになるぞ」そのろうたけたの意味がわからずたずねると、「そうだなあ、品のいいってことかな」たしかに品よくさらにあわれだった。

「枯木を拾って米を炊き、塩気が足りぬと塩水を汲み」貯水池でたにし拾いつつ体を洗い、夜は蚊帳のなかに蛍を放って灯りにするという平穏な営み。横穴の防空壕は、未亡人の家を支配していたような現世的秩序=日本的共同体の制約から逃れて流離する受難の貴種が辿りつくのにふさわしいユートピアとして描かれる。とりわけ、洞穴での最初の夜、蚊帳のなかを蛍が飛び交う光景は、物語世界が血腥い硝煙の匂いや、耳を圧する爆音、未亡人の罵声などに満ちているのと対照的に、ここが現世の支配の及ばないユートピアであることを際立たせる。翌朝になると半数近くが落ちて死んだ百匹あまりの蛍のために妹は墓を建て、この物語に「火垂るの墓」というタイトルが付けられることになるゆえんもここであきらかにされる。なお、タイトルが「蛍の墓」でなく「火垂るの墓」と命名されたのは、蛍の放つ光が、兄妹のはかない生命を暗喩しているだけでなく、夜空に炸裂する焼夷弾や曳光弾の閃光、「西へ向かう特攻機の点滅する赤と青の標識灯」などと共に、一九三五年十月、帝国海軍の軍人である父も参加した観艦式に六甲山の中腹に飾られたイルミネーションの光も想い起こさせるからでもあるのはいうまでもない。

兄妹が防空壕にみいだしたのは、二人だけの共同体というユートピアだったが、それがユートピアであるのは、ここが洞穴という、母の子宮の内部を想わせる場所だからでもある。「浣腸とマリア」(一九六五)の年臣や「エロ事師たち」のズブやんにはじまって、作者は母との一体化を願望する人間達を作品に登場させてきた。作者は、生後まもなく母と死別し、子供のできなかった母の妹、すなわち伯母夫婦の養子として育ったようだが、「母陰呪縛譚」(一九七〇)「垂乳根心中」(同)「たらちねの巣」(一九六七)「展望塔」(一九六九)というような彼の小説の主人公も、なんらかのかたちで母との幸福な幼年時代を拒まれ、その喪失感を抱えて——あるいは母の愛の過剰に苛まれて——生きているがゆえに、大きな母の腕のなかで無限に小さくなることを夢み続ける男達である。たとえば「母陰呪縛譚」の「私」は、「私の産湯は、母の亡骸湯灌のための、まあたらしい盥によってなされた」という書き出しの一文が示すように、母の死とひきかえに誕生した男だが、彼が父の妻、すなわち継母と通じ、その娘、つまり異母妹とねんごろになるのも、祖母や養母からは満たされることのなかったある欠落の意識に駆りたてられたからであり、また「展望塔」の信一が母の乳房をもてあそび、その陰部を凝視するのも、「母の匂い」への渇望のゆえにほかならない。そして、「火垂るの墓」の清太が、母の胎内にも似た横穴の防空壕にみいだしたのも、母と一体化しているようなやすらぎにほかならない。そこは、「兄ちゃんおおきに」「食べへんのん」という妹の声が「音楽のように」聞こえる（小川徹「野坂昭如の父の文学——人工人間の皮膚——」一九六七・一〇「日本読書新聞」）ほかは、爆音にも未亡人の罵声にも脅かされる必要のない、言葉の不要な場所であり、現世の支配が及ばないがゆえに、現世の秩序を支配する禁忌は封印を解かれ、母と子、兄と妹のたわむれさえも自由な空間であるという意味でもユートピアなのだ。

だが、母と子、兄と妹が一体であることができるような場所とは、また、血の純化がはてしもない退化と衰微を、すなわち死を産み出してしまうような世界でもある。そのような世界を、作者はのちに、筑豊の炭鉱地帯の、やはり洞穴を舞台にした兄妹相姦物語である「骨餓身峠死人葛」（一九六九）で繰り展げてみせたが、「火垂るの墓」の、どこか兄妹の母の子宮の内部を思わせるような洞穴という二人だけのユートピアは、それを極限にまでつきつめていけば、そこに出現するのが「骨餓身峠死人葛」のような逆ユートピアであるのはいうまでもあるまい。とすれば、「父の従弟の嫁の実家」を脱出した清太兄妹がみいだした横穴は、現世の約束事から解放された二人だけのユートピアであり、蛍の死体の眠るべき場所であると共に、近親の交わりによって純化された血のために死児として孕まれなければならない胎児の、その血を肥料にして育つ死人葛の白い花の咲き誇る骨餓身峠の廃鉱という〈黄泉の国〉＝死の世界への入り口だったともいえる。いうまでもなく、〈黄泉の国〉とは、腐乱する母の死体の横たわる場所であるが、妹に明白に衰えの兆候がみえはじまるのが洞穴に入ってまもなくであるのは、その意味で象徴的である。汗疹が疥癬に進行し、眼窩のくぼみがしだいに深くなり、下痢が慢性化していくというように形容されていく妹の姿が連想させるのは、肉体だけでなく精神も冒され、しだいに崩壊し、腐乱していく母のそれでもあろう。「どうぞお上がり、たべへんのん」と語りかける妹は、なつかしい母そのものだが、そこだけ房々と伸びた髪には虱があふれ、その虱だらけの髪をかきわけながら椀をすすめる彼女が手にしているのは手近の石ころなのだ。母との一体化の夢は一瞬にして綻び、洞穴というユートピアは妹＝母の死体の横たわる場所にと反転するのである。先にも述べたように作者は「浣腸とマリア」や「エロ事師たち」はじめ、「垂乳根心中」や、この小説の一つの続編ともいうべき、兄妹の相姦をとりあげた「花のお遍路」（一九六八）などで「血と色のたわむれ」を主題にしてきた。しかし、これらの作品に作者が近親相姦を好んで取り上げたのは、それがスカトロジーやネクロフィリア等々の、六十年代から七十年代にかけての流行の主題であったからではなく、生後まもなく母と死別して母の妹を養母とし、父の後妻の家や、養父の養母の妹の養子の生家を転々とする（「人称代名詞」一九七六）というような体験のなかで、血族とはなにかという問いと切実に向きあわねばならなかったからである。その問いの中心に、喪われた母との一体化を回復したいという希求があったのはいうまでもない。むろん、それが不可能な望みであることは作者自身が誰よりも知っている。そのことは、これらの物語の主役が、いずれも一体化を夢想しながらも、その夢に裏切られなければならない――あるいは夢のなかでしかその願望を実現することのできない――人間達であることが証しているところであろう。「火垂るの墓」に、一体化の願望とその破綻という、作者の他の作品を貫く主題はあからさまであるとはいえないかもしれない。だが、それに目を瞑ることは、この作品のひとつの側面に目を塞ぐことになるのではないだろうか。

戦災孤児

ところで、亡き妹へのレクイエムとして、また、昭和ヒトケタ世代の声を代弁するものとして共感と共に読まれてきた「火垂るの墓」だが、この作品について、作者自身は「お涙ちょうだいの小説」（「対論」一九六九）、「妹なんかほったらかしにして」女学生と遊んでいたのが事実であり、「あくまでも上品に」（「天皇の洗脳」一九七四）「自分をあわれな戦災孤児に仕立て、妹思いの兄の如く書いた」（「アドリブ自叙伝」一九七二）作品と、否定的な評価を下している。というより、最も厳しい批判の言葉を浴びせたのは、実はこの作品を踏み台にして流行作家になったほかならぬ作者自身だったといったほうがいいかもしれない。

「お涙ちょうだい」の「戦災孤児哀話」というような言葉で作者自身がこの小説を批判したのは、それが、作者の実体験をそのまま小説化した私小説であり、戦災で母を失い、妹を餓死させなければならなかった主人公がそのまま作者その人であるという風に読まれ、またその〈読み〉も「同情愛好耽溺珍重愛玩崇拝」の情をもって「ここで一礼ここらで思い入れ三べんまわって喝式」し、礼拝する（助川是徳「『火垂るの墓』」一九七四・一二「国文学」）というようなそれが、いつのまにか定石となっていたからであろう。すなわち、「火垂るの墓」は、かつては戦災孤児、現在はマスコミの売れっ子である黒メガネのプレイボーイの痛切な告白として読まれたのであり、作者の批判は、そうした読まれかたへの批判の表明でもあったのである。

さきにものべたように、「火垂るの墓」は、「婦人公論」に寄せた「プレイボーイの子守唄」なるエッセイをもとにした小説だった。だが、このエッセイには語られていた、妹の食べ物を掠めとり、泣けば殴る、というような体験はここにはあとかたもなく消し去られている。この改変について作者は、「せめて小説『火垂るの墓』にでてくる兄ほどに、妹をかわいがってやればよかったと、今になって、その無残な骨と皮の死にざまをくやむ気持ちが強く、小説中の清太にその思いを託したのだ」（「私の小説から」一九六九）と語っている。その思いに偽りはなかっただろう。とはいうものの、この改変によってこそ、「お涙ちょうだい」の「戦災孤児哀話」という側面が強調されることになったのも事実にはちがいない。一歳七ヵ月で死んだ不憫な赤ん坊は四歳の可憐な童女になり、妹を足げにして栄養失調にした兄のほうも、自分の指を切ってその肉を食わせたい、その血を吸わせたいとまで思う妹思いにと変貌するが、そうした改変によって物語はいっそうあわれさをましてくるのである。

しかし、作者がこの作品に厳しかったのは、そういう理由によるだけではない。実際には、作者は戦災で母を失ったわけではなく、戦災孤児でもなかったからである。この事実は、「アドリブ自叙伝」のような回想や、「俺はNOSAKAだ」(一九七〇)「わが偽りの時」(一九七二)等々の自伝的小説でも部分的に仄めかされてはいたが、三島由紀夫の十七回忌に際して書いた『赫突たる逆光――私説三島由紀夫』(一九八七)のなかで全面的にあきらかにされることになった。そこで作者は次のように書いている。

直木賞受賞の「火垂るの墓」を、ぼくは一度もよみかえしていない。主人公がぼく自身であるように、巧妙というより、卑しく仕立てているが、ぼくは妹にあんなにやさしくなかった。そして大火傷の養母と、祖母がいた。「空襲で家族を失い」と、三十八年、「プレイボーイの子守唄」で書いて以後、ぼくはこの嘘をつき通してきた。祖母は二年、養母は七年、生きていた。

「プレイボーイの子守唄」から「火垂るの墓」の受賞に至る過程は、作者が流行作家にのし上がっていく過程であると共に、作者をめぐる一つの伝説＝神話が産み出され、流布していくそれでもあった。今はマスコミにもてはやされている、もとは戦災孤児であった男をめぐる神話である。この神話はジャーナリズムによって作られたが、またかなりの部分は、その神話の主人公自身も積極的に関わって形成され、流通したものでもあったのである。

「主人公がぼく自身であるように、巧妙というより、卑しく仕立てている」とか、「『プレイボーイの子守唄』以来、ぼくはこの嘘をつき通してきた」という言葉は、彼自身がこの神話の生成と伝播に大きく関与したことを示しているが、この文章で作者は、その神話のヴェールを自ら剥ぎ取ってみせたといっていい。もっとも、空襲で死んだのが母でなく養父だったことや、浮浪児でなかったというようなことは、それまでにもある程度はあきらかにされてはいた。たとえば、小川徹は次のような推定を下している。

彼が（※「俺はNOSAKAだ」のなかで）嘘をまぜ、お涙頂戴の「戦災孤児神話」に仕立てたという部分は、①母親（養母）は焼死しなかった。②小説には父親は出ていないが、父親が焼け死んだ。③私は浮浪児でなかった。④二歳の娘はむしろお荷物で、いたわり、おもいやりすらなく、妹を放り出して女学生とあそんでいた。⑤自分の欲望しか考えず、ホタルを蚊帳の中に放ったのは、二つ年上の娘の歓心を買うためで、添い寝してくれるというので、火傷の母も、妹も、まして行方不明の父のことなどほとんど念頭になかった。（「母性への回帰衝動」一九七四・一二「国文学」）

その後、作者をめぐる伝記的事実を究明しようとした清水節治の『戦災孤児の神話』（一九九五・二、教育出版センター）によって、「火垂るの墓」にみられるような、作者をめぐる〈戦災孤児神話〉は完全に打ち砕かれた。清水の追跡や、「行き暮れて雪」（一九七二）『わが桎梏の碑』（一九九二）等の自伝的小説で作家自身にとって現在までに明らかになっていることは次のような点である。

（1）母親（養母）は焼死せず、戦後七年生きていた。（2）死んだのは、石油商を営んでいた養父である。（3）祖母は、戦後二年目に死んだ。（4）養母とは養子縁組を解消、張満谷家（養家）の籍を離れて野坂姓に復帰し、張満谷家は断絶した。（5）浮浪児の体験はなく、小学校の同級生の縁故を頼って一九四五年八月一日に福井県春江に疎開した。（6）妹は八月二十一日にここで死んだ。

こうした伝記的事実と、「火垂るの墓」の違いについては、改めて指摘するまでもあるまい。六月五日の空襲の前夜、家族で囲んだ食卓に並んでいたのは、ハムステーキに鯛のうしお汁だったとも、また乾燥卵と蟹缶で作ったカニ玉だったとも作者は別の文章に書いている。いずれにせよ、戦時下でも家族を困らせないような才覚もあり、軍とコネもあったらしい養父は出征中の海軍大尉に、養母は生母に、一歳七ヵ月の、これも養女だった妹はおしゃまな四歳の女の子に、そして作者を思わせる主人公は妹思いの健気な少年にと変貌して成立したのが「火垂るの墓」だったわけである。

とはいえ、この物語を作者と共に、自分を神話化しようという「卑しい」動機のもとに書かれた「戦災孤児哀話」として括ってしまうとしたら、それもまたこの小説の一面をしか読まなかったことになるだろう。さきにもみたように、われわれがこの小説から読み取ることができるのは、血腥い硝煙の匂いであり、少年の耳が爆音のなかで聞いた日本的共同体の崩壊する音であり、蛍の光に託された幼い生命の輝きなのだ。

だが、作者はこの作品を「戦災孤児哀話」に仕立てたことにこだわり続けた。それにこだわり続けるところから、「俺はNOSAKAだ」や「わが偽りの時」あたりに始まり、「一九四五・夏・神戸」（一九七一～七三）「火系譜」（一九七六～七七）「人称代名詞」「同心円」（一九七八～八二）（連作）「行き暮れて雪」『死小説』等の夥しい数の自伝的小説が書かれることになるのは、これらの小説を丹念に跡付けながら、同心円をなすこれらの小説の中心に「火垂るの墓」が存在することを確認した清水の論の説く通りであろう。「火垂るの墓」で〈戦災孤児神話〉を自ら創作・自演した作者は、それを創りあげた自分をみつめ、神話を自ら打ち壊すことをモチーフにこれらの作品を書いたといっていい。「火垂るの墓」は、その意味でも作家野坂昭如の出発点に位置する小説だった。

神戸三宮駅

さて、妹の死体を焼いた清太は、その「ローセキのように砕けた」骨をドロップの缶に入れ、未亡人の家の裏の防空壕に落ちていた母の形見の長じゅばんと腰ひもを手に姿をくらます。消えた彼はどこに行ったのか。「エロ事師たち」の読者がここで期待するのはむろん焼跡の闇市であろう。あらゆる〈非行〉が許され、それどころかズブやんをかり立てるような――あるいは「焼跡のイエス」（一九四六）の主人公に石川淳が形象してみせたような――欲望への誠実が称揚されさえする戦後の焼跡こそ、空襲で母を奪われ、「父の従弟の嫁の実家」の仕打ちによって妹が餓死するのを見た、しかしそれゆえ母や妹に拘束されることもなく、食べるためには畑も荒らし、空き巣も狙ったことのあるこの少年が生きいきとするにふさわしい「黒暗々たる闇」（芥川龍之介「羅生門」）に満ちた場所であるように思われるからだ。そう、たしかに彼は三宮の焼跡の闇市に出現する。だが、そうした読者の期待は見事に裏切られる。三宮駅構内にたむろする浮浪児の群れに投じた彼は、母の形見の長じゅばんと腰ひもを闇市で売った金がなくなると同時に腰を抜かし、糞尿にまみれながら野垂れ死んでしまうのである。

作者がのちに「お涙ちょうだい」の「戦災孤児哀話」だと否定したのは、このような結末もたぶんにあずかっていたといっていいかもしれない。三宮の焼跡・闇市にたどりついてからの清太について語り手は、ひたすら、そのあわれさを語ることに熱中する。駅の構内に蹲る清太の目には、「朝には何事もなかったように学校へ向かうカーキ色に白い風呂敷包みは神戸一中ランドセル背負った市立中学、県一山手親和松蔭ともんぺ姿ながら上はセーラー服」というように、戦後初めての新学期を迎えた学校に通学する学生達の姿も映ったが、彼もまだ籍があり、なかには同級生もいた筈の彼らを彼がどのような思いでみつめたかも、また、衰弱しながらも、そこだけはたしかな彼の耳は「わあ、きたない」「死んどんのやろか」「アメリカ軍がもうすぐ来るいうのに恥やで、駅にこんなんおったら」というような言葉ははっきり聴いていた筈だが、彼がそれをどのような思いで受けとめたのかということについても、語り手の眼中にはないかのようだ。語り手はひたすら主人公のむごたらしく悲惨な最期と、焼跡の闇を一瞬照らす蛍の閃きを語ることに、全力を傾けるのである。それは、なにやら、ササラを手に、あらいたわしやというリフレインを繰り返しながら若君や姫の受難の運命を辿る説教節の太夫や、涙もろい婦女子の紅涙を絞るべくあらゆる手管を弄する人形浄瑠璃、浪花節、のぞきからくり等々の芸人達の語りを思わせせないでもない。主人公の死は、そうした〈語り〉の必然的な帰結であったともいえる。作者が「お涙ちょうだい」と一蹴したゆえんである。

だが、主人公がむごたらしく死ななければならなかったのは、戦災孤児をめぐる哀話を語ろうという〈語り〉がしからしめたものであると同時に、また、作者のがわにも、彼をどうしても犠牲に供さなければならない理由があったからではないか。というのも、清太は死んだが、作者自身は焼跡――戦後に生き延びた清太であったからである。そこに待っていたのが張満谷昭如でなく野坂昭如としての人生であり、黒いメガネのプレイボーイとしてマスコミにもてはやされる道であったことは繰り返すまでもない。「ベトナム姐ちゃん」や「アメリカひじき」を読んだ小川徹は、そのとき「堕落論」（坂口安吾）の感銘がまざまざと甦ってきたと述懐している（前掲「野坂昭如の父の文学」）が、それが安吾の説いた意味での「堕落」を敢行するところに開かれた道であることもいうまでもない。そして、この転身――いわば「人工人間」（小川徹）への転向――が清太を一度は殺すことであったことも、むろんいうまでもないだろう。とすれば、この小説は亡き妹へのレクイエムであると共に、というよりなにより、みずから血祭にした張満谷昭如へのそれであったといわなければならない。作者は戦後の焼跡に生きていくためにも清太を犠牲に供さねばならなかったのであり、「火垂るの墓」は、その意味でも、作者にとって書かれなければならない作品だったのである。

それにしても、三宮駅周辺に拡がる焼跡の光景を、清太はどのような思いでみつめたのだろうか。彼の運命の哀れさを語ることをのみ急ぐ語り手はそれに触れることはないが、たぶんそれは、「とむらい師たち」（一九六六）の末尾、水爆投下後の阪神国道付近の光景を視界に収めたときに主人公が抱いたときのそれとそう変わってはいないだろう。清太にとって、焼け残った満池谷の静かな佇まいもまた廃墟でしかなかったが、彼の末期の眼に映った荒涼たる焼跡の拡がりは、そのまま戦後の繁栄の始まりに過ぎない。天に達する高層ビル群を待っているのも、また、とむらい師の眼前に拡がる廃墟の運命でしかないのだ。

三宮駅周辺の焼跡は、清太が死んでから五十年後、一九九五年の一月十七日に阪神・淡路地方を襲った阪神淡路大地震によって再び出現した。震災を知った「火垂るの墓」の作者は、「翌々日雑誌社の取材依頼もあって東京から大阪駅まで来たが、リュックを背に駆けつけた人々の群れを見て、そのまま引き返した」。以後、翌年一月まで二十数回にわたって神戸入りしたが、被災地では寝袋に入って泊まるか、最終列車でトンボ返りし、お湯の出るホテルには泊まらなかったという（一九九六・一・九、「朝日新聞」夕刊）。三宮駅に、作者はどのような思いで佇んだだろうか。

「火垂るの墓」は、むろん、戦災孤児をめぐる〈哀話〉や〈神話〉として読まれるべきではない。また、少年の日に戦争を体験した世代の固有の証言としてのみ読まれるべきでもあるまい。十五歳の主人公が焼跡をみつめたように〈現在〉をみつめること、そのような〈読み〉こそ、この物語はわれわれに要求しているのではないだろうか。

〈付記〉

知られるように野坂は、二〇〇三年に脳梗塞で倒れるまで、阪神・淡路大震災に対する支援活動を言論と実際行動の両面で精力的に展開した。リハビリで回復したのちは、「毎日新聞」「週刊文春」などで、文筆活動（口述筆記）として再開、とりわけ二〇一一年三月十一日の東北大震災以後は、二〇一五年一二月九日に死去するまで、反原発を訴え続けた。

治療行為といういやし——山本周五郎「赤ひげ診療譚」——

表題が示すように、『赤ひげ診療譚』（一九五八・三〜一二「オール讀物」）は、「赤ひげ」という綽名を持つ小石川養生所医師新出去定と、見習医師保本登の診療する病んだ人々をめぐる様々の人間模様を描いた八つの短篇から成る連作小説である。「狂女の話」「駈込み訴え」「むじな長屋」「三度目の正直」「徒労に賭ける」「鶯ばか」「おくめ殺し」「氷の下の芽」というそれぞれの作品は、なんらかのかたちで病気をめぐる物語として繰り展げられる。色情狂の若い女（「狂女の話」）、膵臓癌の老蒔絵師（「駈込み訴え」）、結核を病む貧しい職人（「むじな長屋」）、梅毒の幼い私娼（「徒労に賭ける」）、関係妄想の行商人（「鶯ばか」）などのほかに、同性愛（「三度目の正直」）、中風、痛風、肥満症、堕胎と、多様な疾患を苦しむ人々が登場する。様々の病苦に喘ぐ人々の織りなす病草紙ふうの物語といってもよい。たとえば、冒頭の「狂女の話」は、色情狂の娘おゆみが養生所に入ってきたばかりの登を誘惑する話。生真面目な青年医師が美しい色情狂の女に誘惑されるというのはいかにも紋切型だが、作品は読者の好奇心に媚びるわけではない。性的倒錯は、彼女が幼児期に受けた精神的外傷《トラウマ》に由来するものであり、精神に疾患を負った不幸な存在という風に説明されるのだ。

作品は病む人間達を興味本位の観点から捉えようとしているわけではないのは、他の作品でも同様である。作品が開示するのは「暗く痛ましく、醜く穢らわしい病気」（立川昭二『近世病草紙』一九七九）を窓枠としながら、人間存在の裸形の姿態を凝視しようとする観点といっていい。

第二作目にあたる「駈込み訴え」は、腕のいい老いた蒔絵師六助が死ぬところから始まる。癌で死んでいくこの老人の酸鼻を極める病状を冷徹に描写しながら、小説は彼の過去に光をあてていく。癌腫が増殖するように彼を苛んできた、妻と、妻の情人でもあり愛する娘の夫でもある無頼漢をめぐる物語が白日のもとに曝しだされる。癌は、ここでは彼の肉体を蝕み続けるものであると共に、また彼の内面を侵蝕する醜く忌わしいものの喩でもある。

六助だけでなく、「赤ひげ」の患者の多くは貧しくよるべない人々であり、その病気にふさわしい悲惨な過去を背負っている。「むじな長屋」の佐七の場合は労咳だが、それは崖崩れによって発見された一人の女の白骨化した死体にまつわる、むごたらしい、だが甘美なロマンスの主人公の病むにふさわしい病気といえよう。惨劇の記憶を秘めた胸は、孤独な心の疼きとパラレルに結核菌を増殖させていくのであって、昂進していく病いは、そのまま彼の胸の痛みの喩でもあり、「赤ひげ」はその疼きを宥め、癒そうとでもするように、周囲の人々への無償の奉仕を繰り返し続けるのだ。結核は佐七だけでなく、「赤ひげ」を崇拝する実直な医師森半太夫の肉体をも蝕みつつあるが佐七も半太夫も、この、「人を霊化する、繊細な病気」（ソンタグ『隠喩としての病い』一九八二）にふさわしい運命を生きる存在なのである。ここで結核を介して人間の悲惨をみつめた周五郎は、翌年、やはり同じ病いに冒された女の犯罪を描いた『五瓣の椿』（一九五九）を開花させていくことになるのだ。

山本周五郎は、大衆文学の作家として、というより、それに限らず、近代の文学者のなかでも、とくに病いに深い関心を持った作家だったかと思われる。いつ頃から病者が彼の関心を惹きつけるようになったかは詳らかではないが、すくなくとも最初の妻きよいが一九四五年に癌で死んだことが一つの契機となったことは確かだろう。周五郎は彼女の死後まもない一九四六年七月、癌で死んでいく医師を主人公にした「シリアスな現代小説」（木村久邇典）である『四年間』を発表して以来、いくつかの作品に癌や結核をとりあげた。『山女魚』（一九四九）では賢臓癌に冒されて死期を覚った主人公がみずから生命を断つことによって、かつてひそかに弟に想いを寄せていた新妻を弟と結ばせようとする姿が浮き彫りにされているし、絶筆となった『おごそかな渇き』（一九六七）では、主人公の母は腹腔中の汎発性癌で死ぬという設定になっているのである。

これらの作品のなかの病む人間達は、いずれも疾病をおのれの運命として甘受し、生き残る者達にそのかけがえのない生の意味を伝えようとする。おのれの肉体の壊滅と解体を賭けて生の意味を輝かそうとしているのだ。結核、癌、梅毒、精神疾患というような酸鼻を極める病いの実相を描き、衰弱しながらも自分の生の意味を証そうとする人々と、彼等と共に闘う「赤ひげ」を通して周五郎は、人間存在そのものの威厳と誇りを照らしだそうとしたといっていい。

とはいえこれらの作品を、貧しく病める人々と、病いに敢然とたちむかう医師、という構図からのみ捉えるのは一面的に過ぎよう。病いは貧しい人々をだけ蝕んでいくのではない。「赤ひげ」の患者である松平壱岐守がそうであるように、美食のためにかえって病気になる大名もあれば、森半太夫のような医師の肉体をさえも侵蝕していく。だがそれだけではない。そもそも、「赤ひげ」と並ぶもう一人の主人公である保本登自身が病める存在なのだ。

『赤ひげ診療譚』は、新出去定に呼ばれた保本登が宿酔のふらつく足どりで小石川養生所を訪れるところから始まっていた。宿酔になったのは、彼にとってここで勤務することが意に添わぬものだったからである。長崎で三年間西洋医学を修業し、幕府の目見《めみえ》医から御番医、さらには典薬頭にも出世することを夢見ていた彼にとって、「いずれも襤褸を着た、汗と垢にまみれた、臭くて汚い行倒れか、それに近い貧乏人ばかり」を治療するこの施療院の医師となることとは、エリートコースからの脱落を意味していた。また、彼は長崎遊学中に婚約者に裏切られたという心の傷を負っている。宿酔は、こうした二重の失意のうちにあった彼の心の状態を端的に示していたのである。いわば彼は、傷ついた獣のような心を抱いて養生所に出現するのだ。一連の物語は、エリートコースから脱落したという挫折感と共に、愛する女性にも裏切られたという心の傷を負った登が、「赤ひげ」という魅力的な人物と出会い、様々の疾患に苦しむ人々に治癒行為を通して触れ合う過程を軸に進行していくが、それが同時に、この青年の傷つき、病んだ心が治癒されていく過程でもある、という風に展開する。『赤ひげ診療譚』は、失意のうちに養生所を訪ねた青年が、おのれの心の内部を腐蝕する病いを克服し、婚約者の妹と結婚して養生所の医師として生きることを決意するに至る物語でもあるのだ。治癒し、看護するものが、つまりは治癒されるものでもあるという逆説のうちに、この連作をつらぬく主題をみてとることができよう。

登と同様の事情は「赤ひげ」にもあてはまるといえるかもしれない。「赤ひげ」こと新出去定は、『樅ノ木は残った』（一九五四〜五八）の原田甲斐にも匹敵すべき周五郎文学のなかでの異色ある人物だが、その風貌について作者は次のような説明を加えている。

額の広く禿げあがった、角張った顔つきで、口のまわりから顎へかけてびっしり髯が生えている。俗に長命眉毛といわれる、長くて濃い眉毛の下に、ちから強い眼が光っていた。「へ」の字なりにむすんだ唇と、その眼には、犬儒派のような皮肉さと同時に、小児のようにあからさまな好奇心があらわれていた。

登の前に出現する「赤ひげ」は、「犬儒派のような皮肉さ」と「小児のようにあからさまな好奇心」を眼に湛えた、四十代の精悍さと六十代の落ち着きとを兼ね備えた人物として像を結ぶ。しかし、なんといっても彼を特徴づけるのは、その綽名が示すように口のまわりから顎にかけて密生した髯であろう。鼠色の仕事着と共に、それは人に彼が異貌の人であることを強烈に印象づけずにはおかない。もともと、江戸時代の医師が町医、典医に限らず髯を蓄えることはなかった。そのことは、周五郎もこの作品を書くに際して小石川養生所の事蹟その他のことを調べるために参看した『日本医学史』（一九四一）の著者富士川游も「鬚髭など生ひゐるは礼にあらずとみなしみな之を剃落し……」（「鬚髭」一八九五）と語っているところであり、富士川の高弟であった藤浪剛一の『医家先哲肖像集』（一九三六）に収められた名医達の肖像からも知ることができるところだ。「鬚髭」の風習は、江戸も末期になって、西洋医学が普及し始めるようになってから蘭方系の医師達の間に行われるようになったという。鬚髭を蓄え、鼠色の仕事着を纏うという去定の異様な風体は、それゆえ、彼が旧套を墨守する伝統的漢方医学にたちむかうイコノクラストであり、改革者であることを示してもいた。その風貌は、たとえば渡辺崋山ら近世の画家達によって描かれ、多くの蘭方医が賛を寄せてもいる西洋医学の祖ヒポクラテスを髣髴させるものがある。ヒポクラテスは、自然の治癒力を強調し、人体にそなわった自然の良能こそ良医であるとしたといわれるが、ほぼ同一の趣旨のことを去定が登に語る場面もある。「赤ひげ」は、伝統的医療の制度的思考と実践のあり方に異議を申し立てるヒポクラテスの徒でもあるのだ。ときとして「赤ひげ」はあまりに理想化されすぎているようにみえないこともない。だが、それはたぶん、作者が登の眼に映った「赤ひげ」像を形象化しているからにほかならない。作品は「赤ひげ」の内面にほとんどたちいることはないが、登にとっては理想的な医師として像を結ぶ彼が決して聖人でも完全無欠な人格でもないことは、彼がふと漏らす「おれは盗みも知っている。売女に溺れたこともあるし、師を裏切り、友を売ったこともある。おれは泥にまみれ、傷だらけの人間だ、だから泥棒や売女や卑怯者の気持がよくわかる」というような述懐や、ときに垣間みせる暴力――抑えきれぬ怒りの発作などからも窺うことができる。そしてまた、盗みを働き、師を裏切り友を売ったこともあるという彼の過去は、蘭語のよくできる秀才だったらしいことや、妻帯せず独身を通してきたというようなことのほかはいっさい明らかにされず、それがまた風貌ともあいまって彼を謎めいた人物にみせているが、しかし過去を韜晦し、家庭を持たず、世俗的な出世を断念して禁欲的生活を持続しつつ無償の行為に賭けるというその姿からは、ひそかに自己のうちなる狂気を飼いならし、なにものかに堪えているような孤独な心のたたずまいとでもいうべきものが感じられる。「赤ひげ」もまた、というよりは彼こそは病める人、精神の深い処で傷ついた人、癒しがたい孤独な心の発作を必死に宥めつつ生きる人といえるのではないか。

とはいえ、『赤ひげ診療譚』が目をむけているのはこれらの人々だけではなく、屍臭を発している社会そのものであることも見落してはならないだろう。むろん病気は、産なくよるべない人々の間でこそその暴力性をむきだしにする。この作品が舞台の大半を、極貧の人々が寄りそうように生きている長屋においていることは、作者がそうした「疾病構造の階級性」（イリッチ『脱病院化社会』一九七九）に鋭敏な視線を注ぐ人であったことを証していよう。周五郎は「赤ひげ」の行動を通して、支配する側の腐敗と頽廃を告発し、病める社会の患部を摘発していく。将軍家の法要の費用を捻出するために養生所の予算を削減しようとするような行政のあり方や、岡場所の経営者と結託して甘い汁を吸おうとする悪徳医師などに対しては、彼のメスはとくに鋭い切れ味をみせるが、それは病者達の群れる長屋の人々に対する視線は親愛感に溢れているのと対応しているといっていいだろう。『人情裏長屋』（一九五〇）、『季節のない街』（一九六二）など、周五郎には〈長屋もの〉といわれる、長屋を舞台にした数多くの作品がある。それらの作品で周五郎は、都市の片隅で、下層の人々が肩を寄せあうようにして哀歓を共にする様相を照らしだしている。〈長屋もの〉には、甲州の寒村を追われるように都会に出た下層庶民の一人である周五郎の共感と郷愁もこめられていたにちがいないが、『赤ひげ診療譚』はそうした〈長屋もの〉の一つでもある。どぶの匂いのなかに戸板のきしみの聞えてくるような薄暗い長屋を舞台に演じられる滑稽でもの悲しい劇を透して、滑稽にして悲惨な人間存在の裸形の姿が浮びあがってくる。殺鼠剤で一家心中を図り、頑是ない三人の子供を死なせて親だけが助かってしまう日傭取一家の悲劇を軸に、極限の貧しさのなかで千両の鶯を手に入れたという幻想にとり憑かれる中年の行商人の姿を点綴した「鶯ばか」などは、「どん底《レ・バ・フォン》の世界にうごめく人間の群像」（中田耕治）に光をあてた傑作といっていいだろう。これらの作品に登場する長屋の住人達は、長屋を解体し、歓楽街に変えようとする動きに身をもって抵抗する「おくめ殺し」の人々のように、強固な連帯意識のもとに結びあっている。自身がそうであったように、ムラという地縁的血縁的共同体を放逐された極貧者達の作りだした、痛みや悲哀を共有する精神的共同体――それが周五郎にとっての長屋であったといっていいだろう。彼はそうした共同性への夢を終生語り続けたが、忘れてはならないのは、『季節のない街』や『赤ひげ診療譚』などの〈長屋もの〉の傑作の生みだされた一九五〇年代後半から六〇年代にかけて、まさにこの長屋という共同体が解体されようとする時代でもあったということである。この作品が書かれた頃から農業人口が激減し始め、都市へ人口が集中しつつあった。公団住宅の入居募集開始（一九五六）、売防法施行（一九五八）、そして家庭電化革命と共に幕を開けた高度経済成長。それがなにをもたらしたかは、改めていうまでもないところであろう。結核はすでに不治の病いではなく、赤線や長屋住いの貧乏人は姿を消し、『青べか物語』（一九六一）の漁村は東京のベッドタウンにと変貌した。だがそれは同時に、原田甲斐や新出去定のような精神の貴族達が姿を消し、それとパラレルに、他方で長屋的共同性が解体されていく時代でもあったのではなかったか。癌が結核にとって替ったように、高度経済成長という新しい病いが人々にとり憑き始めたのである。

一九五八年に『赤ひげ診療譚』を連載したとき、周五郎はそういう病める時代の到来をひそかに予感していたのかもしれない。この作品が、ほかならぬ高度経済成長の時代に生きる人々の渇きを癒すように読まれ、版を重ねていったことが、それをなによりも雄弁に証しだてているように思われる。

単独者の出発――井伏鱒二『集金旅行』――

女房に駆け落ちされてヤケクソになっていた麻雀狂の男が急死する。病名は急性肺炎。残されたのは小学一年生の男の子と、多額の借金の抵当になっているアパートだけ――。

『集金旅行』は、男の通夜の場面から始まる。「スマートなる家庭的待遇」を標榜して彼がアパート「望岳荘」の経営にのりだしたのは六年前のことだった。震災このかた、中野、荻窪辺に乱立したご同業がそうであるように、望岳荘の住人達も、その多くが、家父長制や地縁血縁的共同体の制約からの自由を求めて上京してきた地方出の学生で、男の経営方針が彼等の小市民的イデオロギーと合致していたのはいうまでもない。だが、これまでに十七人が家賃を踏み倒し、三千九百四十四円が未回収になっていた。小学校教員の初任給が四十五円から五十五円という当時の物価水準からみると、望岳荘は毎年、新任の小学校教員の年収にみあうほどの金額を踏み倒され続けてきたことになる。すなわち、「スマートなる家庭的待遇」という大正期自由主義風の理想が無惨にも挫折し、その代償として四千円にも及ぶ未回収代金が残されたところから物語は始まるのである。

ことの次第に義憤を感じ、負債と共に残された少年勇一の窮状を案じた五号室に住む新聞記者の慫慂を受けて、「私」は、四ケ月以上の大口滞納者から貸金を取り立てる旅に出ることになる。とはいえ、「私」と望岳荘の主人の関係は、「私」が彼から将棋の手ほどきを受けたことが仄めかされているだけで、身銭を切ってまで借金取り立てに奔走するほどのそれであったかはもとより、「私」の年齢、職業、境遇等についてもいっさい明らかにされているわけではない。強いて動機《モチーフ》を求めれば、「私」もことの成行に義憤を覚え、遺児を救おうという人道的見地に立つに至ったから、とでもいえようか。作者井伏鱒二は、一九二八年四月の「新文化」に「子供たち！」というソビエト教育ポスターの翻訳をのせているが、「私」を駆りたてたのも〈子どもを救へ〉というヒューマニズムだったといえよう。一方、この旅には「コマツさん」と呼ばれる七号室在住の美人で独身の中年女性も同行することになる。「私」の回る場所には彼女の「古い恋人」達もいて、彼等から慰謝料を取るためである。むろん、彼女も「私」の義挙に共鳴しているのはいうまでもない。かくて集金旅行は、「私」の家賃取り立てとコマツさんの慰謝料請求という二つの目的を以て敢行されることになるのだ。

最初の目的地岩国では、「私」は実家の金融業を手伝っている男から貸金を回収し、コマツさんは、酒も莨もやらない「謹厳実直」な人格者として地元では名望のある昔の不実な男から五百円をせしめる。第一回の集金は、こうしてひとまず目的をとげることになるが、実は連作形式で発表された初出の第一回『集金旅行第一日』（一九三五・五「文藝春秋」）はここで終っている。なお、続編は同年七月、やはり「文藝春秋」に『続集金旅行』として、また八月には「尾道」と題して「文芸」に、さらに翌年九月の「新潮」に「福山から加茂村まで」を発表、単行本化の際に下市町の部分を付け加え、一九三七年四月、版画荘から刊行された。

さて、こうした発表経過は、そのまま旅の展開にも微妙に影を投げかけているかに思われる。たとえば、桜の花。というのも、大安吉日の四月十一日に開始される集金旅行は、また風流な観桜行でもあるからである。東京駅を午後三時の特急で発ったまま横浜を過ぎる頃まで黙っていたコマツさんが、掌のなかに大切にしまっていたものを「桜の花びら」（実は香水瓶）ではないかと「私」が推測するところから始まって、この小説の前半には随処に美しい桜の花の香りが漂っている趣きがある。岩国の宿では、昼下りの光のなかで楽しむ入浴の湯槽に桜の花が散り、かたわらでは桜の樹影に大盥を持ち出した女中が花吹雪を浴びて洗濯しながらオシャベリに熱中している。博多では、市電には一台ごとに桜の花模様の飾りがつけてあれば、宿屋の玄関には「満開の桜を活けた背丈にも及ぶ大花瓶が飾られて」いる。のみならず、街には夜桜見物の団体が、「横町から溢れ出たかと思ふと横町になだれ込んだり」し、また「桜の小枝を背中に差し込み、手ばなしで自転車を操縦していくもの」もいるという具合なのだ。

しかし、この観桜行のなかでひときわ読者の眼を奪うのは、博多から四里余り東南の村に位置する阿萬克三の生家に咲き誇る満開の桜であろう。克三は、望岳荘の最多額滞納者であり、また歯科医学校を三年で中退しておかみさんと逐電した当の本人でもあるが、彼と兄の築水の表札が門長屋の出入口にかかる生家は、広大な敷地に今は長屋門が一つ取り残され、庭木とては桜の老木がひともと、わずかに往年の栄華を偲ばせるだけで、しかもその花は今を盛りと爛漫と咲き匂っているのだ。「胸さわぎさせないではゐられない荒廃の風景」である。ここで「私」が演じなければならないのは、人情も風流も解さない借金取りという役柄だが、万朶の花の下で、落魄した大家の主人と無情な「私」とが対峙するというなにやら象徴的な図柄は、やがてコマツさんと、彼女の「古い恋人」たる彼（築水）の再会の光景にと反転する。野暮と風流との暗転の構図のなかから垣間みえてくるのが、「色は匂へど散りぬるを」という古歌の喚起するていの、無常感伝統にも連なる青春の哀傷《センチメント》であるのはいうまでもない。だが、桜の木の下で演じられる愁嘆場はそれだけではない。「私」は次いで、阿萬克三と、彼の情人、すなわち夫と息子を棄てて彼と行を共にした望岳荘の細君の恋の行末も見届けねばならないのである。涌田佑は『井伏鱒二と林芙美子――「集金旅行」の背景』（一九八一・三「すばる」）で、克三のモデルとして『雞肋集』（一九三六）に登場する阿萬為之をあげているが、たしかに克三には「愛嬌のこぼれるやうな笑ひ顔」の人妻を恋し、そのまま大学を中退してしまったこの友人を想わせるものがある。いわば「私」は、ここで青春の情熱の行き着く果てをみつめることになるのであって、この作品は、青春を虚妄と見定めるために九州にまで赴いた魂の記録でもあるのだ。と共に、この場面から作者が若い日に親しんだチェーホフの『桜の園』を透かしみないでは片手落ちというものであろう。ここで板に懸けられるのは、武骨なラネフスカヤたる築水と出き損ないのロパーヒンたる「私」、もしくは、コマツさんが築水に金を与えるところからすれば主客の転倒したラネフスカヤとロパーヒンの演ずる田舎芝居にすぎないが、パロディーとはいえ『桜の園』の悲愁は明瞭であろう。むろん、築水・克三兄弟の姿に、ラネフスカヤと彼女の兄ガーエフの没落の運命が重なっているのはいうまでもない。それはさらに、旅も終りに近づいて唐突に出現する、作者自身と覚しき鶴屋幽蔵とその兄の姿に二重映しされよう。築水兄弟の運命が、備後加茂村の旧家の子弟である幽蔵兄弟を待っているそれでないという保証はないのだ。風流で飄逸な作品の趣きに、ここで一刷け憂鬱の色彩も加わり、『集金旅行』は、夜更けの闇のなかに馥郁たる梅の花の白い輝きを浮びあがらせた『夜ふけと梅の花』（一九二五）に次いで、桜花に〈屈託〉の心懐を托した花物語というべく、味わいは一段と複雑さを増していく。

とはいえ、旅は翌日、翌々日と続くにもかかわらず、作品世界から花の気配は俄かに消え失せる。身も蓋もないこの変りようは、そこに作者の巧みな作意が潜んでいたとみるか、でないとすれば先にも述べたような発表経過が微妙に作用していたと考えるほかあるまい。

ところで、涌田佑はまた前引の文において『集金旅行』には一九三一年四月の林芙美子との尾道での講演旅行の体験が反映しており、コマツさんには彼女の面影が与っているとしている。なるほど、「たいへん美人ではあるが中年の独身婦人」であるコマツさんには、「たいへん美人」とまではいえないにしてもいわゆる男好きのするコケットリーもその魅力の一つとなっていたらしい当時人気の女性作家林芙美子を彷彿させるものがあるといっていいかもしれない。また、コマツさんが「止むを得ない不良少女」であったらしいことも、林芙美子との血縁を感じさせよう。純情な娘が、身も心も男に捧げたあげくに棄てられ、咥え煙草の莫蓮女にと変貌していくというのが、林芙美子や井伏鱒二がまだ無名であった大正期の青年子女を捉えた物語であったことは、たとえば松井須磨子主演による藝術座の『復活』(トルストイ原作・島村抱月訳・演出、一九一四初演)の爆発的流行の例などを引くまでもなく明らかなところであろう。棄てられる女の側からするカチューシャの物語であったところに、『放浪記』(一九二八)の成功があったこともいうまでもない。それは、ツルゲーネフやトルストイ等の影響のもとに「白樺」派の作家などが好んでとりあげたストーリーであると共に、ほかならぬ林芙美子が実生活において生きた物語でもあったのである。「あなたの親友の恋人で、しかもその恋人が身重だといふのに、そのときのあなたは凶悪な暴漢でしたわね」という、今は人格者になりすましているかつての不実な恋人を詰問するコマツさんの欧文直訳調の啖呵も、そのような物語のコードのなかでこそ効力を発揮するのである。もっとも、この言葉は、作中に頻出する〈方言〉の一種でもあって、作者が意図しているのがその〈異化〉効果であるのはいうまでもない。

『集金旅行』は、そのコマツさんと「私」が、旅が始まって一週間後、福山の在の加茂村に作家志望の逃亡者鶴屋幽蔵を訪ねて彼の祖父の葬儀に出くわすハメになり、コマツさんが近在の下市町の資産家津村順十郎の後妻に収まるところで幕を閉じる。慰謝料請求にあった筈のコマツさんの旅の目的が、実は婿捜しであったことが、ここで明らかになる。彼女の変心を知った「私」は、彼女を非難しようと津村の邸の門前にまで出掛けるものの、「因縁をつける理由」がないことに気づいてとりやめ、「ひどいことをしやがるなあ」と呟く。もともとコマツさんは自分の責任において旅に加わったのであり、また「私」の愛人であったわけでもないから、彼女が「私」から非難されねばならぬイワレはないのである。にもかかわらず「私」にワリキレナイ気持が残るのは、旅を共にするなかで「私」が彼女にそこはかとない慕情を抱くようになっており、彼女もまた「私」に媚態を示さないわけでもないからである。つまり、「私」は彼女に袖にされたわけであり、亭主きどりでいい気になっていた自分を正視しなければならぬことになるのである。「私」はあきらかにコマツさんに失恋したのであり、『集金旅行』は、「私」の失恋によってひとまずの結末を迎えるのだ。

しかし、「ひどいことをしやがる」という「私」の言葉には、彼女が集金旅行の、いわば大義を裏切ったことへの憤懣がこめられてもいた筈である。「古い恋人」達からの慰謝料集金というのが名目であったとはいえ、彼女も望岳荘の住人として勇一少年の窮状を救うという趣旨に賛同したからこそ「私」と行動を共にし、二人は互に協力しながら集金旅行を続けたのだった。であってみれば、彼女がオリたことは、二人が形成してきた共同性の解体を意味し、〈子供を救へ〉というヒューマニスティックで崇高な行為への冒瀆として「私」には感じられたに違いない。とはいえ、「私」の行動がどれほどの決意と信念に根ざしていたものであったかははなはだ怪しい。コマツさんへの慕情も克三を駆りたてたような純粋な情熱からするものであったかは疑わしく、彼女にウルサクつきまとった婦人科医箕屋官次と「私」との間に、どれほどの違いがあるわけでもない。コマツさんの「止むを得ない不良少女」の物語が、結局は婚期を逸した中年の独身女性の打算的な結婚話として陳腐な結末を迎えたように、「私」のヒューマニズムも、それがいい気な自己陶酔でしかなかったことをあらわにせざるを得ないのである。コマツさんの離脱は、「私」の自己陶酔への痛烈な批評でもあるのだ。

『自選全集』第一巻の「覚え書」で、井伏はこの作品について「心象風景の一つ」とだけ誌している。「心象風景」とは、とりもなおさず、この作品を書いた三十七、八才の頃の「私」の内部世界をとりだしてみせた、というほどの意味であろう。東京・荻窪から岩国に、さらに下関、福岡と、なかばは花に浮かれて西下し、そこから尾道にとって帰して、福山在の加茂村という片田舎にまで迷いこみ、あげくの果てに失恋するというのが、「私」の曲りくねった旅路でもあった。最後に辿り着いた加茂村は、作者井伏の分身ともいうべき鶴屋幽蔵の郷里でもあり、また、いうまでもなく作者自身の故郷でもある。この旅は、作者にとってはいわば仮構の帰省の旅でもあり、その意味ではこの作品にも、「朽助のゐる谷間」（一九二九）や「丹下氏邸」（一九三一）などに東郷克美が指摘するような、「都会の『夜更け』の因循なデラシネ的生活」から「田舎の自然と共同体の中に逃亡する」ことで「くったくした思想」を治癒しようとする、「都会から田舎への逃亡のモチーフ」(東郷克美「井伏鱒二の形成」一九八五・四「解釈と鑑賞」)をみることができる。しかし、留意しておくべきなのは、作者にとってかけがえのない感受性の源泉であった故郷が、ここでは「私」という旅人の冷やかな視線の対象とされていることであろう。作者の分身たる幽蔵にとっても故郷が決して居心地のいい場所でないのは、「寸法がすこしばかり大きすぎる」、兄から借用したモーニングを着ている彼の姿にも仄めかされているとおりだが、「私」の演じなければならないのは、その彼から借金を取り立てるために彼の祖父の初七日の席に列なるという、まさに招かれざる客としての役回りなのである。これは、「私」が望岳荘主人のやはり初七日に出て、彼の息子のために柄にもない債権執行の旅に出ることを引き受けるという発端とみごとに照応した結末といえる。というより、その当然の帰結であったとさえいっていいだろう。のみならず、「私」はコマツさんからはしたたか痛棒を加えられるのであって、「私」は徹頭徹尾ぶざまな姿を曝さなければならないのである。というようにみれば、この作品が呈示しようとしているのが、徹底して世界と諧和することのできない「私」の姿であることは明白であろう。「心象風景の一つ」という作者自身の言葉に照らしていえば、作者はここに、徹底した世界への異和感を表明したといってもいい。東京・荻窪の文化にも、田舎の自然にも安住できないのみならず、ヒューマニズムの思想も生きぬくことができないのが

「私」なのだ。だがこの作品に、そうしたぶざまな「私」の姿だけをみつめるべきではあるまい。むしろ、そのような「私」を、「正確かつ冷静に捉える目」（東郷、前掲論文）を研ぎ澄ましていく単独者として歩んでいこうとする決意表明をこそ、この作品の真のメッセージとして受けとめるべきであろう。「私」の旅はまだ終っていないのであり、というより、「私」の単独の旅は、実は今まさに始まったばかりだからである。

青春の闇——阿部昭の青春小説——

阿部昭は、わたしの家から三、四分ほど海のほうに歩いたところに住んでいた。面識はなかったが、道ですれちがったことも何度かあったかもしれない。そのせいもあるが、なにより地元藤沢市の鵠沼や辻堂界隈を舞台にしていることもあり、生前から彼の小説はずいぶん読んできた。

大修館書店の国語教科書『現代の国語Ⅰ』に収められている『あこがれ』も、やはり春から秋への鵠沼を背景にした短編小説である。春がきでも、ねむいどころか、近所の少女への熱い思いに心の昂ぶりを抑えきれない中学生の少年。青春時代がとうの昔になってしまった者にも、その頃の心臓の鼓動が甦ってくるような作品だ。家の事情から、少女が東京へ去ってしまったことを知った秋の日、海辺で戯れる三人の裸のアメリカ兵達の姿も鮮烈である。少年の父は、そのアメリカと戦って敗れて帰還した元軍人であり、少女の父は戦争に駆りだされ、南方で戦病死したというようなことも作中には仄めかされている。

もっとも、教科書に採られているのは『あこがれ』の全文ではない。海から帰った少年が、母に注いで貰った赤い葡萄酒（赤玉ポートワイン！）をなめ、西海岸の路地ではじめて煙草を吸い、気分が悪くなって夕飯に食べたものを吐いて川に捨ててしまうところなどは省略されている。というより、『あこがれ』という短編じたいが、『幼年詩篇』という、阿部の短編のなかでは比較的長い短編小説の一部分にほかならない。「『詩集』——散文の本なら見事な標題だ」というルナールのアフォリズムをタイトルの脇に添えたこの小説は三つの章から構成されていて、『あこがれ』はその第三章なのである。第一章の「馬糞ひろい」は皇軍の勝ちいくさがしきりに伝えられる頃に、小学四年の少年が学校の大切な学童奉仕の仕事である馬糞拾いをサボッテ一人で海へ行き、泳ごうとして砂浜でパンツを失くしてしまう話。続く第二章「父の考え」では、職がなく、売り食い生活の父に珍しく遊園地に誘われたものの、イカを買い食いしたところをみつかって捨てさせられてしまうエピソードを、チェーホフを思わせるほろ苦い笑いのうちに回想した著者は、中学生になった少年が初恋に破れるところでこの自伝風の小説を締め括ったわけである。少女への心の昂ぶりは、そのまま幼年時代の終わりを意味していた。『あこがれ』は、そのまま独立した短編として読むことができるとはいえ、第一章と第二章を省略した『幼年詩篇』という小説の一部分でもあるのだ。

しかし、『あこがれ』には、というより『幼年詩篇』には、実は少年にとって大きく、重い意味を持っていたある人間の存在が省略されていた。少年の兄である。鵠沼・辻堂付近の海辺への地縁と共に、血縁に繰り返し眼を向けてきた阿部の作品世界には欠かすことのできない登場人物の一人だ。

『幼年詩篇』を収録した処女小説集『未成年』を刊行した翌年の一九六九年七月、「群像」に発表した『鵠沼西海岸』は、思春期の少年を主人公に据えた、『幼年詩篇』の続編といっていい小説で、やはり『あこがれ』と同じく少年の少女への慕情が一つの軸になっているが、ここでは『あこがれ』には影を潜めていた兄が姿を現わす。

戦争は終ったが、西海岸のその家にはもうひとつの不幸が居すわりつづけた。誰にもみられてはならないものを、おやじとおふくろは薄暗い廊下の奥ふかくにかくしている。いつもそんな気がしていた。

その家には、僕の兄がいたのである。

近所の少女に胸をときめかせる少年の家には、知的障害を病む兄が、「弱りきった蝿かなにかのように、じっと廊下のまんなかに立ちつくしたり、またのろのろと歩き出したり」していたのだ。「春がきた」という言葉から始まる『あこがれ』の世界は、ここで複雑な翳りをみせはじめる。とつぜん姿を現わした兄は、黒い影のように「僕」＝少年を脅かす。ある日には、少女と二人でいるところに躍りこんできて「僕」の頭を打ち「猿のように長い腕をふるって僕の勉強机を押し倒した」こともある。だが、そんなことがあっても「僕」のところへ来るのをやめなかった少女とのとつぜんの別れ。少女が東京に移ったのは「僕」がつれなくしたからでも兄のせいでもないが、彼女を失ったのは兄のせいだと「僕」は考えたりする。兄のために自分の未来が閉ざされたと考える「僕」は、兄を殺すことを夢想しさえもする。だが、その兄もまた、とつぜん「僕」の前から姿を消してしまう。雨の砂浜や松林を、「僕」は母と共に、兄を必死に捜すが、失踪した兄は二度と帰って来ることはなかった。みすぼらしいスカートをはき、下駄の鼻緒が切れたために「僕」の貸した男物の雨靴をひきずりながら、知恵遅れの息子を捜していく母の姿はあわれである。「母親というのは、まるで地獄にいるようなもの！」というのは、阿部も『短編小説礼讃』のなかに引用しているアルフォンス・ドーデの『アルルの女』の、こちらのほうはビゼーの伴奏音楽によって知られる戯曲の、息子に死なれた母の長い独白の一節だが、この母の姿には、世の母親というもののあわれさを凝縮したような趣きがある。そして、夜の砂浜に吸いこまれていくむなしい雨の音。音といえば、雨の音だけでなく、潮騒の響き、松林のざわめき、そのなかに少女の明るい笑い声もかすかに聞こえるものの、母の啜り泣きの声、父の罵声、そして兄の叫び声と、様々の声が聴こえてくるのもこの小説の魅力の一つだ。この短編は、読者にじっと耳を澄ますことを要求する小説でもあるのだ。勿論、テレビ局に勤務したこともあり、シナリオを書いたこともある著者が、聴覚だけでなく、視覚にも無神経な筈もない。失跡した兄は、結局数日ほど後、長かった梅雨が明けた日の朝に死体になって見つかるが、本格的な夏がやってきたことを、あちこちにできた水溜りに映る青い夏空で表現した一節などは、作者がなかなか繊細な映像感覚の持ち主であったことを窺わせるシーンといえるだろう。なるほど、うつむいて歩いていても青空をみることはできるのだ。また、兄らしい死体が見つかったという知らせを聞いた「僕」は、わざと便所に行き、したくもない小便をしたあとも長いことそこに突っ立ったままである。「おふくろが子供のように泣くのは見ていられなかったから」だ。小津安二郎の映画さながらのカットといっていい。いうまでもなく、この便所は、『あこがれ』の父が立っていた、あの場所でもある。この日、もう高校生である少年は、死体のみつかった、やはり海沿いの町の駐在所に死体引取りの手続きに出かけるが、帰りに乗ったバスの正面に、視界いっぱいに夏富士の青い姿が幻のように浮かび上がる場面もすばらしい。この夏富士は、「僕」の眼にどのように映っただろうか。それを想像してみることこそ、この小説を「読む」ことなのかもしれない。それにしても、長い梅雨が明け、湘南が本格的な夏になった日が、兄の死体がみつかった日でもあるとは、なんというアイロニーでもあることか。だがアイロニーといえば、この暗い小説に『鵠沼西海岸』というタイトルが付けられていること自体に、一つのアイロニーをみるべきであろう。この小説は、鵠沼という、湘南海岸のどまんなかを舞台にした若者の恋の物語でもあって、その意味ではまぎれもなく青春小説なのだが、そのタイトルが、今ならサーフィンに興ずる若者達で賑やかな湘南の青い空と明るい光を連想させる筈のこの小説には、明るい空も青い海も描かれることはない。「僕」の網膜に映しだされるのは、冬の海辺であったり、雨の松林ばかりだ。青空も姿をみせはするが、それは、少女が去り、兄の死体がみつかつた日なのだ。やはり夏の湘南の海辺の若者達を捉えた、阿部と同じ高校で、二年上級だった石原慎太郎の『太陽の季節』を戦後の青春小説の一つの典型とすれば、これはその対極に位置する作品といっていいだろう。だが青春が、青い空、溢れる光、若者の汗というようなイメージでのみ表現されるべき時間でないのはいうまでもない。主人公が、太陽族と呼ばれた青年を見る視線は、『あこがれ』の少年が三人の裸のアメリカ兵を眩しくみつめるまなざしと直結していた筈だ。

兄を失った「僕」は、大学生になった年に、長い間会わなかった少女に、彼女が一度だけくれた年賀状をたよりに手紙を書く。彼女に会うことで、今度こそ、何か新しい生活がはじまるような気がしたからだ。だが彼が受け取ったのは、「破りとったらしいノートの一ページに、今にも消えそうなうすい鉛筆」で認められた次のような返事である。

私のことを覚えていてくださってありがとう　お兄様のことびっくり致しました　もっと早く知らせて下さればよかったのに　何もして差上げられない私をどうか許して下さい　貴方とお会いしなかった間に私の身にも色々なことがありました　随分考えたり苦しんだりしました　貴方は生れ変るとおっしゃいます　でも私にはできそうもありません

手紙を読んだ「僕」は、「何かいきなり平手打ちを食ったように驚き、赤面させられ」る。自分だけが不幸だと思いこんで、彼女のことを思いやることのできない自分の想像力の貧しさを思い知らされたからだ。「彼女にどんな不幸がふりかかったにしろ、今度は僕が手を貸す番だなどと考えたりもした」主人公はもう一度手紙を出すが、返事はこない。結局、兄を失った「僕」は、再び少女も失ってしまうことになるのである。いわば「僕」は、兄と少女という二人の人間、「僕」の未来を暗く閉ざしもすれば、また、生きていくたった一つの希望とも思えた、かけがえのない存在を二人とも失ってしまうのだ。その意味では、『あこがれ』の少年を待ち受けていたのは残酷な人生の現実だったともいえる。また、『鵠沼西海岸』に語られるのは、青春の輝きどころか、青春の喪失であるようにもみえる。

だが読者は、性急に結論を得ようとする前に「こうして僕は、もう一度、あの西海岸の闇に彼女の姿を見失った」という結末の言葉を吟味しておくべきであろう。たしかに「僕」は、兄と少女と、いわば、彼の青春のすべてを失ってしまった。しかし、それを代償に、彼は「闇」を手にしたといっていいのだ。阿部が小説家の先輩として尊敬している国木田独歩の『少年の悲哀』の主人公である十二歳の少年が、娼婦と下男の別れの場面を目撃することによってはじめて「悲哀」を知ったように、あるいは、これも彼が愛読者の一人としてしばしば引用するチェーホフの戯曲『三人姉妹』の、末の妹のイリーナが、婚約者の死を知らせる銃声を耳にしてはじめて生の意味を了解するように、ここで「僕」は生の新しい場面にさしかかったのである。「闇」を手にしたとは、すなわち生が新しい輝きを帯びはじめることだといってもいい。

青春は、それが完全に過去のものになりきったとき、初めてその正体がみえてくるところに真の甘さも苦さも残酷さもあります

と阿部は、『南の海辺から』に書いている。『鵠沼西海岸』の「僕」には、青春の正体がみえはじめているのだ。それが「闇」を所有することと殆ど同じことを意味しているのは、改めていうまでもない。

阿部昭は、血縁と共に地縁——土地の風景を書き続けてきた作家だった。わたしが彼の作品に親しみを感じてきたのも、近所に住んでいたという地縁の誼みがたぶんにあずかっている。この隣人が近辺から姿を消して三十年近くたってしまったが、その作品は、溢れるような光だけでなく、シーズン・オフの砂浜や、雨の松林や、潮騒のかすかに聞こえる海辺の闇というような、ともすればわたし達が視界の外に追いやってしまうものの魅力を、そのなかで生きるものの声を通して教えてくれつづけている。

岡松文学の魅力——「峠の棲家」にふれて——

『峠の棲家』は、岡松和夫の小説のなかでも、わたしが最も好きな作品のひとつだ。

博多の実家に、東京の大学から春休みで帰省した若者が、重い肝臓癌を養っている祖母を、生まれ故郷の山間の村にリヤカーで連れていくというハナシ。祖母は祖父の後妻で、血は繋がっていないが、『志賀島』はじめ多くの小説に登場する、岡松文学には欠かせぬ人物の一人だが、この小説では、その祖母が主人公になっている。マイカーでなくリヤカーというのが、いかにも戦後、一九五〇年代初頭という時代を思わせる。

作品では、村で暮らし始めると急速に健康を回復していく祖母の姿が、花々の芽吹き始める春の風景のなかに捉えられている。なかでも、印象に残るのは、五歳の時に死んだ父が、荒行したという「名残りの瀧」を訪ねる場。結核のために商売もおもわしくいかなくなった父が、晩年、母と共にこもった場所だ。そこを孫にみせることが、祖母の旅の目的の一つであったことが、ここであきらかにされる。

『志賀島』が芥川賞を受賞したこともあって、岡松和夫の小説というと、私小説というイメージが付きまとうが、その文学の世界は、たやすいレッテル貼りで済ましてしまうわけにはいかないような複雑な相貌を呈している。『人間の火』など、博多を舞台にした伝記的な小説だけでなく、『異郷の歌』や『海の砦』等の、国境や民族の壁を超えようとした人々に光をあてた一群の小説もあれば、日本文学の古典や仏教に対する深い理解のもとに発想された『一休伝説』『実朝私抄』のような長編もある。また、『壁』を始めとする一連の作品が、戦後初期の学生運動の隊列に加わった時期の自分をみつめながら提出したのは、作者が生涯にわたって拘泥した戦後の日本における「自由」、すなわち「倫理」という問題系といっていいだろう。

この長編はその多様な作品世界のなかでは、『志賀島』に連なる私小説に分類される小説の一つといっていい。執筆された一九九五年が、母の五十回忌の年にあたっていたことも、この小説が、いわば自家用のモチーフのもとに構想されたことを証しているように思われる。ここに聞き取ることができるのは、父や母、そして祖母への、追悼と鎮魂の調べなのだ。この小説の味わいは、そうした切実な主題が、自分のことを「あたき」と呼ぶ祖母の使うような博多弁を基調に語られているところにある。

だが、この作品の魅力はそれに尽きるわけではない。作中では、リヤカーでの帰郷が想起させる説教節『小栗判官』のみならず、彦山山伏をめぐる伝説などに対する独特の解釈もさりげなく鏤められているし、朝鮮戦争のさなか、山村工作隊に加わった青年のエピソードからは、作者が拘ってきた戦後の政治運動への共感と批判も読み取ることができる。また、それらが、ときにはユーモラスに語られていることも見落とすべきではないだろう。ユーモアといえば、兄の使い古しの軍服と軍靴を纏ってリアカーを曳く若者と、ふとしたことから同行することになった、やはり同じ村の出身の若い娘の、三人組みによる珍道中という設定からして笑いを誘うが、例えば、祖母が玄関に貼りつけた「あじの子があじの古里たちいでて、またたち帰るあじのふるさと」という御詠歌なども、爽やかな笑いを喚起しないではおかない。また観音堂の祭礼で、中年の男の講釈する、車力（大八車）を舞台にした「覗（のぞき）機関（からくり）」を祖母と見物する場面などには、著者も愛読したラテンアメリカ文学の一シーンを思わせるような趣きもある。哀切な喪の調べは、こうした御詠歌や、主人公が懸命に練習するフランス語の発音とも響きながら、多声的といっていい玲瓏たる詩的世界を創り出しているのだ。

それはまた、岡松和夫自身の朗らかな肉声とも響きあっている。この作品を好むゆえんである。

〈付記〉

高梨章氏の執筆による『岡松和夫略年譜・著作目録』（二〇一二年五月、鎌倉鶴ヶ岡会館で開かれた岡松先生を想う会で配布）収録の「著作年譜」によれば、五十回にわたって西日本新聞に連載された著者の自伝的エッセイ「去年《こぞ》の雪」は、「祖母の大活躍」と題された回想から書き始められている。著者にとって祖母がいかに大切な存在だったかを語る事実といっていいだろう。

第二部

稲垣達郎と北川清

稲垣達郎からはじめて北川清のことを聞いたのは、大学院に入って二、三年ほど経ってからのことだったのではないかと思う。稲垣と話していて――といっても、私は稲垣が定年で退職する前の三年ほど授業を受けただけだから、もちろん親しく語りあうことができたというわけでもなかったが――、なにかの折りに、北川のことが話題にでた。「早稲田茶房」での、師を囲んでの「茶話会」の席のことであったかもしれないし、あるいはもっとあとで、定年後の彼を二、三の同期生と中井の自宅に訪問したときのことであったかもしれない。北川が、稲垣が古志太郎と始めた雑誌「演劇」の有力なメンバーで、一年ぐらいは共同生活をしていたこともあったということなども、そのときにはじめて知った。――神主で、共産党で……君は彼のペンネームを知っていますか、というような言葉も、稲垣の口から出たのではなかったろうか。とにかく、稲垣にとって、北川が若い頃の大切な友人であることがわかった。そして、稲垣との距離が急に近くなったように感じられた。というのも、北川清は私の高校時代の英語の先生だったからである。一年生のときリーダーを習った。額際は薄くなっていたが、眉目秀麗という言葉のぴったりする容貌に立派な口髭を蓄えた、なかなか貫禄のある先生だった。その頃はもう五十歳を過ぎていた筈である。三年生のときにはこの先生の演出で、飯沢匡の戯曲「箒」（一九五九）を上演したこともあった。私は陸上競技部に属していて短距離をやっていたが、高校三年の秋というともうシーズンも終っていたので狩りだされ、俄仕込みの演劇部員に仕立てあげられて舞台監督を勤めた。演出の細かいことなどは憶えていないが、「本読み」などは、オールド・ファッション（今から考えれば）ながら、なかなかの風格を感じさせた。

＊

稲垣達郎が古志太郎と共に「演劇」を創刊したのは、一九二九年五月のことである。以後、一九三一年七、八月合併号で終刊するまで十六冊ほど出たこの雑誌の刊行の経過については、「主唱者」（稲垣、「山麓の人」〈一九八一・三『世界』〉、のち『稲垣達郎学藝文集二』所収）である古志と並んで編輯兼発行人に名を連ねている――のちには北川も編輯兼発行人となるが――稲垣自身もあまり多くを語っていないため詳らかではない。ただ、八住利雄、金子洋文、村山知義、中野重治らが寄稿し、柳瀬正夢らが表紙をデザインしたのみならず、三好十郎、久保栄、八田元夫、八木隆一郎らの戯曲を掲載したこの雑誌が「プロット」（一九三一・一〜八・九）の先駆をなしたことは、稲垣の晩年の回想である「雑誌『プロット』創刊前後――私的に――」（一九八三・一、「戦旗」刊行会刊『「プロット」機関紙・誌別巻』、のち一九八八・九講談社刊『松前の風』収録）にも仄めかされているとおりであろう。

北川はこの雑誌に、創刊の翌年から登場した。「演劇が逢合する悩みの一時代に於ける挿話」というサブ・タイトルをつけた「遁走」という三幕ものの戯曲が彼のデビュー作だった。幕が開くと、スクリーンに戦場の光景が映しだされる。「職工服の革命軍と『御用』軍隊の対戦」である。やがて、赤いライトのなかに、鉄道が表われる……。一九二九年四月、つまり「演劇」創刊の前月に本郷座の板に懸った、メイエルホリド脚色、村山知義演出になる「トラスト・D・E」を思わせる冒頭である。このエピローグだけでなく、「遁走」には、随処に「トラスト・D・E」の影響を認めることができる。たとえば、全三幕からなるこの戯曲は次のように構成されている。

第一幕　第一場※プロレタリア劇場の劇中劇『肉の爆弾』　第二場※劇中劇の客席・観客達の反応　第三場※シーン（以下SCと略する）1　タイトル（以下Tと略する）「観客とは……」「ダンス・ホール」　SC2カフエ、T「カフエ。酒！　煙」　SC3家庭、T「家庭。商人」　SC4未亡人の寝室、T「寝室。未亡人と若い男」　SC5書斎、T「書斎。演劇学者」　SC6オフイス、T「ビルヂング。オフイス――資本主義の巣窟」　SC7ダンスホール、T「かくして彼等は……」「ダンスホール。官能！　陶酔！　自瀆のための……」　SC8家庭、T「商略。詐欺。陰謀」　SC9カフエ、T「カフエ。乱酔。感傷。逃避」　SC10寝室、T「未亡人と役者。愛欲」　SC11書斎、T「遂に演劇学者の演劇とは」

第二幕　第一場※ドサ回りの田舎町の劇場　T「遁走。田舎町へ」　第二場※a水桶を担ぐ女性　b工場で働く女性　c売春婦になった女性がそれぞれ主人公の妻のパントマイムによって演じられ、夫と妻の諍いに続く。T「妻—労働」

第三幕　第一場※児童劇団「伸ぶ芽座」の劇中劇「王城の救ひ」、T「伸ぶ芽座『王城の救ひ』俳優深見衛二」　第二場※うらぶれて夜の街をさまよう主人公、T「再度の遁走」——幕

モスクワで、若い日の河原崎長十郎を魅了した「トラスト・D・E」がそうであるように、この戯曲も全七場十七シーンというめまぐるしい転換のうちに、一九二〇年代後半の日本の現実をダイナミックに浮びあがらせようとしているのである。

北川がこの戯曲を脱稿したのは一九二九年十一月のことだが、こうした作劇術には、当時の稲垣のプロレタリア演劇に対する見方もかなり影響しているかと思われる。というのも、稲垣はこの年八月号の「演劇」に発表した「小劇場スナップ」で詳細な「トラスト・D・E」の分析と批判を試みているからである。すなわち、稲垣はここで、急速な場面転換、クローズ・アップ、字幕の応用、戦争映画の挿入などの映画的・スペクタクル的手法、ジャズやパントマイムなどの音楽や舞踊などのジャンルとの協力、さらに「生命的で統一的な」舞台装置、赤色ライトの回転等、その「形態」に目をむけながら、「トラスト・D・E」での実験的な企てをこれからの演劇はとりいれるべきだと説いているが、これらは北川の「遁走」にもすべて織りこまれている。たとえば第二幕などは、

メイエルホリドの考案になる「遊動式衝立」を使いながら映画的な場面転換を図っていること、「トラスト・D・E」でジャズを担当した法政大学ジャズ・バンドがアドリブでチャールストンを踊ったのと同様、この劇でもジャズを自在にとりいれていること、等、稲垣が「勇猛潑溂にして清新なる新興勢力の尖端を表はすのに気が利いてゐて力強い」と評価した点については積極的にとりいれることを試みているのである。

一方、稲垣はこの劇への「不満」として、「現実味が欠けてゐること」をあげ、「成程、そこには、新時代性と生活意志は窺はれる」ものの、「何としても観念の遊びに流れ過ぎて」おり、「それが朗らかで新鮮な快調を持つこの『D・E』に豊富な迫力を産ますことが出来なかつた」としているが、「遁走」はこのような批判をも視野に収めている。

「遁走」が、プロレタリア演劇を志す俳優深見衛二を主人公とし、彼を通してプロレタリア演劇が直面している問題性をとりだそうとしているのは、稲垣のいう、「トラスト・D・E」が「現段階的」でなく、それゆえ「観念の遊び」に陥っているとする批判に応えようとしたものといえるのである。冒頭の劇中劇から始まって「遁走」は、「演劇学者」「所謂モダン・ガール」「所謂モダン・ボーイ」「中年の商人」「美貌の青年」「会社員」「所謂マルクス・ボーイの学生」というような観客達の「劇中劇」をめぐる批評や、「演劇学者の弟子達」「若い未亡人」「商人の妻、子供」「裏町を泳ぐ男」「カフエの客」「女給」「ダンス・ホールの客」「踊り子」「重役」「会社員」等々を通して、一九二〇年代末から三〇年代初めという時代に生きる諸階級の姿と、演劇をめぐる状況を浮き彫りにしようとしているのだ。その意図は必ずしも成功しているとはいえないが、たんなるアジ・プロ劇ではなく、サブ・タイトルにもあるように〈演劇《シアター》〉そのものの、社会と状況にかかわる、すなわち政治との関係性を主題としてみつめ「現段階的《アクチユアル》」であろうとしていること、また、スペクタクルやモンタージュなどのテクニックを駆使した、表現主義の痕跡を色濃く滲ませた手法や、メイエルホリド風の祝祭性に溢れた劇空間を創造しようという意図などは、当時のプロレタリア演劇がむきあっていた問題性を照射してみせているとはいえるだろう。

＊

「『演劇』は、多少ちらついていたモダニズムめいたものがだんだん薄れてゆき、いわゆる新興演劇からプロレタリア演劇の方へ近寄る状況になって、そのころの用語の同伴者的存在の色彩を濃くしていった」と稲垣は回想している（稲垣、前掲「雑誌『プロット』創刊前後――私的に――」）が、「演劇」が創刊された一九二〇年代末から三〇年代初頭にかけての新劇が一つの転換の局面にさしかかりつつあったのは改めていうまでもあるまい。〈ソビエト〉から帰って以来病いの床にあった小山内薫が死んだのは「演劇」が創刊される半年ほど前のことだが、「築地小劇場」にかわって前面に登場した「左翼劇場」を軸に場面は急速に転回しつつあった。スパルタクス団《ブンド》の後継者達とナチスが激しくせめぎあうワイマール共和制下のドイツで表現主義の洗礼を浴び、帰国後は「文藝時代」

に夢を托したものの急速に「左傾」し、「演劇」創刊と前後して記念碑的な傑作「暴力団記」（一九二九・七「戦旗」、のち左翼劇場での上演にあたって「全線」と改題）を発表した村上知義の歩みなどは、この時代の演劇人の道を典型的に示すものだったといえる。その村山が、ピスカトール Piscator, Erwin の Das Politische Theater, 1929を「左翼劇場」というタイトルのもとに翻訳してドイツの政治と演劇の全体的状況を伝えるのは一九三一年一月のことだが、「左翼劇場」という言葉は、彼自身「訳者の序」でもいささか困惑しながらではあるが語っているように、「最早少くとも日本に於ては普通名詞ではなくて断然たる固有名詞」であり、しかも、この時点ではすでに「ピスカトール劇場よりも遥に先へ進んだ劇場の固有名詞」（ピスカトール、村山訳『左翼劇場』一九三一・一、中央公論社）となっていたのである。「左翼劇場」を中心とするプロレタリア演劇の進展はめざましいものがあり、それが、たとえば女学校の先生のかたわら、シェークスピア劇を中心に地道な演劇活動を続けていた加藤長治の地球座《グローブ》のパンフレット「地球」の編集を、やはり女学校の先生のかたわら手伝っていた古志太郎のような演劇青年に「資金の大部分を負担」（稲垣、『日本近代文学大事典』）して「演劇」という雑誌の刊行を決意させることにもなったかと思われる。

しかし、古志にしても、稲垣にしても、また、たぶん北川ら「演劇」の同人達も、アジ・プロ劇に直進しようとするプロレタリア演劇の方向に、必ずしも双手をあげて賛成したわけではないようである。「遁走」第一幕第三場の「演劇学者A」と主人公深見との、古典の継承をめぐる対話などは、そのまま、当時の「演劇」の同人達が抱えていた問題——というよりプロレタリア演劇が抱えていた問題を論点とするダイアローグでもあろう。

A。マア、君、さう悲観してしまう必要もないよ。それにさうした演劇を全然空虚だと考へるのも早計だよ。……ネ君それぢや大近松を否定するのかね。

深見。いいえ決して否定するんぢやないんです。あの演劇形式も又内容に盛られてゐる人情の機微といふやうなものも、非常に偉大なものだと思ふんです。殊にあの演劇形式は、我々の大いに学ぶべき処があります。然しそんなものも、時代と云ふ条件を前に於て考へねばならぬ事で、今の世では古典としてより外に何の価値もないんです。今の世ではやはり近松的感情に囚はれて演劇をみるなんて、全く憎むべきことなんです。

A。いや、君はすぐさう考へるからいけないんだよ。時代々々と云ふが、勿論それは考へねばならぬ事さ。然しどんな時代でも、その価値を失はない永久のものがある。色々な外形は変化しても、その中に一貫して滅びないものがある。あの近松の中に描かれた人物の或るものの情を、よく味はツてみ給へ。あの義理にからまれて遂に自分を犠牲にする心。

深見。(対手の言葉を抑へ、激して)いいえあなたは、あなたはそんなものをみて嫌悪を感じないんですか。(後略)

プロレタリア演劇の多くを、「ただ煽情的なる演説にすぎない」と批判し、近松をはじめとする古典劇の価値を説くAと、プロレタリア演劇を「近松的感情」の枠組のなかでしか受けとめようとしない観客に苛立つ深見。そこに浮上してくるものは、河原崎長十郎ら伝統劇の革新を志していたものにとっても、また古典劇の伝統をプロレタリア演劇のなかで批判的に継承しようとしていた者にとっても、直視しなければならない一つの課題だった。しかし彼ら以上に、「黙阿弥劇の殺し場」（一九二七・七「早稲田文学」）を書いて近世文学の研究者としての道を歩みはじめていた稲垣にとって切実な問題であったことはいうまでもない。「冷静に眼鏡の奥から」深見をみつめるAは、その表情のみならず、抱えていた問題においても稲垣と重なるように思われるが、その稲垣が、一九三〇年六月号の「国文学」に、師である黒木勘蔵の『近世演劇考説』（一九二九・四、六合館）の書評を書き、同じ年の七月号と十月号の「演劇」に長編の評論「武装の選択」を寄せて「プロレタリア演劇と旧芸術」の関係を論じているのは、「遁走」が提起した問いに対する一つの答えでもあったといえる。稲垣はまず黒木の『近世演劇考説』が考証、論説ともに創見に富み、間然するところのないものであることを評価したうえで、「この種の著述を、我々はどう取扱つたらいいのか」と自問する。「旧文化、従つて過去は、我々にとつて、どれ程の意義があるのか」――こう問いかけた稲垣は、「プロレタリア文化は、ある天才プロレタリアの出現によつて突然創られるものではなく、文化的遺産をば深く我がものとし、それを批評的に改変することによつてのみ成長せしめられるのである」というルナチャルスキー『チエホフの意義』（一九三八）に引かれたイリッチ（レーニン）の言葉を引きながら、「過去乃至旧文化は、我々に於ては、前進の為以外の何ものでもない。で、無関心は、これを怠慢として、厳重に戒めなければならないと同時に、それに惑溺し、そこにさまよふなどは、断然拒否しなければならない」と述べ、「『近世演劇考説』を得難い貴重な文献として抱きしめる一方、それを冷酷につき放すべきである。つき放して、もう一度引き寄せるのである」としている。「社会史乃至社会経済史あるいは社会学等々と固く親しみの手を握」りながら黒木のような仕事をのりこえるところに自分のスタンスを定めたわけで、国文学の最前衛としての若々しい自負に溢れた決意表明であるとみられる。のちに歴史社会学派に近い近代文学の研究者となってからの稲垣を支えたのも、この信念であったかと思われる。

「武装の選択」では、やはり黒木の書評に引いたのと同じレーニンの言葉を繰り返し、岡本文弥らの「左翼派新内」や、杉本良吉の「今様白井権八・鴫立沢の場」（一九三〇・四「劇場文化」）をとりあげながら、伝統演劇・芸能の摂取の方向について論じている。歌舞伎や新内などの伝統芸術が「完成され、洗練され」ながらも、「その完成のうちに見逃せぬ頽廃性」を潜在させていること、このような負の遺産として「頽廃性」は拒否しなければならないこと、また「今様白井権八」については「意識水準の低い未組織大衆によつて、とはいへ『愛されてゐる』歌舞伎の良質の伝統をよくとりこんでゐる」としながら、次のように述べるのである。

「今様白井権八」には、歌舞伎気分をまじへた労働者的笑ひが十二分にあるが、その背後から盛り上らなければならない煽動性が稀薄である。然るに、階級闘争の現段階に沿ふ演劇として豊富な煽動性は、疑ひもなく必須条件である。所謂「煽動劇」はもとより、さうでないものでも。私は「今様白井権八」を、やはり「煽動劇」の範疇に入れるべきだらうと考へてゐる。だから、題材に複雑を求める訳には行かないが、前衛を単に非合法的姿だけではなく、もう少しその活動の方面に就いて理解させ得るところにまで進められるべきである。しかしさうするには、この形態は頗る不適当であつた。歌舞伎劇の形態をあまりに忠実に採り入れすぎた。外廓をあまりに剋明に守り過ぎた。尤も、それが却て所謂作者の味噌かも知れない。笑ひは、その為著しく湧き出る。が、一方その故に、題材・内容がひどく制肘されてゐるのは、絶対に争はれない。これは明かに弱点である。

　かうした、外廓の全部的〔又、無条件的〕利用は、プロレタリア演劇の過渡的〔初歩的〕形態だと考へる。従つて、外廓を積極的にうち破り、その構成・その演技術に亘つて分析・摘出して、摂取利用する。これが来るべき方向だと考へる。島公靖氏作「プロ床」は、この方向へ歩みよつてゐる。

稲垣の批判の鋒先は、杉本が歌舞伎の「外廓をあまりに剋明に守り過ぎた」ために「形態の固定化」を招き、流動する題材を形式の中に封じこめてしまったところにむけられていた。歌舞伎のナンセンス精神の伝統の継承というところにまでは進めていないが、当時のプロレタリア演劇の硬直性にメスを入れたとはいえるだろう。

しかし、今日から読みかえすと、演劇の現状況に対するアクチュアルな批判もさることながら、この評論の面目は、「今様白井権八」を四世鶴屋南北が得意としたパロディの一種である「書替狂言」であると喝破するなど、古典に対する該博な知識をもとに精緻な分析を試みたところにあった。今、それを逐一紹介する余裕はないが、一方で伝統芸術への理解と愛情を、他方でシンキェヴィチSienkiéwicz, Henrik の「ポオランド演劇の十年間」(「演劇」創刊号、稲垣達郎訳)が示すようなヨーロッパ文学への視野の拡がりをあわせそなえているところに、プロレタリア演劇の批評家としての稲垣の独自の場所があったのである。「新興演劇」(プロレタリア演劇)と伝統演劇の関係について、古典研究の蓄積をもとに、当時の性急かつ教条的な議論――「遁走」の主人公が代表するような――の不備を補い、啓蒙していくところに稲垣は自分の位置を見定めていたといえるかもしれない。全体の議論のゆくえをみたうえで、そこに欠落した視点や事実をさりげなく提示してみせるところに、その後の近代文学研究において彼が選んだ基本のスタンスもあったことは、『稲垣達郎学藝文集』全三巻を繙くまでもなくあきらかなところであろう。

＊

そうした批評態度は、彼が「演劇」に載せた唯一の戯曲である「一九××頃の断層」（一九三〇・二「演劇」）にもつらぬかれている。「――何処かわからない／とにかく資本主義国における――」という副題《サブタイトル》をつけた二幕（二景）からなるこの戯曲が扱っているのは、舞台が出版検閲官サカの家と「国務省内出版物検閲室」として設定されていることが示してもいるように、検閲の問題である。古典劇の批判的継承という課題と共に、「演劇」のなかで稲垣が拘わってきたのが検閲という制度であったのは、一九二九年十月号に「検閲制度と小劇場」を書いているのをはじめ、「小劇場スナップ」等でもこの問題に触れているところからも窺えるが、ここでは正面から検閲制度そのものを戯曲の主題としているのである。

第一景「憂鬱なる一隅」は、出版物検閲官サカの家での、彼の同僚オカと中等教員モリの会話からはじまる。時間は日曜日の十時頃。なにげない三人の会話が、彼等の仕事をめぐってかわされるうちに、当時、すなわち「エロ・グロ・ナンセンス」という流行語で括られる一九二〇年代末から三〇年代初頭にかけての出版文化を中心とするメディアの現状が浮びあがってくる。と同時に、左翼的知識人の鬱屈した精神風景も剥きだしにされていく。たとえば、第一景は次のような会話のうちに閉じられる。

オカ。モリさん、毎日いやになりますよ。全く憂鬱ですよ。かういつた連中に取囲まれてゐるんですからな。
モリ。僕の方だつて、御同様。
サカ。何れを見ても……か。
オカ。ま、右には、今いつた『チエリイ』を禁止にした男がゐると思ふと、左のテエブルには、カフエ評判記ぐらゐにまで、異常に興奮するくせに、その実、ピユウリタンのやうな面してゐる、一種の変態先生。ま、前に頑張つてゐるのは、牛の骨だか馬の骨だか分らないパイプを、象牙だつて大事さうに四六時中磨きながら、君、レオ・トルストイといふ人間は、一体何者ぢやねてなことを平気で嘯いてゐる署長さんの古手……。
モリ。トルストイ、知らないんですか？検閲官が。
オカ。嘘のやうでせう？まるで。
サカ。かくの如く、骨董品と若い去勢者の博物館。それは、わが光栄ある出版物課でありますウピイ……か。
オカ。そんなにのんきにもいつてられないぞ。僕達だつて、知らず知らず、その空気に染まつてるに相違ないんだ。
サカ。それあ、さうだが……。
モリ。僕あ、所謂教師臭つてものを、去勢者気質の一例だと思つてゐますが……、極度に、非常に神経質に嫌つてゐるんだが、人が見ると、やはり、争はれないところがあるつてからねえ。

サカ。そいへば、なきにしもあらずだね。……、同様に、僕達にも役人臭がこびりつくのかなあ。

オカ。これあ、恐ろしいことだよ。……アフリカの砂漠で王者のやうに振舞つてゐたライオンだつて、檻の中へ入れられると、いつのまにかそれにならされてしまう。時々、思ひ出したやうに、どなつてみ、牙をむいいてみるが、その時分には、もう、ほんたうの、本来の力がなくなつてゐる。そこだよ。

サカ。……。

モリ。……。

第二景「灰色の檻」は、昼休みの終り頃からの国務省内出版物検閲室。田舎の署長上りで禿頭のクマ、検閲官のキタ、キシ、特高のヤマが登場する。ここでは、グロッスの画集や、『人魚の市』というエロ本をめぐる検閲の実態が、諷刺的な会話のうちにあらわにされる。たとえば、次のような一コマは、明らかに観客の失笑を誘うことを計算して付け加えられたものであろう。

クマ。アルツイバシエフつちうのは、一体、何物ぢやつたかね？　オカ君。
オカ。ロシアの作家ですよ。
キタ。クマさん、あいつは検閲の方の札付きですよ。
クマ。さうかね。それぢやあ、困つたね。部厚いんでの。
キタ。クマさんは読むのがおそいからなあ。
クマ。全くぢやて。いつかの『石油』には閉口したよ。誰かに赤い奴ぢやておどされるし、なかなか読みが進まんし、もしいかんちふことになつた時、流布したあとでは落度になるからのう。気が気ぢやなかつたよ。
キタ。駄目ですよ。クマさん。そんな風ぢやあ。一寸臭いとニランだら、直ぐやつちまうんですよ。よしんば、後でそれ程でもないことが分つたつて禁止理由は何とでもつけられますからなあ。
（中略）
クマ。……ところで、これぢやが……。
サカ。何です。一体。
クマ。「サアニン」ちふんぢやが……。
サカ。それなら、何でもないですよ。以前にだつて、何度も出てゐます。

クマ。ほんとに大丈夫かね。
オカ。「サアニン」なんか大丈夫ですとも。しかし、まあ読んでごらんなさい。不安なら。
クマ。不親切ぢやのう。

アルツィバァシェフの名も知らない無知な検閲官の姿を揶揄した一コマだが、場面は一転して出版物課への権力上層部からの干渉にと進み、そこで「政府と金持とは常に一心同体」である関係が暴露され、左翼雑誌「×旗の下に」の編集者とのやりとりになって幕となる。

編輯者。「×旗の下に」の編輯者ですか……。
クマ。何？「×旗の下に」？　こつちぢやない。あつち。（ヨノ等のゐる方をあごでさす。）
編輯者。「×旗の下に」の編輯者です。、
ヨノ。さうか。
編輯者。分割還附して貰へないですか。

○幻灯——タイトル＝その「×旗の下に」は＝次に潑溂たるその表紙。続いて、口絵の説明入時事写真・時事漫画、「ソビエト・ロシアを衛れ！」「××××戦争絶対反対！」等々のスロオガン、その他、時事上のことを適宜に簡潔に、急速に、連続的に——

ヨノ。分割還附？
編輯者。之。
ヨノ。出来ないね。何しろ、たとひ一ケ所悪くても、我慢出来ないものは、断然禁止にして、なるべく還附はしない方針になつたんだ。
編輯者。をかしな話ですな。どうしてですか。
ヨノ。わしには分らん。上できめたんだ。
編輯者。でも、イケ・ニクタの『文藝展望』が還附になつたさうぢやありませんか。
ヨノ。あれは風俗で、社会物とは別だ。
編輯者。そやつて、二つ分けるのもをかしいぢやないですか。
ヨノ。をかしくても、をかしくなくても、とにかくさうなんだ。上できめたんだ。
編輯者。ま、仕方ないから……ぢや、どういふところがいけないんですか。参考の為に。
ヨノ。どういふところが？いや、どこもかしこもだ。全体に亘つていかん。
編輯者。ぢやあ、内容的に。
ヨノ。いふ必要を認めん。　（暗転）

「一九××年の断層」は、こうして、権力に敵対する思想を抹殺し、排除しようとする制度を剥きだしにし、観客に答えを委ねるところで終る。緊張感に満ちた幕切れといえるだろう。検閲制度そのものに焦点を絞ったこの作品は、一九二〇年代から三〇年代にかけての、すなわち昭和初年の出版文化とメディアの状況を諷刺的な笑いのうちに照しだし、メディアをめぐる権力の実態を生なましく浮びあがらせた戯曲だったといえる。幕切れも示すように、最終的には「アジ・プロ」をめざしているとはいえ、声高な紋切型のアジプロ劇ではなく、むしろ絶叫することを抑制し、低い、抑えた笑いを持続しながら、最後に、その笑いをやはり抑えた抗議にと反転させていくところなど、かなりの水準に達した作品だったとみることができる。アジプロ劇のための脚本として書かれていながらそれにとどまらず、権力と社会に対する諷刺としても、また左翼知識人の心象の表白としても、みごとな出来ばえを示しているといえるのだ。

劇的効果も、十分に計量されている。たとえば、第一景と第二景は、あきらかにコントラストの効果が企てられている。すなわち、第一景が「間」の多い――久保田万太郎の、いわゆる「アマダレ戯曲」を、いわば異化したような――三人の男の低声な会話のうちに、「美しき村風俗大系」や「モダンマダム心得叢書」などが旺盛に出版される文化状況と、それをめぐる知識人青年の「憂鬱な」心象風景を描きだしているのに対し、第二景はグロッスの絵を幻灯で断続的に映しだしながら、権力の醜悪で低俗な実態を戯曲的な誇張をもってあばきだし、最終的な緊張を準備していく。第一景と第二景は、静と動、低音と高音というコントラストを構成しながら幕切れの緊迫感へと高揚していくのである。

また、とりわけ第二景でのグロッスの絵のスライドによるフラッシュ・アップはこの戯曲の圧巻といっていいだろう。昼下りの検閲室で映しだされるグロッスの「天真爛漫」と題された一連の絵。「レディ本来の潑溂たる姿態」を手にしながら、「それを見るちふことは、絶好の若返り法ぢやよ」などという会話をかわす検閲官達。昼下りの国務省の一室が、卑猥な会話のかわされる「猥褻図書」の秘密鑑賞会となんら変らない光景を呈しはじめる。低俗な会話のあいまに、「映画のフラッシユ乃至アップの呼吸で」映しだされる絵は、やがて同じ画家の「物質化」に転ずる。「局部を露出しとるね。つまり婦女子も、単なる肉の塊に過ぎんちふんぢやね。全くその通りぢやて」「そこを、露骨に描いてゐるところが、実に、何ともいへませんな」というようなやりとりが、そのまま、「人間も機械と同様、単に物質になつちまう」というこの絵の一つの明快な解釈を示しているのはいうまでもない。グロッスの絵はさらに「ブルジョアの顔」に、やがて彼の戦争諷刺のイラストにと変り、最後に、さきに引用した一連の「×旗の下に」の表紙のフラッシュとアップ——「ソビエト・ロシアを衛れ」「××××戦争反対！」等のスローガンを含む——に転じて幕となるのである。

また、こうしたやりとりのうちに、検閲の、というよりも権力そのもののグロテスクな実態を暴露していくところに作者の意図があったことは、作者が末尾に「幻灯のグロッスの絵のうち、風俗ものは、一つには、センサアどもの主観表現である。で、A——その画中、ことにエロチックな部分を解剖学的に拡大した絵、B——Aを凝視する、キタ・キシ・クマ等の馬鹿化した顔。この二つを、原画の次に適宜交錯させてもよかろう」と付け加えているところからも明らかであろう。検閲官の頭骸の内部を視覚的にカリカチュアライズしてみせる、こうした手法のうちに、稲垣は検閲が、究極において人間の頭骸の内部、すなわち想像力そのものを罰し、管理していこうとする権力の暴力装置であることをあからさまにしてみせているのだ。

同時に、この戯曲が、稲垣の美術鑑賞眼のたしかさを示していることも見落してはなるまい。ドイツ表現主義の旗手の一人であり、いわゆる〈ベルリン・ダダ〉の先頭にたつと共に、ローザ・ルクセンブルクの率いるスパルタクス団《ブンド》の支持者《シンパイザー》でもあったグロッス Gross, George の名は、当時すでに左翼演劇人のあいだでは、かなり知られてはいた。主として、ワイマール共和国に留学してグロッスに心酔した村山知義による紹介によってである。グロッスの時代的意味と影響については、村山知義著『グロッス——その時代・人・芸術』(一九四九・一二、八月書房)に詳しいが、稲垣のこの戯曲は、彼のグロッス理解が、当時の知的流行の枠組を超えたものであったことを示してもいる。グロッスの絵のメッセージを受けとめ、それに呼応しようという姿勢をみることができるのである。美術批評・研究の領域でも、稲垣がすぐれた鑑賞眼を示すことのできた美術愛好家でもあったことは改めていうまでもないことだが、この戯曲は、それじたい、すぐれた美術批評となっているといっていいのではないか。その後の稲垣が、グロッスをはじめ、ドイツ表現主義やダダイズムに言及することがほとんどなかっただけに、このことは強調していいと思われる。「一九××頃の断層」は、戯曲という形をとった検閲制度への批判であり、一九二〇年代末期の文化状況総体への批評であると共に、左翼知識人としての心象表白でもあり、表現主義風の実験劇としてもかなりのできばえをみせていたということができる。プロレタリア演劇時代の彼をみていくうえだけでなく、その後の彼の営みをみていくうえでも、無視することのできない作品だったように思われるのである。

＊

稲垣や北川が――ここでは触れなかったがむろん古志太郎も――戯曲を書き、評論を書いた「演劇」は一九三一年七・八月合併号を最後に廃刊した。その事情を、稲垣は簡潔に次のように述べる。

おなじ号に書いたわたくしの新国劇批判のゆえに発禁になったこともあるにはあったけれども、むしろ、古志ともども、雑誌を出すのがめんどう臭くなってからの、自然廃刊であった。
（稲垣、前掲「雑誌『プロット』創刊前後――私的に――」）

その後、古志、稲垣、北川は「プロット」に参加、稲垣、古志は左翼劇場（のち、東京左翼劇場）文芸部に入り、北川はプロレタリア演藝団の後身である「メザマシ隊」に所属した。「メザマシ隊パンフレット」第一号（一九三二・五、築地小劇場内メザマシ隊刊）には、「自分達の手で芝居を」や「メザマシ隊の出動を申込むには」等の北川の署名になる文章が載せられており、彼の溌溂とした活動ぶりを知ることができる。「メザマシ隊」では、「演劇新聞」に載せるための寸劇を書き、「メザマシ隊」上演のための上演台本の共同執筆にも関わったが、役者として舞台にも出た。「メザマシ隊」結成前から彼は新築地劇団に加わっており、幾つかの舞台を踏んだこともあったからである。一九三〇年六月に新築地劇団が本郷座で上演した、落合三郎こと佐々木孝丸作、土方与志演出による「筑波秘録」では、一揆軍のその他大勢の一人として出演した彼は、宇賀直邦に扮した主役の薄田研二の斬られ役として、木刀でしたたか打たれたこともあった。新築地と左翼劇場が合同公演し、やがて「メザマシ隊」が結成される時期には、文芸部として裏方の仕事をすることが多かったが、「青いユニフォーム」（九景、島公靖作）には細川ちか子や沢村貞子らと、「赤いやつとこ」（十一景）では三島雅夫や赤木蘭子らと出演するなど、多くの舞台に出た。『八月に乾杯』（一九八六・一、弓隆社）で松本克平も回想しているように、「鰐さん」の愛称で親しまれた北川と、早大英文科の同期生であった松本が毎日のように顔を合わせたのもこの頃である。また、松江の女学校を出て兄と同居しながら東洋音楽学校に通い、やはり兄の影響で日本プロレタリア音楽家同盟（P・M）に加入していた妹の美枝子が、左翼劇場の手伝いにきたのも、左翼劇場が「赤色バラエテイ十八景」と銘打って、「赤いメガホン」を公演した一九三二年のことである。兄が「鰐さん」と呼ばれ、また

「日焼けした顔に白い歯が可愛かったので『小鰐』という綽名」をつけられた（松本克平、「惚れっぽさの神秘性――追悼・小沢栄太郎――」一九八八・七「新劇」、のち一九九一・六　朝日書林刊『新劇の山脈』収）彼女には、やはり松本の回想によれば、若い小沢栄太郎も熱をあげたが、結局小沢の思いは実らなかったよしである。プロレタリア演劇衰退後の彼女は新宿ムーラン・ルージュの歌姫として人気を博し、コロンビアからレコードも幾つか出したが、やがて宝塚歌劇団の歌手になった。ちなみに、美枝子のことは、稲垣もしばしば口にした。青春の日を彩る、懐しい面影であったからであろう。なお、北川が久板栄二郎や土方与志、八木隆一郎、千田是也、佐々木孝丸らと共にプロットの常任中央委員（機関誌部）に名を連ねたのも、やはり同じ時期である。

一九三三年以降の稲垣は、三好十郎、八木隆一郎、真船豊らとの研究会である十日会を最後に、しだいに演劇の世界から遠ざかっていくが、北川も一九三四年には映画界に転じる。京都にできた新興キネマに入ることをすすめたのも稲垣で、稲垣は北川に、当時蒲田撮影所で、所長の城戸四郎の秘書と宣伝課長を兼ねていた守安正を紹介、守安の斡旋で映画界に職を得ることになったのである。守安は松竹で企画・宣伝部門の仕事に携わるかたわら、日大の芸術科で映画学を講じ、「キネマ旬報」には「映画興行学」を連載（一九三五・四～八、一五回連載）するなど、映画興行学の草分けの一人だが、後には和菓子の研究家としても知られ、『お菓子の歴史』（一九五二・一一、白水社）などの著書もある。(1)　一九三一年に創設された新興キネマには、溝口健二、内田吐夢、伊丹万作らがいて、「瀧の白糸」（一九三三）を撮った溝口は北川とは入れちがいに日活に復帰するが、内田は小杉勇主演による「裸の町」や「入生劇場・青春篇」を作り、三年の歳月をかけることになる「土」（一九三九）の準備にもとりかかりつつあった。助監督としての北川が従事したのは主として伊丹万作と、同志社大学教授から映画監督に転身した「エランヴイタール」の演出家野淵昶の作品で、このうち「忠治売り出す」は一九三五年の「キネマ旬報」ベスト五位にも選ばれている。また土方裔(2)のペンネームで、四五本の時代劇のシナリオも書いた。その後、一九三七年、すなわち昭和十二年から、徴用される一九四四年まで、当時はP・C・Lと名乗っていた東宝映画の製作課に勤務して終戦を迎えることになる。この時期の彼の心象は、のちに彼が書いた小説「ヒロシマ余燼抄」（初出「Sさんの死」一九八四・六「蛮族」十一号、のち改稿して一九八五・八「民主文学」）の語り手の、次のような表白から浮びあがってくるものとそう隔っていないだろう。戦後二十年ほど過ぎて、山陰の農村で老後を養っている「私」は、原爆症で死んだ同じ部落の男の通夜で、自分の戦中を想起する。

うなだれている私の頭には、ささやかな出版業を営んでいたときのことが、悔恨の黒い雲となって大きくのしかかっていた。その出版というのが、はじめのうちは、当時の進歩的な文化運動とかなり深いかかわりを持っていた。この文化運動は勇敢に戦争反対の旗を掲げていたし、私自身もそれらと同志的な精神を持っていた。しかし、戦争がいよいよ本格化するにつれて、そうした文化運動にも強い圧力がかかるようになってきた。つい昨日、私の小さな事務所を訪れた人がにわかに娑婆から姿を消さざるを得なくなり、ふたたび私たちの前に現われなくなった。或いは特高につかまって幽閉の扉の向うに繋がれているという噂だけが耳に入るようになった。私自身が二度も三度も内務省に呼ばれて、陰にこもった脅迫の言辞の前に頭を垂れねばならなかった。かといって、完全な地下出版に踏み切っていたのでは、出版業自体をつづけることが不可能になる。用紙の配給だって直ぐにシャット・アウトされてしまう。文化運動の人たちの足も、しだいに私から遠ざかって往った。追いつめられた私は、積極的な戦争肯定の態度こそ執らなかったものの、しだいしだいに戦争を否定もしない出版物に切り替えるようになっていた。いやむしろ、弱い私は気持とは裏腹に、戦争の推進に加担してしまったことになってしまった。とうとう〝満蒙の曠野に咲く花〟だの〝国家神道とみそぎ〟などという本を出すまでに「堕落」していた。折も折、私は恋愛関係にあった劇団の女優に背かれた。白昼夢のなかをさまよう人のような空虚なこころで敗戦の日を迎えたが、出版の意欲など失ってしまっていた私は立直ることもなく、Bという出版社の臨時雇いの仕事をして三年余を過し、魂の抜けたからだ一つで郷里に引揚げてきた。

ともあれ、北川も、稲垣も、また古志も、一九三〇年代の、おそくとも半ば以降——昭和十年代——には、演劇運動の戦線から撤退する。北川は映画に、稲垣は国文学の研究に、そして古志は創作に沈潜していくのである。そこに、日中戦争に直進する国家権力による弾圧の強化が作用していたことは、松本克平の一連の回想や、「メザマシ隊」の壊滅をみとどけた江津萩枝（小杉てる）の『「メザマシ隊」の青春』（一九九〇・三、未来社）などの生なましい証言を聞くまでもなくあきらかなところであろう。しかし、同時に、演劇運動を、いわば最前衛として展開した当時の左翼芸術運動じたいが、必ずしも稲垣らがめざしたものを許容しえなくなっていたこともまたあずかっていたのではないかと思われる。もっともそれは、実はプロットがI・A・T・Bと連携しながら結成された当初から孕まれていたといえるかもしれない。例によって慎重に言葉を選びながら、稲垣は次のように回想している。

日本プロレタリア文化聯盟結成という、文化運動——藝術運動組織転換の、激しい時期に際しての創作であった。「ナップ」から持越しの右にふれた勝本評論には、プロット常中委のコメントがついている。長大編だったのを、そこで省略ないし削除のあったものである。土台に蔵原理論と対立する勝本持論の人民戦線方式があった。と共に、高度技術を持つ専門集団を労働者劇団と等価なアジプロ劇団化するのには反対だった。そこが、プロット常中委の見解と一致しなかったのである。勝本は戦後も言っていた。政治的に純粋になってゆけばゆくほど単純になり、それだけ尖鋭になって大衆から離れてゆく、そこを叩かれると壊滅する、その危険を警戒する必要を言いたかったのだ、と。また、近代文学研究会で、小林多喜二が殺されたので、蔵原らは、そうならずにすんだと語りながら鳴咽したことがあった。そういう感じを持っていたようだ。

「プロット」が創刊された一九三二年が、革命運動にとっても、左翼芸術運動にとってもエポック・メーキングな年でもあったことは、ここで改めて確認するまでもないだろう。それは、日本の革命において天皇制をはじめて明確に打倒目標として設定し、プロレタリアート農民によるブルジョア民主主義革命へのプログラムを描いた「三二テーゼ」がコミンテルンによって示された年であるからではむろんない。稲垣が勝本の言葉を引用しながらいうように、芸術的抵抗の運動がスターリン主義によって歪められ、圧殺されていくことになる。その転換を画した年でもあったからである。

だがその兆しは、考えてみれば、稲垣らが「演劇」を創刊した一九二九年から顕著になりつつあった。一九二九年一月、トロッキー国外追放。十月、ウォール街の株価暴落・世界恐慌。十一月、スターリン体制の確立。／一九三〇年、九月ナチス大量進出。／一九三一年四月、スペイン革命、スペイン市民戦争の開始。十月満州事変勃発……。天皇制の位置付け等においてみるべきものを含んでいたとはいえ、「三二テーゼ」がどのような課題をもって登場したかはこのような日付が、また、ヘミングウェイやW・H・オーデン、ポール・ニザン、ジョージ・オーウェルらヨーロッパの文学者・知識人のみならず、勝本や若い日の平野謙や埴谷雄高などの心をゆさぶったスペイン人民戦線が、結局はファシストと手を組んだスターリニストによって圧殺されることになるその後の日程が語っているところでもあろう。以後の日本の芸術的抵抗運動は、プロレタリアの祖国防衛という大義名分のもとにスターリン主義国家の利益は貫いても、ナショナリズムと天皇制に吸引されていく日本の民衆と社会の現実を正視する視点を欠いたこの方針によってふりまわされていくことになるのだ。演劇による抵抗運動に限ってみても、そのよき理解者であったトロッキーの追放に先だって一九二七年から幕を切って落とされていたメイエルホリドの受難劇――彼がスターリンによって裁判にかけられるのは、五年後の一九三七年のことだが――は、同志マヤコフスキーの自殺（一九三〇年）によって血腥い悲劇的結末を予感させはじめてもいた。「メイエルホリド殺し」（山口昌男『歴史・祝祭・神話』、一九七二・七、中央公論社）は、その暗い熱狂の、いわば佳境にさしかかりつつあったといっていい。ゲオルグ・グロッスを旗手とするダダイズムの絵画や、メイエルホリド、ピスカトール等の表現主義、〈ローリング・トゥエンティ〉のバックミュージックでもあったディキシーランド・ジャズとも呼応した演劇による抵抗の夢は、ファシストのみならず、「三二テーゼ」、及びそれとパラレルな社会主義リアリズム（蔵原理論）によって絞め殺されねばならぬ過程にあったのである。

北川と同年齢でやはり同じ時期に早大の露文科に学んで「演劇」にも寄稿し、歌舞伎を現代風にアレンジした「今様白井権八」でみせた鋭い才能のひらめきを稲垣も高く評価した杉本良吉がその後に辿った運命などは、この転換期がなにの始まりであったかを明日に証しているといえるだろう。一九三四年以降の稲垣や北川らの沈黙は、たんに戦争にむかって狂奔しつつある国家権力の強制にのみ帰するわけにはいかない筈なのだ。それに対する抗いの声と心情は、一九三四年四月ナウカ社から刊行され、佐々木孝丸の演出で、中央劇場と改名した左翼劇場の板に懸った三好十郎の「斬られの仙太」が、わずかに代弁していたといえるかもしれない。

＊

戦後の稲垣については、私などが書くまでもないことであろう。最後に、北川の歩みについてだけ書いておく。

北川が郷里の島根県大原郡木次町（現雲南市）に帰田したのは、一九四九年のことである。もっとも、戦時中にもときおり帰省することはあったらしい。これは北川から直接聞いたことだが、敗戦まぢかい一九四五年夏、北川は、現在のＪＲ木次線木次駅の近く、〈八岐大蛇伝説〉で知られる斐伊川の土堤で、「ガンさん」こと丸山定夫に会った。全く偶然の再会であったという。当時、丸山が団長をしていた新劇人による移動報国劇団「櫻隊」は、山陰巡演の途次にあり、前日に来次座という芝居小屋――大正期には、ここで島村抱月と松井須磨子が「復活」を上演したこともあった――で、三好十郎の「獅子」(一九四三)他を打っており、そのために木次に来たのである。むろん、これは北川と、彼が敬愛していた丸山の永久の訣れとなった。八月六日、広島で被爆した丸山は、阪妻主演の映画「無法松の一生」で吉岡中将夫人を演じた園井恵子や、薄田研二の長男高山象三、左翼劇場の中堅女優として北川とも旧知の仲みどりと共に原爆病の犠牲となって不帰の人となるからである。なお、新藤兼人の『さくら隊散る』(一九九一・七、未来社)によれば、「櫻隊」が木次で公演したのは原爆の投下される一ヶ月ほど前の七月八日のことである。

北川の生家は、その頃は斐伊村山方といった農村部にあって、代々の社家だった。斐伊村は、大原郡という付近の盆地に由来するところが示すとおり、山間部に開けた平野で、土地も、比較的肥沃である。北川は、ここの子安八幡宮の二十二代目の世嗣として、一九〇七(明治四〇)年十二月二日に生れている。子安八幡宮という名前からも窺われるように、北川の神社は「子安さん」として親しまれ、安産と子育ての神を祀って近在の信仰の対象になっていた。四人の男の子を生んだ私の亡母なども、身寵るたびにここに安産を祈願したし、幼稚園の遠足が「子安さん」に決まっていたのも、一種のお礼参りの意味がこもっていたに違いない。私も町部の子どもとしてお礼参りを兼ねて幼稚園の遠足に行ったことがあるが、たぶんそれは、北川が神主として腰を落ち着けてほどない頃のことだったろう。この神社のことは彼の小説にもしばしば出てくる。神社の中興の祖だったらしい曽祖父の晩年をスケッチした印象深い小説『夕映えの人』（初出『曽祖父のこと』一九八一・九「蛮族」八号）には次の一節があって、彼が育った明治大正の頃の山陰農村の風景を偲ばせる。

……だが三代前、つまり私の曽祖父になるが、磐根というのがあった。タカマノハラニカムマツリマスではじまる「大祓会《おおはらえ》」のなかの「磐根樹立」から取った名であったろう。私が中学二年生の大正九年の九月に七十九才で亡くなっているから、天保十三年の生まれということになろう。私の宅地の一隅から孟宗竹の茂った藪を抜けて山路づたいに登ってゆくと、樫などがうっそうとした森の中に先祖代々の墓碑が立っており、古いものは砕けて形を失ない一ヶ所に小石の堆石となっている。その墓地のほぼ中央にある磐根の御影石でできた角形の墓石には、頭に「中興祖」という文字が刻まれてある。北野家が没落同然でひどい貧乏神主であったのを、経済の才にも長けた曽祖父の代に再興したのだそうだが、ともかく村内でも三番と下らぬ地主にのし上った功績をたたえた意味のものだろう。大所高所から見ればそれが僅かなものであったにしろ、どのようにして彼はその財を蓄えたのであろうか。……年の暮が近くなると、四囲のものすべてが黒ずんだ風景を背に、粉雪がチラチラするなかを白衣・黒袴に風折烏帽子でゆく老神主の姿が、その頃の村人たちには見られたものだ。かまど祓いは、八十四戸の氏子のすべての家々でおこなわれた。影のように附き添う藁叺《かます》を背負った下男をしたがえて、彼は細い青竹に刺した御幣の束をたずさえていた。まわる先々で提供される二斗ずつの白米で、下男の負う藁叺は夕方にははち切れそうに膨らんでいた。その行事は十日ぐらいは続いたろうが、その姿がなにか物乞いして歩いているようで、幼い私の眼にはみじめに映って仕様がなかった。

私が青年になった頃――もう曽祖父は亡くなっていたが――ふと耳にとどいた世間の話題に、磐根は村の百姓たちに金貸しをして身代を築いたということがあった。曽祖父がそんな金貸しで田畑を兼併したということは私にとっては気の引けることだが、しかし当時の社会機構のもとでは生ずべくして生じた一つの存在だったのだから、それも仕方がなかろうと無理に自分を納得させた。磐根はいわゆる「高利貸資本」の端くれというところだろう。なにぶん百姓にとって金融機関など無尽講以外にはなかった村の内で、現金を必要としたときには地主に証文を入れてでも融通するよりなかった。不作がつづいたりして娘を売っても追いつかず、とうとう抵当に入れておいた田畑や山林を取られることは全国の村々で普通のことだったようだ。私はこの曽祖父だけを、特に悪人だったと思いたくない。

私などが今も棲んでいるこのだだっ広い茅葺きの家屋は、万延元年上棟という記録が最近みつかったから、はやくも十九歳で磐根がこれを新築したらしい。磐根の父は彼が七つの年に死亡したことが、霊代の裏面にしるされている。

「夕映えの人」には、俳句もよくしたらしいその磐根が、晩年、狐に誑かされたエピソードがユーモラスに語られている。

北川は、こうした環境のもとで、出雲大社の近くにある杵築中学に進み、早稲田に入った。杵築中学は、大町桂月や阿部知二の父の阿部良平も教鞭をとっていた、島根県で三番目に出来た中学で、彼が後に勤務することになる近くの三刀屋中学はまだ創設されていなかった。早稲田での先生は谷崎精二で、彼の推薦で女性誌「令女界」に何本かの小説を発表したこともあった。また、野口雨情の門下となったのも、大学時代である。いわば北川は、村の知識人でもあり、支配層でもある家に育って東京の大学で文学に親しみ、左翼思想の感化を受けることになるわけで、こうした出自は、北川のみならず、彼の生まれた出雲とは隣国の伯耆大山山麓の地主の息子である古志太郎ら地方出身の知識青年の多くが共有するものでもあった。ちなみに、一九三〇年代の後半から小説に専心し、一九三九年に砂子屋書房版「第一小説集叢書」の一冊として『山陰』を出した古志は、一九四二年に帰田、北川が故郷に帰った頃には農地解放を率先して推進する一方、高麗村（現大山町）の村長をつとめていた筈である。

帰省後の北川は、もとは農林学校だった島根・鳥取・広島の三県に接する新制横田高校の教員となり、文字どおり第二の人生を開始した。農地改革によって小作地の大半はなくなっていたし、むろん、戦後は神職として、妻と三人の子供を養う収入を得るべくもなかった。横田は、木次駅から汽車で一時間ほど中国山地を遡った山間部――途中に、松本清張の『砂の器』（一九六〇―六一）で有名になった亀嵩駅もある――で、木次駅からは三十分ほどはかかる北川の神社からは、片道二時間近い通勤だった。

「蛭ヶ窪」で読売新聞の短篇小説賞に入選したのは、その横田高校から近くの三刀屋高校に転勤した一九五八年八月、帰郷して十年ほど経ったときである。

現在は、北川の二冊目の創作集である『藪の中の家』（一九八九・五、青磁社刊）に収められているこの作品は、老いた農夫の「語り」のうちに、愛欲と因習に絡まる農村の惨劇を浮びあがらせてみせる。選者の亀井勝一郎は、

今度の応募作品のなかで、小説としてまとまっていたのはこれ一編だけである。蛭ヶ窪の無気味な雰囲気だけでなく、この荒地をめぐる三代の農夫の生死が、わずか二十枚の中に圧縮され、その極貧ぶりも原始性も端的に表現されている。語り手の口調も方言にかたよらず、また大していや味はない。最後に蛭ヶ窪の泥土にまきこまれて死んだのであろうことは、早くから予想出来て、その点ちょっと単調だが、作者は語り手の農夫の口調に適切なスピードを与えているため、救われていると思った。（「第四回読売短編小説賞選後評」亀井勝一郎、一九五八・八・一

と評しているが、私小説というよりは、むしろ北川が谷崎精二のもとで英文学を学んだ頃に親しんだ、E・A・ポーの「アッシャー家の崩壊」を思わせるような、怪奇小説の趣きもある。怪奇小説風の趣きのなかに、因習に満ちた農村の闇の部分をとりだしてみせた好短編といっていいだろう。

七百五十編を越える応募作品のなかからこの作品が選ばれたことは、戦後の十数年を失意のうちに過してきた北川に、なによりの励ましとなった。すでに五十歳を越えていた彼に、改めて、文学に情熱を傾ける気持を起させた。戦後になってはじめて上京し、稲垣と再会したのも、受賞してまもない頃である。

この作品に次いで、「でんすけ」(「短編小説」一九六一・五、のち改稿して「山陰文化」一九七四創刊号、さらに手を加えて一九八七・七「地平線」夏期号に発表、『藪の中の家』収録)が書かれる。「奥出雲むかし語り」という副題にもあるように、出雲地方の民話的世界に材を得た語り形式の小説で、「でんすけ持ち」の農婦を描きながら、出雲地方の農民達の土俗的な想像力の世界に触手を伸ばした作品だった。「でんすけ」とは、イタチのこの地方での呼称で、「でんすけ持ち」はすなわち出雲地方の一帯に蔓延した「キツネ憑き」の迷信と同じく、イタチに憑依された状態のことをいう。この作品がそうであるように、出雲の共同幻想に根ざした世界を物語っていくところに、彼の独特の持ち味があったように思われるが、結局彼はその方向を発展させることはなかった。一九八六年四月号の「民主文学」に載り、短編集の表題作ともなった「藪の中の家」も、初稿はこの時期に書かれ、別の雑誌に発表されたが（初出不詳）、戦時中の国家神道を告発する主題もさることながら、一種の〈異人殺し〉を扱いながら、神話的共同幻想のなかに生きる人々の生の感触を、たしかな手応えをもって抉りだした力作である。私が北川から英語を習ったのは、これらの作品を書いたあとの一九六二年から六五年にかけてだが、当時の私は——彼が小説を書いているらしいことは聞いていたが——、彼の小説を読んでいたわけではなかった。なお、私と前後して、北川の二人の息子達も同じ高校に通った。また北川の弟達も、大正の末から昭和の初めにかけて、旧制の中学だった頃のこの学校に学んだ。神主で共産党でもあるこの英語の先生は、なにくわぬ顔でこういう小説を書いていたのである。

　北川の創作活動が活発になるのは、十七年間勤めた高校教員を定年で退職してからである。定年になる六十歳のときに書いた「たにしの舞」（一九六七・二「芸文」、のち改稿して一九七六・二「日本海文学」、『藪の中の家』所収）は、かつては村の地主だった家の老当主が、現金収入を求めて出稼ぎに行かねばならなくなっていく姿を描いた百枚ほどの力作。考えてみれば、北川が若い頃に夢を託した革命運動の当面の目標は、小作農の解放をめざすブルジョア民主主義革命だった。戦後、それはアメリカによって、思いもかけぬかたちで実現された。農地改革には、多くは中小地主層の出身であった地方出の左翼知識人達も、それが自身の生活の基盤を崩すものであることを知りながらも協力した。だが、それが結局は挙家離村や過疎化、旧地主階層の出稼ぎ労働者への転落という事態に帰結していくことになることまでは、「家」(島崎藤村)や「斜陽」(太宰治)を切実な実感を以って読んだ筈の彼らの誰も、予想もしえないことであったに違いない。松本克平も熱演した「有福詩人」(幸田露伴)の呟《つぶや》きが、悲愁を帯びて胸にしみてこざるをえないような事態が到来したのだ。

この作品あたりから、北川の眼は高度経済成長のなかで解体していく村落共同体と、しだいに追いつめられていく農民の運命にむけられていく。「遺棄」(一九七一・九「民主文学」、のち、みずち書房刊『崩壊の陰に』一九八四・九所収)「枯木の花」(同上、一九七一)などは、いずれも神職として共同体《ムラ》に関わりながら——北川は、高校教員時代に国学院大学の夏期の講習を受けて、神官としての資格も正式に得ていた——、それがしだいに崩壊し、変容していく姿を、リアリズムの手法で捉えた作品である。これらの作品は、「列島改造」のカケ声の響くなかで解体していく高度成長期の農村共同体を内側からみつめた、その貴重な証言ともいえるだろう。

松江市で出ている同人誌「蛮族」に発表した「さくらの季節」(一九八〇・七「蛮族」、のち『崩壊の陰に』)も、やはりこの系統の作品で、働きながら短大を卒業させて貰うという条件で紡績工場に就職した若い娘のゆくすえを描いている。中学校を卒業する春には、京阪神にむかう集団就職列車を何回も見送った私などには、身につまされるできごとをとりあげているが、この小説は、稲垣も読んでいた。稲垣は北川のことを、「神主で、共産党で、ゼゲンで……」と親しみをこめて呼んでいたが（北川は、一九七一年に改めて日本共産党に入党している。）、ゼゲンというのは、北川が高校を退職後、紡績会社の嘱託駐在員として、中学や高校を回って求人係をしていたことを指していたのである。この仕事は、その頃の地方の退職教員の数少ない再就職先の一つでもあったが、晩婚で、大学生の息子と高校生の娘を抱えて退職した北川としては安閑と老後を過すわけにもいかなかったのだろう。ただ、稲垣のゼゲンという言葉には、一九三二年四月、メーデー準備公演として左翼劇場が上演した村山知義作、杉本良吉演出による「志村夏江」の記憶も重ねあわされていたかもしれない。舞台稽古の日に拘束された村山や、開演中に扮装のまま連行された主役の平野郁子はじめ、瀧沢修、原泉、松本克平、信欣三、嵯峨善平、沢村貞子、小沢栄太郎ら二十数名が検挙され——杉本良吉は、「築地小劇場中逃げまわり、最後に楽屋の窓から『諸君！　さようなら！』ということばを残してそのまま地下に潜った」（大笹吉雄『日本現代演劇史　昭和戦前篇』一九九〇・一一、白水社）——、プロレタリア演劇に崩壊的な打撃を与えたこの劇で女衒《ゼゲン》を演じたのは、丸山と共に原爆で逝った仲みどりだった。稲垣と北川の間に、七十歳を過ぎてもゼゲンといったりいわれたりするような気やすい関係が続いていたのは、左翼劇場を中心とした、青春の日を共有していたからでもあったのである。またこの小説の退職教員は自分が斡旋した少女になんとなく好意を寄せているが、頭の禿げた退職教員である彼が、休日に工場の寮から彼女を誘いだし、海苔巻を持って一緒にハイキングに行くあたりには、チェーホフの短編を思わせるようなユーモアと悲哀が漂っている。稲垣好みの場面であろう。

五十歳を過ぎてから再び小説の筆をとった北川の小説には、この作品のように恋愛をとりあげたものはすくないが、そのなかで、「うすれた記憶」（一九八三・六「島根文芸」、『藪の中の家』収録）は青春時代の、一人の女性への思慕を綴った自伝的小説である。妹の女学校時代の同級生で、女子医専に通っていた彼女は、「私」のもとを去って学校を中退し長崎で医大に勤務していた兄の手伝いをするが、やがて結婚し、満州に渡る。戦後の混乱のなかで一人娘と夫を失い、長崎に引き揚げるものの、まもなく病んで死んでいく――。戦後のベストセラーである『長崎の鐘』（一九四八・六、日比谷出版社）で知られる医学博士永井隆が彼女の兄だったらしいことが、作中にそれとなく仄めかされている。

この作品にも登場する北川の妹美枝子が、兄の影響で演劇運動にも加わったことは先にも述べたが、その下に、二人の弟がいた。二人とも、兄の感化で左翼思想に染まった。市川右太ェ門の右太ェ門プロダクションでカメラマンをし、コマーシャルや記録映画も作った北川卓と、合唱団「白樺」の常任指揮者をつとめ、戦後の歌声運動の時代に活躍した北川剛（元武蔵野音大教授）である。

一九八〇年代になって、七十歳を過ぎた北川の身の上に、一つの大きな転機が訪れた。東京への転居である。七十歳を越えて、神職としての仕事は、かなりコタエルようになっていた。視力が衰え、耳も遠くなった。妻も糖尿病に苦しめられるようになった。二人の息子は東京で所帯を持ち、娘もやはり東京に嫁いでいた。地方での老夫婦の生活は、しだいに重荷になりはじめていた。その間のいきさつを、南原清六の筆名――北川の小説は、七十年代以降はすべて南原清六名で発表されている――で書いた文章で、次のように語っている。

S病院のベッドで横になっている妻の後半生は、なかばは病院暮らしだった。五十になってからだろうか、ひどい低血圧で冬になると起き上がることもむずかしくなり、しばしば郷里の奥の部屋で寝ていた。それから椎間板ヘルニアを患い、温泉療法で知られた整形外科に三ヶ月も入っていた。胃潰瘍だ十二指腸潰瘍だといわれて三つの病院を転々としたが、結局それが膵臓炎の誤診だと判明したのが東京四谷の医院でだった。年に二回位上京して診察を受け、薬を郵送してもらってかなり元気になっていたが、五年ばかり経った或る年の夏、ひどく痩せが目立ってきて骨と皮だけのような状態になった。町の医者をよんで診て貰うと、糖尿病の疑いがあるからと四キロほどはなれた病院に電話を入れてくれた。痩せただけでなく、視力も衰えてほとんど失明に近くなっていた。内科で五十日、眼科で手術をして一ヶ月余いたが、内科の医師から「これからは食事療法が大切だが、老人二人だけの生活では無理でしょうな」と、丁度東京の婚家先から帰って来た娘に忠告があった。娘は帰京するなり兄たちと相談した。そして私たち夫婦は埼玉の長男一家の世話を受けることになり、郷里の家は空き家にしておいて離郷した。妻はＳ病院に入院、出たり入ったりして四年余の月日が流れた。（「病床四ヶ月半――私の雑文ノートから――」、一九九三・八「流域」八号）

結局、万延元年建立の郷里の家は空き家にして、夫婦で上京しなければならないことになった。何代にもわたって土地を開墾し、生活を営んできた農民にとって、父祖伝来の田畑を棄て、村を出なければならないことが、どんなにむごいことか、都会育ちの人間にはなかなか理解しがたいことのひとつであろう。幾度となくそれをみつめ、作品にも書きとどめてもきた北川は、自身が「離村」しなければならない事態になったのだった。

一九八二年から八三年にかけて発表した「強風の中で」（一九八二・四「民主文学」、『崩壊の陰に』収録）、「春から夏へ」（一九八二・九、同、同上）、「夜よ、疾く明けよ」（一九八三・七、同、同上）は、離郷する前の老夫婦の生活を、息子夫婦の家庭が崩壊していく様相を織りまぜながら描いた三部作である。村の崩壊にむけた視線は、ここでは家庭の解体にとむけられる。東京でカメラマンをしている息子夫婦の離婚、幼い孫娘を引きとって懸命に育てる田舎の老夫婦。北川が実際に遭遇した現実に取材しているが、それは八十年代になって日本の社会が正視しなければならなくなった家族の姿でもあった。次に引用するのは「夜よ、疾く明けよ」の一節。息子の離婚をめぐる紛糾が一段落したある日、「私」が押し入れから昔読んだ本を探す場面である。

この二年近い期間、孝雄の家庭の崩壊の過程ですっかり自分を失ったようになっていたことを、反省してみる気持になっていた。家族とは何なのか、家庭とはどうあるべきものか……?

他の動物とちがって人類が進歩したのは、男女両性の関係にも或る社会的抑制があったからだ、それは時代によって男尊女卑のような曲折がありながらも、という意味のことを何かの本で読み取ったように私は思った。私の頭には、オウグスト・ベーベルの『婦人論』と、エンゲルスの『家族・私有財産及び国家の起源』が浮かんでいた。いずれの訳本も敗戦後まもなくの出版だから粗悪な質の用紙が使ってあったが、まだ若かったころの私の読みは随分と乱暴なものだったから、と考えながら、私は押入れに頭をつっこんで探しはじめた。

息子一家の離散という事態に直面して途方にくれ、押入れから若い頃に読んだエンゲルスの本を探しだす主人公の姿は、なにやら滑稽であるといえばいえるかもしれない。彼が老いたマルキストで、英語教員あがりの神主であれば、なおさらである。だがいったい、誰がそれを笑うことができるだろう。ここに浮びあがってくるのも、チェーホフが好んで図柄にしたような、滑稽で、しかも厳粛な生の悲哀とでもいうべきものではないのか。

万延元年建立の家を空けたままで、北川が妻と上京するのは一九八六年、稲垣の死と前後するころである。埼玉県に住む息子北川正のもとに安住の地を得た北川は、地元の同人誌「流域」の一員として、とき折、創作を発表している。最も新しい作品は「晩年」（一九九二・八「民主文学」）だが、ここでは郷里の村を舞台にしながら、老年を迎えた貧しい農民夫婦の姿が老いてますます澄みわたってきたかのような視線のうちに捉えられている。

〈注〉

（1）守安には『映画興行学第一課』（一九三七）、『映画への道』（一九五〇）、『和菓子』（一九七三）などの著書があるが、没後の二〇一〇年には『映画黄金期の思い出』（八月、五曜書房）が遺族によって刊行された。

（2）土方喬名儀の脚本には「仙太の仁義」「銭形平次とりもの控　濡れた千両箱」「野崎小唄」「お七鹿の子染」「新月深川祭」「潮来小唄」（一九三五〜一九三六、いずれも新興京都）などがある。

〈付記〉

稲垣達郎、北川清はじめ、文中では敬称を略した。両先生には、寛恕を乞う。

なお、北川の妻彌生は一九九四年に、北川自身は二〇〇四年一月四日、三郷市の自宅で、天寿を全うした。享年九六。死去に際して一月六日付の「しんぶん赤旗」が死亡記事を掲載したほか、同年三月号の「民主文学」には、瀬戸井誠が「波乱の生涯を骨太に――南原清六さんを悼む」と題する追悼文を寄せている。筆者が最後に北川に会ったのは一九九七年十月十九日、三郷市で開かれた卒寿を祝う会。森与志男ら「民主文学」にかかわる人々のほか、野口存彌、稲垣留女などが出席、北川には又甥にあたるバラライカ奏者北川翔（北川剛の孫）によるバラライカも演奏された。

川端康成と演劇——その背景——

関東大震災の半年後、すなわち一九二四年四月、築地本願寺近くに小さな劇場がオープンした。伯爵家の御曹司である土方与志が私財を投じて建てた築地小劇場である。

川端康成はこの劇場が開場してまもない頃の熱心なファンだった。(1) 劇団の機関誌「築地小劇場」に寄せた「ほかの芝居は見ない」(一九二五・一)によれば、川端がこの劇場の椅子に坐ったのは第五回公演「人造人間」からである。第五回公演以後、この文章を執筆したと思われるこの年十二月初めまでに上演されたのは「天鵞絨の薔薇」(エドワルド・ノブロオク、小山内薫訳・演出)、「死せる生」(ゲオルク・ヒルシェフェルト、小山内薫訳、土方与志演出)、「新夫婦」(ビヨルンソン、小山内薫訳・演出)「思ひ出」(マイヤーフェルステル、松居松葉訳、土方与志演出)、「瓦斯(第一部)」(ゲオルク・カイザア、黒田禮二訳、土方与志演出)、「ジョン・ガブリエル・ボルクマン」(ヘンリック・イプセン、森鷗外訳、小山内薫演出)、「地平線の彼方へ」(ユウジン・オニイル、田中總一郎・北村喜八共訳、青山杉作演出)、「夜の宿」(マキシム・ゴルキイ、小山内薫訳・演出)、「作者を探す六人の登場人物」(ルイヂ・ピランデルロ、本田満津二訳、土方与志演出)、「恋愛三昧」(アルツウル・シュニッツレル、森鷗外訳、青山杉作演出）、「一人舞台」「稲妻」（アウグスト・ストリントベルク、森鷗外訳、小山内薫演出）、「朝から夜中まで」（カイゼル、北村喜八訳、土方与志演出）の十三本だが、「ジョン・ガブリエル・ボルクマン」と「作者を探す六人の登場人物」のほかは大半を観たようである。

川端にとって築地の舞台は、「夜の宿」（「どん底」）と、夏川静江主演の「新夫婦」が、戯曲・演出・演技とも満足させたものの、他はいずれも、不満を残した。表現主義劇として話題になった「人造人間」と「瓦斯」は、演技や演出はともかく、戯曲は「たいした戯曲とは思はれなかつた」し、「死せる生」と「天鵞絨の薔薇」は「脚本も演技も少しも感心」させる出来ではなかった。「恋愛三昧」は「俳優が駄目」であり、期待していた「稲妻」は、演出も失敗であれば、「俳優も皆いけなかつた」というのが川端の感想である。とはいえ、戯曲の示す人間や社会の捉え方にはやや異和感を覚えたものの、「人造人間」や「瓦斯」などの表現主義演劇の上演という試みとその新しい演出には、共感を抱いたようだ。

その演出を大胆に批評した人々にたいして、私はある疑ひを持つた。かう云ふ戯曲のかう云ふ演出は全く新しいことである。この珍しい企てに対して存分な批評を下せる準備を持つた人々はさう沢山ないはずではなかつたらうか

「人造人間」や「瓦斯」は、いずれも土方与志の演出になるものだったが、確かにその手法は斬新だった。たとえば、「人造人間」の場合、いうまでもなくこの作品では近代科学によって創出されたロボットが造物主である人間に反乱を挑むが、そのロボットの群れは、鋸歯のようにかみ合わされて閉ざされるとそのまま前方に倒れかかる舞台正面の大扉をどやどやと踏みつけて出現した。また、一九二四年の十二月に上演されたためにこの文章では触れることができなかったものの、友人北村喜八の翻訳によるはじめての上演作品であるためたぶん川端も観ただろうと思われる「朝から夜中まで」では、はじめから幕が下がっていなかった。「廊下から客席へ足を入れた途端に目の前の感じがいつもとひどくちがっていた」と浅野時一郎は回想（『私の築地小劇場』一九七〇、秀英出版）している。「薄暗いなかに何かごたごたと積み上げられていた。目が慣れるといろいろなものが見える。所々に絵も書いてある。字も書いてある。曲がり木があって、首吊り縄を連想させる波形の縄が下がっている。タンクみたいなものもある。全体が何となく船のデッキに似ていて、真ん中の辺は舞台の相当高い所まで届いている。軍艦の艦橋みたいである。奇想天外とはこのことだろう。」いずれも、当時としては意表をつく演出である。「奇想天外」と浅野は評しているが、しかしこうした演出が、いたずらに奇を衒ったものではなく、作品そのものが要求するものでもあったことはいうまでもない。浅野の回想によれば、ドラが鳴って灯が消えると共にこの装置は自在に変幻した。まず、「朝から夜中まで」の場合、闇のなかに「朝」「から」「夜中」「まで」という風につぎつぎにランターンに灯がつき、タイトルが明らかになる。芝居は、異様なオブジェである装置を巧みに使いわけながら進行する。雪の原野とか、過酷な自転車レースが六日間にわたって続行される競技場とか、スタジアムの切符売場、出納係の住まいなどが、同一の空間のなかで演じ分けられる。主人公が天井から縄梯子でおりてくる場面なども挿入された。装置を担当したのはベルリンから帰ったばかりの村山知義である。そこで繰り広げられるのは、しがない銀行員が、客の女性の色香に迷って大金を持出し、ついには破滅していくというドラマである。サッカー選手でもあり、レーサーでもあった作者カイザーは、第一次大戦後のドイツで人気の沸騰していた「六日間自転車競争」の開催される競輪場（ギャンブル場）を舞台に、瞬時にして破滅していく主人公を通して、スピードというものが人間を翻弄していく時代の生の感触をなまなましくとりだしてみせた。「朝から夜中まで」は、スピードそのものを主題とした劇であり、演出はそのような主題の要求するものでもあったのだ。(2)

築地小劇場が開場した一九二四年は、川端等が『文芸時代』を創刊した年でもある。『文芸時代』が創刊された十月には北村喜八の『表現主義の戯曲――自我の戦慄と観念の戦い』（新詩壇社）が刊行されてもいる。『文芸時代』一九二五年一月号に川端が書いた「新進作家の新傾向解説」には、北村の紹介による表現主義の理論から啓発されたものを顕著にみてとることができる。表現主義戯曲の上演から出発した築地小劇場は、その志向において新感覚派と関心を共有していたのであり、「人造人間」や「瓦斯」の演出への共感は、そうした築地小劇場の運動へのそれに根ざしてもいた。

戯曲や演技は、必ずしも満足させるものばかりとはいえなかったが、築地の演出は、とりわけ装置と照明は、川端に新鮮な衝撃を与えた。そのことは、「ほかの芝居は見ない」でも「しかし、素人にも一目ではつきり分る、他所より飛抜けた成功は、常に舞台装置と配光」だったと語っているところからも明らかだろう。築地小劇場では、それまでヨーロッパやアメリカの限られた劇場でしか見ることの出来なかったクッペルホリゾントが初めて用いられた。舞台奥をほぼ楕円形に限った漆喰《しっくい》い塗の壁は、そこにあてられた光によって冬でも南フランスの碧一色の青空や、雲や星、あるいは海を出現させた。「人造人間」二幕目の終わりでは、汽笛の合図と共にロボットの襲撃が始まるが、ここでは窓の向うが真紅に染まり、ホリゾントいっぱいに炎の色が拡がるなかに爆音と銃声が轟き、やがて潜水服のロボットの群れが進軍して窓の向こうに現われると同時に幕が下りた。

また築地の照明室は、他とは異なって客席の前方裏にあり、大きな窓が舞台に向けて開いていた。従来のフットライトは廃され、光は横や上からあたるようになっていたのである。それは、空間や時間の把握の仕方を一変させてしまうような認識と表現の革新だった。演劇という枠をこえて、こうした築地での観劇体験は、川端の人間や世界の捉え方や表現の方法に、その基本の枠組みにおいて影響を及ぼした筈である。

＊

川端には、もともと演劇に取り憑かれていた時期があった。一九一七年十二月二日の「日記」には、次のような言葉をみることができる。

十二月二日「生ける屍」をみた時私は熱情的に劇の研究を思ひ立たされたことがあつた

「生ける屍」はこの年十月、島村抱月主宰の芸術座が上演したトルストイの芝居である。川端はこの年三月に上京、九月から一高生になったばかりだった。

知られるように、「生ける屍」は、帝政ロシアを舞台に、リーザという人妻と、かつて彼女に思いを寄せていた貴族のカレーニン、彼の友人で、今は妻をかえりみずジプシー女に熱をあげている夫のフェージャをめぐる三角関係を扱った悲劇である。一九一〇年に死んだトルストイの遺稿のなかから発見されたこの戯曲は、漱石の「それから」（一九〇九）あたりからはじまって、武者小路実篤が「友情」（一九一九）において向き合うことになる、恋愛や友情をめぐる新しい論理や倫理と、家父長制道徳規範との対立を主題としていたという意味では、一九一〇年代の日本においても切実な課題と切り結ぶ問題を内包した問題劇《プロブレム・プレー》であったといっていいだろう。

「生ける屍」によって「熱情的に劇の研究」に駆りたてられた川端はその後、一九二〇年には松竹の研究員になり、翌年には東大劇研究会に関わったりしている。岡田嘉子の客演を得て北村喜八の「狂人を守る三人」を上演した際には受付を手伝ったりもした。「文科大学挿話」（一九二六・五）はこのときの体験のなかから生まれた作品でもある。

こうした演劇への夢が実ることはなく、映画劇「狂つた一頁」（一九二六・七）のシナリオを書き、モルナールの戯曲「リリオム」を「星を盗んだ父」として翻案したこともあった[3]とはいえ、川端がついに戯曲に筆を染めることがなかったのはその後の歩みが示しているところだが、築地小劇場通いからは、「生ける屍」が燃え上がらせた「熱情」の余燼をみてとってもいいかもしれない。

川端がどの時点で演劇への夢を棄てたのかは定かではない。しかし、一九二〇年代後半からの彼が、新劇のめざしていた方向に異和感を抱くようになったのは確かなことのように思われる。というより、そもそも川端が演劇に託した夢とはどのようなものだったろうか。一九二九年十一月の「映画見物記」なる文章におけるソビエト映画「生ける屍」（脚色・監督フョオドル・オツエエプ、一九二八　メジラブポム・フイルム制作）の批評などは、それを考えるうえで一つの示唆を与えるもののように思われる。

この映画を見て第一に思ひ出したのは、松井須磨子のマアシヤであつた。石井漠や沢モリノ（？）なぞ、ジプシイの踊子達が踊つてゐる酒場へ、正面のカアテンをさつと開いて、松井須磨子は花々しく飛び出してきた。勿論この映画のマアシヤは、そのやうな晴れがましい、いはば花形システム的な現れ方はしない。歌ひ踊るジプシイの女達の間から、いつの間にか自然に目立つて来る。だがこのマアシヤには、口髭がある。

このように批評した川端は、「娘の口のまわりに薄く、しかしはつきりと見える口髭」が端的に示しているような印象、「云ふならば、野蛮なものと機械的なものとの幼稚な交錯」を、この映画にすくなからず感じたと語っている。そして、この映画は「一言で云えば素人写真」であり、アメリカ映画がいつも「余りに上手な職人」であるとすれば、これは「余りに下手な芸術家」であると断じている。

川端にとって映画「生ける屍」の与えた印象は、芸術座の舞台が与えたそれとはおそらく正反対のものだった。舞台が川端に芝居への夢を煽ったとすれば、スクリーンのほうは、その夢を微塵に打ち砕いたといっていいかもしれない。とはいえ、若い川端に衝撃を与え、興行的にもヒットしたとはいうものの、芸術座の「生ける屍」は小山内薫からは酷評された芝居だった。芸術座の「生ける屍」は十二場から成るトルストイの原作を勝手に改竄してこの戯曲の眼目たる二場を抹殺している。登場人物にしても、すべてが原作では傍役であるにすぎないマーシャを中心にした劇に変えてしまっている。そのマーシャにしても、黒い着物を身につけた小さい可憐な魔物であるべきはずなのに、赤い浮《うわ》ついた着物の蓮っぱな女になってしまっている。それに、「ジプシーの唄」は「何といふ騒がしい何といふ悲哀のない曲だらう」。これは「生ける屍」ではない。ここでは登場人物は「誣告」されている。芸術座は罪をトルストイに、「生ける屍」という脚本に、また、こうしたニセモノを日本の社会に提供した罪を広く世界に謝罪すべきである――。というのが小山内の批判（「『生ける屍』についての議論」一九一九・一、玄文社刊『旧劇と新劇』所収）である。小山内はモスクワ芸術座と、マックス・ラインハルト演出によるドイツ座でのこの劇の公演を観ていた。とりわけ、トルストイの戯曲に忠実に、リアリズム劇として上演したモスクワ芸術座の舞台の感銘は強烈だった。それを正典とすれば、日本の芸術座の「生ける屍」は、とても芸術と呼べるシロモノではないと彼には思われたらしい。事実、初日に明治座の椅子に坐った小山内は三幕で席を立ってしまつた。「中央公論」に掲載されたこの小山内の批判（「泰西名篇の上場につき島村抱月氏に訊す」一九一七・一二「中央公論」、のち「『生ける屍』についての議論」の一部として『旧劇と新劇』所収）は川端も読んでいる。

中央公論では小山内薫氏の「泰西名篇の上場につき島村抱月氏に訊す」と小剣氏の「紅蓮」を読んだ。芸術座の「生ける屍」は私の大変感動した芝居である。殆ど文芸劇を見た最初と云つてよい私の感心するのは無理ないと思ふ。勿論劇に対する眼などある筈はない。しかしどうも小山内氏の言は理論上正しいに違ひなからう。

芸術座版「生ける屍」が、原作を改悪したマガイモノであるという小山内の主張には川端も「理論上」の正しさを認めてはいる。しかしそれがいかに改変されたものではあれ、芸術座の舞台が「熱情的に劇の研究」に駆りたてるほどの感動を与えたという事実そのものまでが誤りであったということはできない。たしかに、川村花菱がローシーによる帝劇オペラでの上演などを参考にしながら英訳をもとに脚色し（『随筆・松井須磨子』一九六八、青蛙房）、松井須磨子がマーシャに扮して板に懸けられた芸術座の「生ける屍」はトルストイの原作を大幅に改変したものだった。小山内も非難しているように、舞台はフェージャという帝政ロシアの知識人を破滅に誘っていく放浪のジプシー女マーシャを中心にしたそれにと大胆に変えられていた。また、原作では必ずしも力点のおかれていないジプシーの踊りや唄なども、強烈な印象を与えるように工夫されていた。石井漠の振付けで、浅草オペラの花形である沢モリノがスパニッシュ・ダンスを踊り、須磨子のマーシャは原作にはない主題歌まで唄った。北原白秋作詞・中山晋平作曲による「さすらひの唄」には、芸術座がハルピンで興行した時に買い求めてきたバラライカで石井漠が伴奏をつけた。これだけでなく、やはり白秋が作詞し、晋平が作曲した「にくいあん畜生」「こんど生まれたら」なども唄われた。芸術座の「生ける屍」は、あくまでも須磨子を中心にした娯楽劇——当時、ヨーロッパでも誕生してまもなく、日本ではまだ産声をあげていなかったミュージカルの要素を備えた——にと改変されていたのである。

しかし、若い川端を感激させたのは、この劇のそうした娯楽劇としての側面にこそあったのではないか。ソビエト映画「生ける屍」への批評は、彼が演劇に求めていたものが何であったかをそれとなく語っていたように思われる。映画「生ける屍」が粉々に打ち砕いた夢のかけらから復原されるべきもうひとつの「生ける屍」とは、それではどのようなものか。端的にいえばそれは、スター・システムによって舞台の闇のなかに現出すべき、スペクタクルな――初期の築地の舞台が構成してみせたような――祝祭の空間であったのではないだろうか。

＊

一九三〇年、朝日新聞に「浅草紅団」を連載した頃の川端にとって「演劇研究」の夢はすでに遠いものになってしまっていたかもしれない。築地小劇場から足は遠のいて久しかったし、映画館の椅子にはしばしば坐ったものの、「狂つた一頁」のような試みに手を染めることもなくなってしまっていた。しかし、浅草という空間への案内人でもある語り手の「私」が、紅団の少年や少女達から、彼等を主人公にした劇の脚本を依頼されていること、カジノ・フォーリーという実在のレヴュー小屋に重要な役割をフッテいること、また単行本になった際には築地小劇場で「人造人間」の装置を担当した吉田謙吉が装幀したこと等だけでなく、この小説には、随所に川端の「演劇研究」の痕跡を看て取ることができるように思われる。

たとえば、前半のクライマックスというべき第二四章から二五章にかけて。隅田川に碇泊した紅丸の船中でヒロインの弓子が、姉を狂気に追いやった赤木に死の接吻を試みる場面だが、弓子と姉の不実なモトカレとの対立の場は、ほとんどト書に等しい数行を除いては、復讐する女と復讐される男との対話によって展開され、憎しみの情念が最終的に亜砒酸を含んだ口づけによって最高潮に達するように構成されている。ここに用いられているのは、明らかに近代的な心理劇の作劇術であって、その感銘も一幕もののドラマの与える味わいに近い。さりげない会話が劇的な対立にまで昂まり、決定的な破局を迎えるという手法は、正宗白鳥の「人生の幸福」（一九二四・四「改造」）のようなドラマを思わせよう。純真な妹が突然兄を殺してしまう「人生の幸福」が川端に大きな衝撃を与えたことは「恐るべし天才白鳥」（一九二四、「時事新報」）「文壇波動調」（一九二四・一二「文芸時代」）などで繰返し語っているところだ。白鳥のドラマだけでなく、硝酸銀で顔を焼いた高野長英と伊東玄朴との、これもやはり陰惨な対話の劇である真山青果の「玄朴と長英」（一九二四）やストリンドベリーの「債鬼」（森鷗外訳）の類の近代劇（自然主義演劇）が彼を感心させたが、「亜砒酸の接吻」と題する数章には、それだけで一幕物のドラマとして上演することの可能な、近代劇の作劇術による戯曲の趣きをみることができるのである。

　しかし、川端が近代劇の劇作の方向に進むことがなかったのはいうまでもない。「浅草紅団」には、彼が近代劇から学んだものが取り入れられているが、こうした手法は、以後は小説のなかに延命していくことになる筈である。(4)「浅草紅団」からみるかぎり、そうした近代劇的な手法よりも重要なのは、むしろ近代劇がめざしたものとは対極的な、祝祭の感覚の回復を川端が演劇に期待し、演劇の祝祭性を小説のなかに自覚的に取り込もうとしたフシが窺える点であろう。

「浅草紅団」を通して、ヒロイン弓子の、スターとしての輝きが強調されていることなどは、彼が演劇的祝祭性に自覚的であったことの証左の一つといっていいかもしれない。一九二〇年代から三〇年代にかけては、花形女優によるスター・システムが確立した時代でもあった。スター松井須磨子を中心に脚本を変更し、彼女の魅力を引き出すことを演出の目的としたとさえいっていい「復活」や「生ける屍」のヒットは、そのさきがけをなすできごとだったといえる。高木徳子一座、天勝奇術団、河合澄子歌劇団などが、須磨子の芸術座に続いた。二〇年代から上陸したハリウッド映画もこうした動きを加速した。川端も観た「コケット」「ショウ・ボオト」「パンドラの箱」「踊る人生」「曲線悩まし」というような映画は、メリー・ピックフォード、ルイズ・ブルックス、ナンシイ・キャロル、クララ・ボウというような女優達をスターにし、彼女等スターによってこそヒットすることになるのである。松井須磨子の死後芸術座を引き継いだ水谷八重子が「大尉の娘」や「寒椿」で銀幕のスターになるのもこの頃のことである。「浅草紅団」は、こうしたスター・システムを用い、「劇場としての浅草」（前田愛）のなかでさまざまに変身する弓子というスターの魅力を輝かせるべく仕組まれた小説でもあるのだ。

スター・システムと共に、流行歌が随所に取り入れられているのも見過ごすべきではないだろう。

紅団の団員達が「チヤアルストン」を踊りながらゴムマリを売っているという冒頭から始まって、作中には「君恋し」「当世銀座節」「モダン節」「銀座小唄」「波浮の港」「都会交響楽」などの一節が鏤められているが、こうした趣向は、この小説が、一九三〇年という「現在」を言葉によって定着させ、記録しようという試みであることを証すと共に、カジノ・フォーリーのレヴューが現出させたような演劇における祝祭性の回復を小説のなかでめざそうという意図の産物でもあったことを語っているとみることができよう。さらにこの小説の演劇性＝祝祭性をみる場合、浅草という盛り場それじたいの劇場性、祝祭性についても――前田愛、海野弘、関井光男等をはじめ数多くの言及があるが――むろん見逃すわけにはいかない。江戸時代から祝祭の場としての時間を堆積してきた浅草だが、この物語は関東大震災によって大きく変貌した一九三〇年という現在の浅草を震災前のそれと、また震災という非日常的な、いわば負の祝祭空間を、祝祭を日常とする復興後の現在や震災前、すなわち過去の浅草と対比して語りながら、現在の浅草に溢れる祝祭の賑わいに光をあてているのである。もともと、上京してはじめて住みついた場所でもある浅草は、川端自身の青春の記憶と分かちがたく結び付いた場所だった。震災を境にして浅草は大きく変った。学生の川端が徘徊した頃全盛だった浅草オペラはみる影もなく廃れ、今はジャズやレヴューに取って替わられている。映画がトーキーになると共に、弁士達は劇場を追われた。だが、変わってしまったのはそれだけではない。浅草オペラの支援者や製作者にはアナーキストやサンディカリストが含まれていたが、その衰退は、ボルシェヴィキ派に対する彼等の敗退とも関わっていた。表現主義はしだいに「克服」され、社会主義リアリズムが文学や演劇を単色《モノクロ》に染めあげようとしていた。築地小劇場から分離した新築地劇団が浅草で「筑波秘録」（落合三郎作、香川晋演出＊落合三郎、香川晋はいずれも佐々木孝丸のペンネーム）を板に懸けたのも一九三〇年のことだ。ロシア革命が大量に生み出した難民のなかには、浅草に辿りついたパヴロヴァ一家のような人達も含まれていた。浅草オペラの衰退は、ロシア革命があらわにしたヨーロッパのそれを微妙に反映していた筈である。「西は夕焼け東は夜明け」というのは「さすらひの唄」の一節だが、斜陽のヨーロッパに交代したのはソビエト・ロシアであり、アメリカだった。ジャン・コクトーのシュールリアリズム劇「エッフェル塔の花嫁」からデザインを籍りた装置を背景にカジノ・フォーリーのショー・ガール達が脚線美を競い、井田一郎率いる「チェリー・ジャズバンド」の音色が街角に溢れ、革命劇「筑波秘録」に喝采が送られる浅草は、第一次大戦後に極東の島国に上陸した、アメリカとソビエト・ロシアの文化がせめぎあう祝祭の場でもあったのだ。

「浅草紅団」は、このような、様々の文化が空間的に併存し、時間的には重層し、交響し乱反射する浅草という劇場そのものをまるごと舞台ともした、少年や少女達の、無垢な、だが残酷な祝祭劇である。祝祭を主宰するのは、いうまでもなく両性神的な不思議な魅力を撒き散らす弓子だが、浅草という街の多様な魅力は、ルイズ・ブルックス風の断髪のこの両性神を得てこそまた生きいきと現出する。彼女は浅草という劇場の看板女優《スター》なのだ。「私は美しいにきまってるわ。美しいからこそ、浅草が御飯を食べさせてくれるのだわ」という弓子はまたそれをじゅうぶん自覚してもいる。少年や少女達の祝祭は、弓子が元ペラゴロの赤木に死の接吻を施すところでその熱狂の頂点に達するが、高橋真理も指摘するように、[5]もともと弓子は「初めから死ぬつもりなどなかった」のであり、その行為自体が真剣な演技だったことなどは、彼女がスターとしての役割を自覚していたことを示している。その自覚は返り血で真紅に染めた純白のコートを羽織ったまま姿を消した彼女が、大詰めでは、こんどは可憐なお下げ髪の大島の椿売りとして、再び隅田川の河畔に姿を現すところまで貫徹されるのである。浅草という多面体は、自在な彼女の変身と共に、その相貌をあらわにするのだ。

このほか、やはり高橋もいうような、第八章で「昆虫館」の一階と二階の出来事を「同時に交互に」語っていく態の、複数の場面を同時に併存させる手法は、古賀春江の絵もさりながら、銀行の出納窓口と、侘しい彼の部屋と、熱気に包まれたスピードレースのスタジアムが同一の空間に共存していた、築地小劇場の「朝から夜中まで」の舞台の教えた、時間＝空間構造の新しい認識の仕方の小説への適用の試みであったとみることができるし、「紅団」の劇を語る「私」の語りが、無声映画の「弁士」の担ったのと同様の機能を備えていたこと、[6]また「活弁」が創出したのが、口承芸能の伝統を踏まえた語りによる演劇空間でもあったこと等をもみていくと、この小説が、いかに多くのものを演劇に負っているかは明瞭であろう。戯曲として実ることはなかったが「浅草紅団」は、若い川端が「演劇研究」から得たもののひとつの結実だった。それは、「生ける屍」や築地小劇場の観劇の体験のなかから生み出された作品でもあったのである。

＊

「浅草紅団」以後、川端はいくつかの浅草や踊り子達の世界を取り上げた作品を書くが、演劇そのものは、彼の視界からは遠ざかっていったかと思われる。いや、演劇そのものに彼が関心を向けなくなったというのは正確ではないかもしれない。一九三〇年代前半の川端は、舞踊の世界にのめりこんでいくことになるからである。舞踊が、劇的なるものを純粋に追及した彼方に開示される、「肉体すべてを表現とするただ一つの芸術」「演劇の精華」（「わが舞姫の記」一九三三・一「改造」）であり、肉体の修練の徹底を条件とする、抽象的、様式的な肉体の祝祭であることはいうまでもない。「化粧と口笛」（一九三二）、「禽獣」（一九三三）、「虹」（一九三四）、「舞姫の暦」（一九三五）、「花のワルツ」（一九三六）等は、そのような舞踊への熱狂が生みだした作品群でもある。(7) こうした、演劇から舞踊への関心の転換が、この時期から顕著になる禽や獣、虫や魚の姿態への惑溺とパラレルに進行した事態であることは留意しておいていいことであろう。掌篇「化粧」（一九三四）などが垣間みせ、「禽獣」で確固としたものとなっていくような、人間を花＝モノと見なし、花＝モノを人間と見たてる冷ややかな視線は、数多くの舞踊の観劇体験のなかで洗練され、やがて、人間の情念の劇の様式化と抽象化をめざした白い冥府の祝祭劇ともいうべき「雪国」（一九三五～一九四七）のような作品を生み出していくことになる筈である。

〈注〉

（1）川端と築地小劇場の関係については、野末明「築地小劇場と川端康成」（川端文学研究会編『川端文学への視界　年報93』一九九三・六、教育出版センター）が詳しく跡づけている。

（2）この劇は一九一七年にドイツで初演されたが、一九二〇年にはプロレタリア演劇の方向に転じた表現主義の演出家カール・ハインツ・マルティンによって映画化、一九二二年、全世界で日本だけで一般公開（十一月、本郷座）された。

（3）深澤晴美「川端康成『星を盗んだ父』――執筆時期の推定と執筆の背景――」（「文學」二〇一三・七－八）参照。

（4）川端には、原善が「会話劇的進行」を試みたと指摘する（「川端康成『たんぽぽ』論――魔界の終焉（上）――」一九八九・一二「作新学院女子短期大学紀要」）ように、会話劇としても読むことのできる「騎士の死」（一九三二）のような作品もある。

（5）高橋真理「亜砒酸と望遠鏡――『浅草紅団』の方法――」（一九八九・四「日本文学」）

（6）十重田裕一「『浅草紅団』の映画性――一九三〇年前後の言説空間――」（一九九四・一一「日本文学」）

（7）川端文学と舞踊の関係について言及した論考には、太田鈴子「『浅草紅団』――かつぽれとお下げ――」（一九九一・一「学苑」）、福田淳子「川端康成『舞姫』序説――モチーフとしての舞踊――」（一九九一・

三「学苑」)、「川端康成における舞踊作品の系譜」(一九九二・四「学苑」)等がある。

森本薫の出番

十年ほど前になるが、文学座創立六十五年を記念して、岸田國士・久保田万太郎・森本薫の戯曲が連続上演されたことがある。上演されたのは、万太郎が『大寺学校』、岸田が初期の作品『顔』、『音の世界』と、戦後の作品である『女人渇仰』、そして森本が初期の『退屈な時間』と、戦時下の『ベンゲット道路』の都合六本。加藤武の老校長、飯沼慧の老教師の息のあった愚痴の応酬が、心地よい余韻を響かせる『大寺学校』や、北村和夫が、娘と同い年の娼婦を相手に、聞かれもしないのに、死んだ母親や妻への不満や未練を愚痴り、朝帰りすると同居している娘に粗大ゴミ扱いにされる老人の滑稽と悲哀を演じる『女人渇仰』など、充実した企てだった。

後者の、弁当の支度に忙しい娘にとりあってもらえないのもかまわず愚痴をこぼし、そのあいまにご飯をシッカリ二杯は平らげてしまう老人の姿などは、しばしばセリフをトチる北村のとぼけた味わいもあっておかしく、練達の俳優というものは、かくも楽しげかつウマそうに舞台のうえで食事まで済ましてしまうものかと妙に感心もした。また、いうまでもないことながら、この老人は、作者の敗戦直後の姿を彷彿させた。北村演じる老人は、陸軍士官学校出身の元大政翼賛会文化部長岸田國士の肖像としても、ナットクさせるところがあったのである。

文学座は、岸田のみならず、『海軍』を書いて人気を得た岩田豊雄はじめ、いわば一座をあげて戦争に協力した。森本薫も『ベンゲット道路』のような戦意高揚劇を書いている。タイトルになった「ベンゲット道路」は、二〇世紀初頭、当時はアメリカの植民地だったフィリピンに米軍が建設した軍用道路。建設には、反米感情の強い現地人に代わって日本人労働者が雇われた。だが独立運動のゲリラの抵抗にあって工事は難航、五年の歳月をかけて日露戦争の終わった一九〇五年に完成したものの、千五百人を超える犠牲者が出たといわれる。このエピソードに取材した森本のラジオ・ドラマが青山杉作の演出で放送されたのは一九四二年、ミッドウェー海戦で日本がアメリカに最初の敗北を喫した年のことだ。だが、西川信廣演出の舞台が呈示しようとしたのが、NHKの人気番組「プロジェクトX」風の民意高揚とか、反戦というような主題にあったのでないことは、累々と横たわる日本人労働者の死体のなかに星条旗が翻り、軍服にサングラス、パイプを片手にした、マッカーサーを想起させる司令官が登場するエンディングからも明瞭である。現在も日本人の無意識を支配するアメリカの影をあらわにしてみせたラストだが、それはまたこの劇が、単なる戦意昂揚のプロパガンダ劇であることを超えた、正確な人間観察と、作劇術に支えられていたことを改めて感じさせた。さらに、やはり日露戦争のエピソードを扱った岸田の『動員挿話』や、一九二〇年代初頭のインドシナのホテルに屯《たむろ》する日本人の群れに光をあてた『牛山ホテル』との血縁関係も想起させた。戦時下の森本も、戦意高揚劇を装いつつ、世紀転換期のフィリピンという場所を選んで、アメリカ人やフィリピン人への日本人労働者の屈折した感情、彼等の夢や希望、連帯感と確執、郷愁、不安を通して、日本人とはなにかという問いに向き合っていたのである。

しかし、男達の怒号の逆巻《さかま》く『ベンゲット道路』だけで、『みごとな女』や『女の一生』の作家を評価するのはむろん片手落ちであろう。この作品の上演されたリンク状の舞台では、やはり森本の『退屈な時間』も演じられた。イマフウにいえば元妻《モトツマ》と夫、元《モト》カレと元《モト》カノの間に燻《くすぶ》り続ける愛の情念の炎、かつては恋敵だった女同士を結びつける憎しみと綯《な》いまぜになった友情――。抽象化された六人の男女の情念と心理の縺《もつ》れを解くことを役者にも演出にも要求する劇だが、高瀬久男演出による舞台は、フランクの曲を巧みに用いながら、誰にも所有されることのない、当時は老嬢にさしかかっているといっていい一人の女の姿を浮かび上がらせて鮮やかだった。森本がこの作品を発表した一九三七年は文学座創立の年でもあるが、岸田の『顔』も同じ年に発表されている。かつて一度だけ経験した男との関係を仕方話風に語るにつれて生気を帯びてくる、ふだんは人形のような老嬢には倉野章子が扮したが、イプセン『海の夫人』を想わせるこの舞台もまた、岸田と森本の血縁の濃さを、さらには『近代能楽集』の三島由紀夫にまで受け継がれる正系近代ドラマの血筋というものを考えさせた。それは『大寺学校』の燻んだ景色に彩りを与える、たか子のこぼれるような笑顔ともあいまって、森本の戯曲が近代劇に付け加えようとしたものが何だったかを改めて考えさせたのである。

このところ、深津篤史、宮田慶子、ケラリーノ・サンドロヴィッチらの岸田の短編への挑戦や、みつわ会の試みなど岸田や万太郎の劇の再評価が盛んである。日本の近代劇の深い魅惑を現在に甦らせようとする企てといっていい。だが、森本の戯曲も、新しい出番が来るのを待っているのではないか。

戦後という喜劇――福田と飯沢――

一九四〇年から、戦後の一九四七年まで、舞台や映画でエノケンとロッパを見てきたという中原弓彦は、戦後の彼等が急速に張りを失ったと回想している。

戦時中、あれほど求められていた笑いは、いまは氾濫している。わざわざ有楽座や日劇に出かける必要はない！ 自由を得たとたん、ロッパもエノケンも張りを失ったのは皮肉である。

（『日本の喜劇人』一九七二）

ロッパやエノケンの失意と失速とは対照的に、この時期、「新劇」がかつてない輝きを放ち始めたのも、多くの証言が語るところだ。(1)「新劇」は、「平和と民主主義」のシュプレヒコールと共に、焼け跡に溢れる笑顔に迎えられたといっていい。だが、笑いが街角に溢れたのは、いうまでもなくつかのまのことにすぎない。占領軍による「白色」（天皇制ファシスト）と、「赤色」（コミュニスト）の相次ぐ追放は、当然ながら人々を当惑させたが、やがて自分達がどのような国際的な配置図のなかに位置しているかとか、「自由」とはいったい何ぞやというようなはなはだ厄介な問いに直面していたことに気づかねばならなかったといっていいだろう。街頭に氾濫していた笑顔に翳りが萌し、やがて硬ばりはじめる。

福田恆存や飯沢匡が登場するのは、このような場面である。同じく焼け跡や闇市の書割を背に出現したものの、彼等を迎えた拍手は、敗戦直後の「新劇」に向けられた熱気とは異質の共感に支えられていた。また、「喜劇」とはいうものの、それが劇場を包んだ笑いは、「張り」を失ったとはいえ、エノケン・ロッパがその「最後の輝き」（中原）を放った『弥次喜多道中膝栗毛』（作・演出　菊田一夫、一九四七）が戦争直後の有楽座に巻き起した爆笑の渦などとも、むろん異なっていた。

＊

正面のマントルピースの左右にはルノアール、セザンヌの額を掲げ、海に面した大村家の広間。終戦の年に北京から引き揚げてきた咲子と夫の浩平夫婦のこの別荘に、かつて北京で親しくしていた人々が集まって来る。今宵は、焼け残った東京の本宅を売りに出し、ここで生活することにした夫婦の、新しい出発を祝うパーティーが開かれるらしい――。

福田恆存が一九五〇年一月号の「人間」に発表（初演は一九五〇・三、三越劇場）した『キティ颱風』の冒頭だ。

一九四九年夏のたそがれ、大村家の広間に集まったのは、出入りの指圧師と華道師匠の中井夫婦、精神科医の佐々木夫妻、追放政治家の娘龍子とその弟、かつて咲子の年下の愛人であった里見梧郎というような面々。彼等を結びつけているのは青春の日を過ごした一九四〇年代初めの北京の記憶だが、むろん、「喜劇四幕」と銘打たれているように、劇は、戦後の現実と対比される過去の抒情的・感傷的想起に終始するわけではない。北京の思い出を共有する彼等に、今は大学生になった息子やその友人たち、女学生の娘、主人の兄で小説家の敬介、さらには戦後成金の製薬会社社長やその友人の大学教師も加わることによって、大村家の広間は、さながら敗戦後の世相をそのまま凝縮して表現したような観を呈する。

「共産主義」とか「自由」、「失はれた青春」、「原罪」、「戦争の傷」、「女性の権利」というような言葉が飛び交い、マルクス主義と資本主義、実存主義、精神分析学などについての議論が応酬される――。大村家の広間はさながら世代間の対立をはじめとする諸言説が対立・抗争する修羅場の様相を帯びるのである。

その意味では、これは議論劇といえるかもしれない。しかし、舞台が明らかにしていくのは、さまざまの言説の対立と葛藤の劇というよりは、それらを奉っているはずの登場人物達の、思想を生き抜くことのできない姿である。青酸カリをもち歩いている大村浩平は、自分が死ぬかわりに、可愛がっている三毛猫をいじめた「どらねこ」を薬殺しようとして失敗するし、指圧師の貞寛は、名前の通りすべてを諦観しているようにみえながら、妻の過去の不貞を疑っている。また、北京で中国人を殺したと（思いこんで）いう過去の罪（＝「原罪」）に苦しんでいることを「告白」する彼の息子の春夫は、実はそれによって女性の同情を惹こうとするただの遊治郎にすぎないことが暴露される。

そこに前景化されるのが「軽薄で、理屈好きで、実行力なきインテリ」の戯画であるのはいうまでもない。ライトのもとに曝されるのは、知識人の自己欺瞞や、客観的科学を装いながら、知恵遅れの子供一人を救うことができないどころか、逆に追いつめて苦しめる精神科医が証すような彼等の非人間性であり、「中共軍歓迎用」の「赤旗」を中国に売り込んでひと儲けしたという成金の台詞が仄めかす、「白い壁」は倒されたものの、そのむこうには「赤い壁」がたちはだかっているという占領下の日本の現実なのだ。

周知のように、福田はこの喜劇をチェーホフの『桜の園』を念頭に書いた。その痕跡は、ラネフスカヤ夫人を想わせる咲子らの登場人物はじめ作中の随所に透しみることができる。劇のクライマックスは、第三幕、咲子と浩平が共に謎めいた死をとげるキティ台風の吹き荒れる夜に設定されているが、大型台風の接近と共に風雨が激しさをますなかで議論に耽る人々に、その高まりが絶頂に達したところで夫婦の死が知らされるこの場が、『桜の園』が競売にかけられるさなか、崩壊の不安に脅えながら人々がダンスに興じる『桜の園』のやはり第三幕を下敷きにしていることは明白であろう。雑誌に発表された時点でいち早く戯曲を評した岸田國士のいう「戯曲美」(2)は、こうした作劇術の巧みさを指している。

作者は、破滅の予感の高揚と共に激しさを増す雨や風の音という聴覚的表現のみならず、同じ場で理春が活けてまわる「菊の花」などの視覚的効果にも目を配ることを忘れていない——惨劇の報じられる広間は、その意味では「桜の園」ならぬ「菊の園」の趣きを呈する——のであって、こうした耳や目の楽しみは、龍子や禮子ら若い女性達が水着姿で登場するという、戦後の開放感に溢れた、当時としては斬新な趣向のみならず、指圧師と初老の作家が並んで体操をするシーンや、元陸軍二等兵の中学教師健造が、アメリカ伝来のアクティヴェイショニズムにかぶれて宙返りを繰り返す場面のナンセンスなおかしさとあいまって、議論劇のもたらす生硬さや単調さから劇を救っている。また、『桜の園』といえば、東京の本宅の買い手が決定し、家族がそれぞれ新しい出発をとげるというエンディングもチェーホフを思わせるが、女主人公と、ガーエフの面影を漂わせているといえぬこともないその夫が旅立ったのがパリならぬあの世であり、「幽玄」の美意識を掟としていた筈の老嬢龍子がアメリカかぶれの中学教師と結ばれ、作者の分身を想わせるニヒリスト梧郎はほかならぬその龍子に袖にされるという結末の喜劇性は、チェーホフよりも苛烈であるといえる。喜劇とはいえ、一言でいえば、その巻き起こすのは、救いのない笑いなのだ。その意味では、その笑いは、イヨネスコやベケットら不条理劇のそれに近い趣きを感じさせる。ただ、不条理な笑いへの関心が『キティ颱風』初演の演出を担当した長岡輝子も加わったテアトル・コメディーの営みや田中千禾夫の戯曲など当時はまだ一部に限られていたことを考えれば、むしろ、やはり『桜の園』の影響のもと、バーナード・ショーが第一次大戦下に書き、戦間期に板に掛けられた『傷心の家《ハート・ブレーク・ハウス》』(一九一三〜一九)(3)を想起させるところがあるといったほうがいいかもしれない。

ここでは第一次大戦開戦前夜という状況もよそごとに、恋愛遊戯にあけくれるイギリス有閑階級の家庭がショーの冷笑の対象として選ばれる。「イギリスの主題をロシア風に扱った幻想劇《ファンタジア》」というサブタイトルが示す通り『桜の園』のプロットを借りているとはいえ、チェーホフ劇の魅力の重要な構成要素をなしているセンティメンタリズムは却けられ、ショー流の皮肉と諧謔が全編を支配する。その戯画ぶりは徹底していて、ロパーヒン格の実業家マンガンは、啖呵をきるどころか、ラネフスカヤ夫人ならぬ、ショットオーバー船長と黒人女性との混血であるハッシャバイ夫人によってコケにされ、婚約者エリーとの仲を裂かれたあげくこの家に忍びこんだ泥棒と共にツェッペリンの犠牲になって爆死する。のみならず、エリーはこともあろうに八十五歳の老船長ショットオーバーと結婚するといった具合だ。

イギリスの外洋船を模した老船長の家を訪れたエリーが、「不思議の国」におちこんだアリスよろしく眠りこけているというオープニング(4)から始まって、桜の木を切り落とす音の代わりにドイツ軍の空爆の爆音が鳴り響くラストシーンに至るこの劇を通してショーが表象してみせたのは、イギリスの、というよりは「西欧の没落」(シュペングラー)を無意識に予感しながらも、空爆の不気味な爆音さえも刺激剤として一時の逸楽に耽るイギリス有閑階級の精神風景だが、抒情的余韻を排し、戦後日本の精神風景の徹底した戯画化をめざしたという点では、『キティ颱風』が客席に響かせたのは、『桜の園』よりははるかにこの作品に近い笑い声といっていい。『傷心の家』のマンガンが、すべての仮面をとり払うべく衣服を脱ぎ棄てて裸になろうとするドタバタが笑いを誘うように、梧郎が蔵書を売り払ってインテリを廃業し、中学教師になることを宣言するものの、龍子からも袖にされて失笑を巻き起こすラストシーンなどは、両者の血縁関係を証す一例といえるだろう。

『キティ颱風』は『傷心の家』がそうであるように、戦争の予感のさなか、知識人の内面の風景を「悪夢《ナイトメア》」（エリック・ベントリー）にも似た幻想劇として、喜劇の手法に拠りながら焙り出してみせた作品だったが、この劇に提示された主題――「自由」という主題――と、チェーホフ流の作劇術やショーばりの諧謔は、この劇の初演から二年ほどして発表された『龍を撫でた男』では、更に洗練したスタイルのうちに反復される。精神科医佐田家則と、貞淑なその妻和子の営む家庭。だが、劇の進行があきらかにするのは、この一見「自由」で幸福な家庭の秩序が、フロイト理論をふりかざしながら、内実はその理論をたてに妻を家父長的に管理する夫によって、即ち精神科医とその患者のごとき夫婦の関係――それは、戦後のアメリカと日本の関係を思わせる――によって維持されているという喜劇的状況であり、家父長制の強制から解放されて個人や恋愛の「自由」を得たものの、かえってそこに束縛を感じざるを得ないような滑稽な事態である。チェーホフやショーの影は、夫婦を繋ぎ合わせているのが数年前に死んだ二人の子供の記憶であるという、あきらかに『桜の園』を思わせる設定や、家則を誘惑する女優の蘭子が劇作家の兄にむかって口にする「変ね。地獄に落ちたドン・ファンみたいな顔をしてゐるぢやないの」というようななにげない台詞からも明瞭だが、この「陰気な喜劇《ダーク・コメディ》」（ベントリー）が照らし出そうとしているのも、「白い壁」と「赤い壁」の二重の壁の彼方に自由を夢見るしかないような、敗戦後の日本の知識人の、滑稽かつ悲惨な精神のたたずまいなのだ。

とりわけ、家則が、庭の池から龍が昇っていくのを見るだけでなく、「凍りつく」ように冷たいその尻尾を撫でることによって狂気に陥っていくエンディングは、朝鮮戦争戦時下―冷戦開始前の日本の知識人を捉えていた生の手触りを取り出してみせた場面といえる(5)。ここに表象されたのは、「白い壁」は崩壊したものの、代わって「赤い壁」が出現し、打倒されたはずの「白い壁」と「アメリカ的自由」がいつのまにか癒着し、核戦争の恐怖に人々が苛まれはじめた時代の生の感触なのだ。そして、それが誘発しようとしたのが、元旦の午後にはじまり、四月の朝の惨劇で幕を閉じるまで、断続的に聞こえ続ける和子の母のくちずさむ明治時代の軍歌や小学唱歌の唄声や、これまた時折挿入される和子の弟秀夫による「『どん底』の歌」の響きと相まって、一場の「悪夢《ナイトメア》」が与える、グロテスクで不条理な笑いの渦であるのはいうまでもない。

＊

『キティ颱風』が上演されたのは一九五〇年三月のことだが、同じ年、飯沢匡は『崑崙山の人々』を発表した。戦前から戦時下にかけて喜劇をてがけた後、しばらく劇作家としては沈黙していた飯沢の本格的な喜劇作家としての営みの開始を告げる戦後の第一作である。伝説上の山であると同時に、世界の涯ともいうべき新疆ウイグルからチベットにかけての地域に実在しもする崑崙山。劇は、不老不死の仙人達が碁を打ちながら無為を楽しむこの仙境に、二人の日本人が迷い込む話を軸に展開する。実はこの二人、一人は国際会議の開かれるジュネーブに出席する労働代表、もう一人は世界毒性薬物会議に招待されてコペンハーゲンに向かう科学者で同じ飛行機に乗っていたのだが、飛行機はこの山の峨々たる岩壁に衝突して炎上、二人とも焼死したものの、仙人の方術によって甦り、このユートピアに招き寄せられたという次第。仙境に住んでいるのは、ホー（何）、チン（静）、ミン（珉）の三人の仙人に童子のタオ（陶）。旧帝国陸軍の軍人で、戦時中に偵察機が遭難してここの住人になった細谷を除けば、一番若いタオが修業に来たのが漢の武帝の時代というから、彼等の年齢は測り知れない。というより、およそ時間というものを超越している。

劇は、時間や空間を超越し、世俗の文法の支配に縛られることなく優遊をこととしている筈の仙人が、いきなり仲間の仙人の首を切り落とすというショッキングな場面から始まる。しかし、首は飛んだものの、胴体はぴんぴん動き続け、はねられた首は向う側の岩に乗って笑っている。なんとも人を喰った話だが、やがて劇の進むにつれて、この不老不死の仙人達にも悩みがあって、それはほかならぬ死ねない苦しみであることがあきらかにされる。死ねない苦しみ。世紀転換期に、ロンドンはライシアム座の支配人ブラム・ストーカーが書き、世界的なベストセラーとなって映画や演劇にもなった吸血鬼「ドラキュラ」を苦しめた痼疾と同じく、仙人達の悩みの種も、自分が死ぬことができないところにこそあるというわけだ。彼等が求めているのも、死からの自由ではなく、死ねない世界からの解放にほかならず、であればこそ彼等は、青酸カリの三十二億倍も殺傷力のある毒薬を発明したという科学者を救助しもしたのだ。のみならず、そこではまた、玄宗皇帝の庭から故郷のアフリカに帰る途中ここに紛れ込んで以来住みついたというフラミンゴは、毎日産卵しつづけなければならない。ここは、実は、人が死の恐怖から解放されるのと引替えに、生殖の欲望に悩まされ、死の安らぎを渇望しつづけなければならない逆ユートピアなのである。

　この作品を掲載した「悲劇喜劇」が店頭に並んだ一九五〇年の六月、朝鮮戦争が始まり、コミニュスト及びその同調者は追放された。すでに前年からインドシナでは、ホー、チン、ミンならぬホー・チ・ミン（胡志明）というやはり中国風の名の指導者のもとで独立したベトナム共和国とフランス軍との戦争が本格化、中国では北京に入城した毛沢東が社会主義共和国の成立を宣言していた。繰り返すが、日本をファシズムから解放し、平和と自由をもたらした筈の「戦後」は、ようやくその正体を剝き出しにしはじめつつあったといっていい。

「〝崑崙山〟は占領軍に対する皮肉ですよ。あれはゴー・ホーム・ヤンキーだ」という後の作者自身による回想（「書斎訪問『飯沢匡氏』」、一九五七・七「新劇」）を待つまでもなく、人が死から解放され生を謳歌できる筈の仙境が、逆ユートピアにほかならないという設定を通して劇が焙り出してみせたのが、五年目を迎えた「戦後」への幻滅感であったのは明白であろう。奇想天外な筋立てに皮肉と諧謔を鏤めながら飯沢が仕掛けたのも、福田がそうであるように、「自由」への問いなのである。「悲劇喜劇」に発表した際には、「悲劇一幕」と銘打たれていたこの劇が本格的に上演されたのは、翌年六月のことである。そして、「悲劇」とはいえ、『キティ颱風』と同様、やはり長岡輝子の演出になるこの劇が文学座アトリエに巻き起したのが、『キティ颱風』とほぼ同質の笑いであったのも、もはやいうまでもないだろう。

『崑崙山の人々』が示したような戦後への「幻滅」は、一九五四年に自身の演出ではじめて上演した『二号』では、明瞭に「戦後」への批判として表出される。ここでは、戦前からの政治家の葬式という場を通して、敗戦から一〇年、「新憲法」のもとで相対安定期を経て高度成長にさしかかった時代の日本人の家族・社会意識や倫理感覚に光があてられ、痛烈な揶揄と諷刺の対象とされる。しかし、この作品でみるべきなのは、政治家の跡目相続をコミカルに描きつつ、政治家の娘である四人姉妹の夫婦を通して、政、官、財、学界の内幕を皮肉り、「戦前」と対比的に「戦後」の俗悪と欺瞞を焙り出そうという視点の新鮮さもさることながら、パロディーやミステリー、対比等の手法を駆使した作劇術の卓抜さであろう。政治家の遺影を前に集まった四組の夫婦という、『リア王』やチェーホフの『三人姉妹』のパロディーを明白に意識した設定、「二号」と隠し子の存在が彼／彼女らの話題になって観客の興味を煽るという一種のミステリー仕立ての手法、タイトル・ロールであるその「噂の女」は、観客をさんざんじらせたあげく三幕目も後半に漸く登場、大詰めの四幕では、それまでと一転して海の見える戦前の華族の別荘らしい洋風の和室で意表を衝くドンデン返しが繰り展げられるという劇の構成は、喜劇の醍醐味を堪能させずにはおかない。

この劇で飯沢は、『北京の幽霊』『鳥獣合戦』や、『崑崙山の人々』に顕著な反リアリズムの方法を意図的に却け、むしろ「日本文化の凝縮された」（「作品メモランダム」『飯沢匡喜劇全集』1、一九九二・七）セレモニーである通夜や法要という儀式の約束事に忠実に従いながら、劇を創出することに力を注いだ。いうまでもなく、葬式は、結婚式と共に、どのように平凡で無名の人間でもその人生において主人公を演じることのできる――というより演じなければならない祝祭である。そこでは、人は悲しくても笑わねばならず、嬉しくても厳粛な表情を浮かべなければならない。つまり、演技することを強制される。あるいは、日常の約束事から解放されて、自由に演技することを許される。そこは、演劇に似た秩序の支配する非日常的な祝祭の時間＝空間なのだ。飯沢が着目したのは、こうした葬式や結婚式の祝祭性であり、この枠組みを通してこそ輪郭を明らかにする人間達の姿にほかならない。三幕目まではカソリックの前夜式を、四幕になると一転して仏式の法要（形身分け）の場を飯沢が選んだのは、むろんこうした意図を貫徹するためである。前半三幕までのカソリックの前夜式及び葬式と最終幕での伝統的な形見分けの儀式は、互いに照らしあいながら、滑稽でグロテスクな人間の一面を剝き出しにするのだ。

また、リアリズムの方法を用いた必然性も、そこにある。儀式においては、非日常性それ自体が現実だからである。文学座総出演による『二号』の上演は成功、岩田豊雄が激賞して第一回の岸田戯曲賞を受賞したが、飯沢はこの作品の趣向をおしすすめて結婚式という儀式にも挑戦、新派向けのハッピー・エンディング劇ながら『2対1』（一九五七）では当時独身の越路吹雪のために劇中で結婚式を挙式、三十年後の一九八四年には、全篇が結婚式からなる『続・二号』を、やはり初篇と同じく杉村主演を想定して書き、初篇の後日譚ともいうべき物語を結婚式という場を借りて展開しながらバブル直前の日本人を風刺してみせている。

『二号』以後の飯沢は、基本的にはリアリズムの手法による喜劇を、自ら演出するというスタイルで活動を展開していく。むろんそれが、彼が、戦時下に発表した『北京の幽霊』（一九四三）や『鳥獣合戦』（一九四四）でみせたような反リアリズムの方法を放棄したことを意味しないのは、多くの舞台が証しているところだ。だが、戦後の彼に、これらの作品が強いられたようなアレゴリーやメタファーを駆使する必要が必ずしも無かったのも事実であろう。「戦後」という時代そのものが、彼にとっては、ドタバタであり、コメディーだったからである。

＊

戦後の「新劇」における喜劇は、福田が『キティ颱風』や『龍を撫でた男』を、飯沢が『崑崙山の人々』や『二号』を発表した一九五〇年代前半―昭和二〇年代から始まったといっていいだろう。福田と飯沢は、共に「喜劇」によって「戦後」の歩みを開始することになるのである。だが、冷戦―五五年体制の成立と、その枠組みのなかで開幕した高度経済成長のなかで二人は対照的な軌跡を辿る。

福田についていえば、劇作や文芸批評に限定することなく、文化論や政治論にまで踏み込みながら領域横断的に発言する行動的批評家として活動することになるのは、改めていうまでもないところだ。一九五三年、『龍を撫でた男』で読売文学賞を受賞した福田は、翌年、『平和論の進め方についての疑問』を発表して、「平和」を聖別し、戦後憲法を特権化する言説に疑問を唱えて論争を惹き起こし、以後、文芸評論のみならず、国語改良論、文化論、政治論に渉って論争を挑んでいくことになるのである。それは、『一匹と九九匹』(一九四七)で、戦後的文学理念に対する違和を表明し、『キティ颱風』で戦後知識人を揶揄した彼が、「演戯的人間」(『人間・この劇的なるもの』一九五六)の自由を賭けて選んだ自覚的行動であった。とりわけ、「保守」の立場を鮮明にしつつ、もはや強固な制度と化した戦後的言説秩序に対して果敢に闘争を仕掛け、それゆえ、「平和と民主主義」に敵対する「危険な思想家」(山田宗睦)と名指されることにもなる彼の批評が、反時代的な言説として生彩を放ったのは、安保闘争が高揚をみせた一九六〇年代からベトナム反戦運動が繰り展げられた七〇年代にかけてであろう。『常識に還れ』(一九六〇)で、丸山真男ら進歩的知識人の欺瞞性を皮肉たっぷりに批判した彼は、『伝統にたいする心構』(一九六〇)など一連の文化論では、近代以前の職人気質などにあらわな伝統的美徳を説くが、当時の論壇・文壇・講壇を支配しマス・コミによって流布された紋切型の言葉の溢れるなかでそれらの言説が放っていたのは、異端の輝きであったといえるかもしれない。福田が芥川比呂志らと、劇団「雲」を結成、文学座と袂を分ったのも、むろん、こうした活動の一つの帰結であった。

一方、福田が行動的批評家としての道を歩み始めたのとちょうど同じ時期に、飯沢はジャーナリストとの二足の草鞋を脱ぎ、本格的に劇作と演出に乗り出していく。その意味でも二人は好一対をなしているが、両者は、「戦後」への関わり方においても際だった対照を示す。『二号』や『塔』(一九六〇)から、『五人のモヨノ』(一九六七)『握手・握手・握手』(一九六九)『もう一人のヒト』(一九七〇)『沈氏の日本夫人』(一九七二)を経て晩年の『限りなく透明に近い男』(一九九〇)に至る飯沢の作品を貫くのは、戦争責任をないがしろにして繁栄を享受する戦後の日本人に対する批判である。それは、福田と同じく飯沢も深い感化を受けたバーナード・ショーが大英帝国の欺瞞性に向けたイコノクラズムとシニシズムを思わせる。また、戦後の日本および日本人に対する苛烈な風刺という点では福田の『億万長者夫人』(一九六八)や『解つてたまるか』(一九六九)に通じるところもある。しかし、これらの作品に、福田戯曲の主調をなすようなペシミズムの響きはない。毒のある罵声を浴びせ、ブラック・ユーモアというライトのなかにグロテスクな姿を剝き出しにすることに手加減しないとはいえ、その「戦後」へのスタンスの根幹をなすのは『もう一人のヒト』のエンディング(6)が示すような、「戦後」の基本的肯定であり、それへの信頼なのだ。

喜劇の作劇術上の試みという点でも、六〇年代以後は『億万長者夫人』や『解ってたまるか』などの他にはさしたる舞台を残さなかった福田に比べ、飯沢の寄与したものは大きい。

『危ない季節』（一九六二）『無害な毒薬』（一九六五）はじめ『そこを右へ曲がって』（一九八四）など多くの作品にみられるミステリー仕立てのプロットの運びはもとより、『私の秘密』（一九五八）『五人のモヨノ』『夜の笑い』（一九七八）等における東北弁、大阪弁、広島弁、薩摩弁など方言再発見の企て、『日本少年ドンキホーテに遇う』（一九七八）での、イタリアの道化芝居を含む全二一場に及ぶプロットの積み重ねによる作劇の試みなどは、電気機関車と縫い包みのクマの対比が不気味な空気を醸成（『塔』）したり、やはり縫い包《ぐる》みの大きな兎が隣室を覗くという幼児的好奇心にみちた仕掛け（『二人で嘘を』一九七七）などとあいまって、人情喜劇の支配する湿潤な喜劇の風土に新鮮な笑いと興奮をもたらしたといえるだろう。現実と幻想、リアリズムと反リアリズムが自在に入り乱れるその劇世界では、世界的プリマドンナの恋人が旅役者であったり（『無害な毒薬』一九六五）掃除のおばさんのジョルジュ・サンドがボーイのショパンと相思相愛（『9階の42号室』一九七七）であったりするだけでなく、メキシコの荒野では黒人女とニッポンのサムライがラヴシーンを演じ

（『赤・白・黒・黄』一九六九）、一六世紀のスペインでは天正の少年使節がラマンチャの老騎士に遭遇する（『日本少年ドンキホーテに遇う』）。また、管理主義教育の走狗たる教育長はドラエモンならぬ怪物トラエモンに教育論議を吹っ掛けられ（『おお！ トラ右ヱ門』一九八二）、気のいい落語家のさん馬は、中国戦線で片足を失って復員した戦後は、記憶のなかの戦場を地獄巡りよろしくさまよい続けなければならない（『沈氏の日本夫人』）。

こうした自由自在な作劇法（及び演出）が、別役実・井上ひさしからケラリーノ・サンドロヴィッチや三谷幸喜に至るその後の日本の喜劇にどれほど多くの刺激や啓示を与えたことか。と同時に、こうした自在さが、ブレヒト、バーナード・ショーやニール・サイモンから狂言まで貪欲に取り入れるその独自の作劇術だけでなく、ストレート・プレイにあきたらずミュージカル、ラジオ・テレビドラマにまで食指を伸ばし、文学座や民芸・青年劇場などのみならず新派や東宝現代劇にまで縦横に場を拡げる活動スタイルにも示されていることも忘れてはならない。そうした彼の本領は、今からみるとそれ自体ひとつのコメディーとみられぬこともない文学座の分裂騒動のような場面では最もみごとに発揮されたといえる。残された座員達のために『無害な毒薬』を書いてみずから演出、出演者全員による「旅笠道中」の大合唱で客席を沸かせたかとおもえば、翌年は一転して今度は脱退組のＮＬＴのために『信天翁』（一九六六）をやはりみずから演出、五七調のセリフ回しなどを仕掛けながら、モダニズムと伝統をめぐる問題系を炙りだし、戦後もやはり文化の深層で支配的に君臨する大正的教養主義を揶揄して見せるのだ。劇団から委嘱されてアテ書きすることはあっても劇団には所属せず、ましてや福田のように一座を率いて一つのムーブメントに加担するなどということは嫌って奔放・遊撃的に活動する自由を確保しようとするところにその基本のスタンスがあったといっていい。

そうした彼にとって「戦後」は、それ自体が生成する一つの喜劇であり、というより喜劇として笑いのめそうというところに彼の時代に対する基本のスタンスがあったのだ。実際、「戦後」の現実は彼に格好の材料を提供した。たとえば作者自身いうところの「政治三部作」では、『多すぎた札束』（一九七七）で田中角栄のそっくりさんを登場させて客席の笑いを誘った飯沢は、ホテルの掃除婦のオバサンが偶然金大中事件の目撃者になったところから奇怪な事件に巻き込まれる『クイズ婆さんの敵』（一九七九）で、オバサンの真の敵が誰であるかを明示すべく、エンディングに、一種のサブリミナル効果を狙って岸信介の顔を大写しにしてみせ、『欲望の庫』（一九八二）では、「三人姉妹」の徹底したパロディーという趣向のなかで浜幸なる通称で親しまれた（?）政治家を連想させる下品で粗野な長男に大暴れさせている。飯沢にとって「戦後」とは、キシ、カクエイ、ハマコーというような大小の妖怪が跳梁するブラック・コメディーでもあるのだ。

＊

ところで、冒頭に引用した中原弓彦は、エノケン、ロッパに代って「戦後」の「お笑い」をリードすることになる森繁久弥とトニー谷が実質的にデビューしたのは一九五〇年のことだったと語っている。前年、新宿ムーラン・ルージュを退団した満州帰りの森繁は、この年九月、はじめての主演映画（『腰抜け二丁拳銃』）で銀幕にデビュー、同じ頃、上海から引き揚げて進駐軍のクラブでタップを踊っていたトニー谷は、来日したサンフランシスコ・シールズの歓迎会の司会をつとめて注目されることになるのだ。

福田の『キティ颱風』が上演され、飯沢が『崑崙山の人々』を書いた一九五〇年は、思えば戦後の喜劇が幕を開けた年でもあった。福田と飯沢の作品は、森繁やトニー谷の営みと微妙に交錯しつつ、「戦後」的な「笑い」の渦を作っていくことになるのである。その歩みの一端はみてきた通りだ。飯沢の喜劇や演出における様々の試みは、その後に出現した劇作家や演出家によって吸収されてやや色褪せ、六〇年代から七〇年代にかけて「異端」の輝きを放っていた福田的言説も、九〇年代から二一世紀への世紀転換期を通してかつての光沢を失い、今や制度化した退屈な饒舌の一つとして消費されているに過ぎないかにみえる。だが、福田と飯沢以後の喜劇は、果して彼等が「戦後」的問題系に対して放ったような毒を含んだそれと拮抗しうるような笑いの渦心を形成しえているといえるだろうか。別役実はじめ井上ひさしやケラリーノ・サンドロヴィッチの出番がそこにある。

〈注〉

（1）大笹吉雄『日本現代演劇史昭和戦後篇』（一九九八、白水社）ほか。

（2）岸田國士「福田恆存君の『キティ颱風』」（一九五〇・三、「人間」）

（3）日本では、一九四一年、『悲しみの家』のタイトルのもとに飯島小平によって初訳・刊行（今日の問題社）された。

（4）事実、一九八五年にナイアガラのショーフェスティバルで上演された際のオープニング・シーンは、不思議の国を訪れたアリスよろしくエリーが眠りこけている場面だったといわれる。Dietrich, Richard, *British, Drama1890-1950*, 1989.

（5）一九四九年にソ連が原爆実験に成功したのに続いて、この劇の上演された一九五二年一一月には、アメリカが南太平洋で水爆実験を行っている。核の脅威のもたらす不安と恐怖のもとに東宝映画『ゴジラ』が公開されてヒットするのは二年後の一九五四年のことだ。

（6）主人公の靴職人が、焼け跡の川岸で解放感を味わいながら小便をする場面。この場面が観客に与えるのは、あこぎな主人プンティラと従順な下男マッティが、中庭でツレションしながら、「坦々とうち続く大地を踏みしめ、風に吹かれながら星空をみあげて小便する」（岩淵達治訳）喜びを吐露するブレヒトの『プンティラ旦那と下男マッティ』（一九四一）の一場面の与えるそれを想起させる、なんともいえない解放感であろう。

一九四五年八月末の演劇——井上ひさし『連鎖街のひとびと』——

一九四五年八月末日・大連

一九四五年八月末、ソ連軍政下の、満州・大連。この都市の日本人商店街、連鎖街のホテルの地下室から、二人の男が逃げ出す算段をしている。一人は満州で活動してきた新劇の劇作家塩見で、もう一人は大衆演劇の座付作者片倉。二人は進駐してきたソ連軍中佐の命令を受けたホテルのオウナーの依頼で、慰問のための芝居の脚本を書かなければならないハメになったのだが、たった三十分の劇の脚本を書きあぐねて、とうとう脱出することを思いついたというわけだ——。

「夢のうちの　奢りの花と　ひらきぬる　だりにの市は　わがあそびどころ」と、日露戦争に出征した森鷗外が『うた日記』(一九〇七)で詠んだ大連。日清戦争後の一八九九年に、南への憧憬と野望を抱き続けてきた帝政ロシアが、極東の海辺(ダルニー)に建設したこの人工都市は、日露戦後、日本の支配下に置かれた。以後、大連と呼ばれるようになって多くの日本人が移り住み、一九一七年にソビエト連邦が成立し、対抗するように満州国が建国された後も、ロシア人、中国人、朝鮮人などの住む独特の国際都市としての雰囲気を作り出していった。連鎖街はなかでも繁華な日本人商店街で、アーケードで覆われた通りには二百もの商店が犇《ひしめ》いて賑わったといわれる。

劇がプロットとして選んだのは、その連鎖街の一九四五年八月三十一日。不可侵条約をふみにじってソ連が満州に進入してから三週間後、終戦から二週間後のことだ。劇は、「すまん」「……」「オレは、逃げる」という、言葉から始まるが、それは、再びロシア人の支配下におかれた満州からなだれをうって逃亡の途につくことになる日本人の姿を集約的に表現するそれでもあった。

菊谷　栄

しかし、劇は、パリを手本にしたという大連の景観を画割とした、いわば歴史劇として展開されるわけではなく、上手と下手に二つの出口をもつだけのこの地下室での出来事に終始する。春に咲いた花も散って、深い緑を湛えるアカシアの木々の梢から見える海のきらめきや、ソ連軍の突然の侵入と共にやってきた、秋というよりは冬の気配は、会話を通して、また劇中劇や、光と音によってうかがうことができるにすぎない。

二人の脚本はなかなか進まない。進まない理由は、むろん二人の能力にも、脚本の完成をせきたてるホテル支配人に監視されながらの仕事であることにもよるが、また、新劇の劇作家と大衆演劇の台本書きという二人の作劇術の相違にもよる。

日本が大陸に進出して以来、演劇人達も数多く日本海を渡った。とりわけ、満州国の建国以後は、さまざまの演劇・芸能に関わる人々がやってきた。慰問のため渡満してまもなく、ソ連参戦により足止めをくらった佐々木隆・鈴木光枝の文化座の面々や、(1)やはり混乱のなかで、俄か仕立ての劇団を作って急場をしのいだ森繁久弥（『森繁自伝』一九七七）など、「満州」で戦後を迎えた演劇人はすくなくない。この年七月には、村山知義も、内地を逃亡するように満州の土を踏んでいる。

二人の劇作家がどういう過去を背負って満州で活動をするようになったかは、塩見が築地小劇場の研究生として新劇の勉強をした「左翼くずれ」であり、現在は満州地球座なる劇団を結成して大連を拠点に演劇活動をしていること、また片倉は、浅草の軽演劇の座付き作者をしていたが、十四年前に応召して、奉天付近の戦闘で負傷、羽衣座という劇団と共に満州各地を巡演、満映のシナリオを書いたこともある人物というような経歴のほかには、明らかにされることはない。しかし、「元社会主義者」である塩見と共に、「笑いのかげに隠れて政府政策をからかうこと」のある要注意人物という、満州国の元文化担当官として演劇の検閲を担当、また、もともとは俳優として満州国劇団なる一座を率いていた市川新太郎のメモから窺われる片倉の人物像には、浅草でエノケン一座の座付き作者として活動した伝説的なコメディー作家、菊谷栄（一九〇二―一九三七）を彷彿させるところがある。菊谷が、一九三〇年に、「プペ・ダンサント」(2)を率いて浅草・玉木座を拠点にしていたエノケンと共に活動を開始し、『ジャズよルンペンと共にあれ』などで頭角をあらわし、『弥次喜多木曽街道』のような「アチャラカ」髷物レビューで喝采を博した劇作家だったことは、エノケン自身の回想録（『喜劇こそわが命』一九六七）や山口昌男の『エノケンと菊谷栄』（二〇一五）でよく知られているところだ。その本領は「戦争哀話」が爆笑大喜劇に転じる『最後の伝令』の類の、ドタバタ・ナンセンスだけでなく、フェレンツ・モルナール（一八七八―一九五二）の『リリオム』（一九〇九）のようなコメディーを浅草オペラに仕立ててみせるというようなところに鮮やかに発揮された。リリオムとは、マジャール語で「与太者」を指す由だが、モルナールの作品は、世紀転換期のブダペストの遊園地で、回転木馬の客引きをしている、ならずものとはいえ女達には人気者のリリオムが、生まれた娘のために泥棒をして捕まり、自殺してあの世にいくものの、一日だけこの世に帰ってくることを許され、天の星を、愛する娘への土産に里帰りするという、現実と幻想、滑稽と悲哀が自在に入り混じった話。戦間期の欧米で喝采を浴び、ハリウッド映画やハマーシュタインと作曲のミュージカルとしてヒット、築地小劇場も板に懸けたこのコメディーを浅草オペレッタにした菊谷は、下積みの人々の哀歓を聴覚（音楽）と視覚（美術）の双方から、時代の手触りと共にとりだしてみせた。なかでも、エノケンの歌う、「オレこそ色男だ　リリオム様だ　女のお相手なら一番得意」という主題歌の一節は、戦争の予感のなかで、永い不況に喘ぐ人々に口遊《ずさ》まれた。『リリオム』にもその片鱗が示されるように、彼の脚本は単なるドタバタ・ナンセンスに終始していたわけではなく、ユーモアとペーソスのうちに痛烈な風刺と諧謔の牙を潜ませ、ときにはそれを剥き出しにすることもあった。そのためしばしば検閲の対象にもなったことは、彼と検閲官との対立を素材にした三谷幸喜『笑の大学』(3)が活写したところでもある。

菊谷は一九三七年に召集され、その年に石家荘付近で戦死してしまうから、劇中の片倉は、そのまま菊谷を忠実になぞっているというわけではない。だが、片倉に、菊谷の面影が漂っていることはたしかだろう。片倉は、いわば満州に生き延びた菊谷栄なのである。

禿をかくす入道頭/木をかくす森/よごれた水をかくす川

二人の劇作家のコラボレートになる脚本は、フトしたきっかけで、トントン拍子に進展する。彼らが思いついたのは、「立ち聞き」という、シェークスピア、モリエール、チェーホフら演劇史の巨匠達が愛用してきた手法によって難局を打開するという手段だが、この古典的方法を思いついたのは、実は彼ら自身が、この紋切型の演劇的状況に遭遇するハメになったからにほかならない。わずか三十分の余興劇のスジガキを書くために呻吟していた彼らは、打合せのために居合わせた大連中央放送局管弦楽団副楽長で作曲家の石谷一彦(4)と共に、偶然、隣室で、旧知の満州国政府文化担当官で元俳優の市川新太郎が、やはり旧知の、というより一彦の婚約者であるスター、ハルピン・ジェニィによからぬ行為をしかける様子を「立ち聞き」することになったからなのだ。

こうして脚本「リンゴの木の下で」は完成、劇中劇として演じられることになるが、そこで、「検閲」によって二人の劇作家をさんざんイタメツケた市川は、ジェニィへの行為をそっくりそのまま演じて大恥をかかなければならないことになる。またこの劇への参加を通して、「立ち聞き」した出来事を、現実の「濡れ場」と思いこんでショックを受け、ジェニィの貞潔への疑いのあまり廃人のようになってしまっていた一彦も立ち直ることができるようになるというわけである。いわば、劇中劇が創出される過程を通して、裁く側の検閲官は逆に審かれてそのイヤシイ心根を検閲され、また演劇を通して、愛する者への誤解が解かれ、心の傷もまた治癒することになるのである。その意味では、この劇を通して作者は自身の作劇術の一端を披瀝してみせたといっていいかもしれない。

ところで作劇術といえば、初演のパンフレットの「前口上」(二〇〇〇・六)で作者もいうように、この戯曲がモリエール『孤客』(辰野隆訳)ピランデッロ『ヘンリイ四世』(内村直也訳)などに「結構」を借り、シェークスピアやラシーヌなどの台詞の調子を意識的に模倣していることも見逃してはならないところだろう。たとえば算盤一筋のホテルのオウナー今西がシェークスピアばりの、また傷心のジェニィはラシーヌの悲劇のヒロインさながらの台詞を口にするだけでなく、愛する者の貞潔を疑った一彦は、ピランデッロ『ヘンリイ四世』の主人公よろしく狂気という仮面のなかに自己を幽閉しようとするという具合に、名作が自在に引用されるが、ひときわ目を惹くのは、フェレンツ・モルナールの『芝居は誂《あつらえ》向き』(5)(『城館劇場』)の趣向が、あからさまに引用されているところであろう。色男のベテラン俳優が作曲家の婚約者の女優にヨカラヌ行為をしかける様子を隣室で

「立ち聞き」した二人の劇作家と若い作曲家が、俳優にその場面をそっくりそのまま舞台で演じさせて大恥をかかせ、作曲家の誤解を解くと同時に女優の貞潔を証すというこの三幕物のコメディーが、劇中劇のみならず、その「結構」をプロットにもそのまま借用されているのは、これまでみたところからも明らかだか、それは、モルナールの劇中劇では桃を噛む場面が、井上のそれではリンゴに置きかえられているという風に細部にまで及んでいる。たとえば、元検閲官が長ったらしいロシアの地名や人名を喋らされるくだりは、この劇の見せ場の一つだが、両戯曲が、フランス語とロシア語の相違を除いては殆ど見分けがつかないほど酷似しているのは、以下の引用も語る通りであろう。

アルマディー　黙れ、浮気者！　俺はれきとした証拠を、このポケットのなかに握つてゐるんだ。一体何がお前に不足なんだ。（中略）。お前の親父はピエル・ジャン・ブールモン・ヅ・ラ・スコン・ショーミエール・ラムブーイレット少将で、グラン・ラグリュエール・シュール・マルンの戦で戦死した。それからお前はサン・ジュネヴィエヴ村のセーヌ・エ・オァズのアパァトメントにゐるお前のおふくろのところで、針仕事をして露命を繋いでゐた。（中略）俺はお前がそれまで夢にも思はなかつた名誉と、身分と、富をお前に与へた。お前は、ヂユ・ヴエリエ・ヅ・ラ・グラン・コンチユマス・サンタミリヨン伯爵夫人となつたんだ。

いや、俺はお前にバルヅビアン・グラン・アマノァルの俺の財産をくれたばかりではない、シヤランヂエ・ツビクール・ヅ・ラ・ローマネの城と、リヴァリユウ・ヤンダモージエール・シユール・ヴァンテラ・オー・ザルプス・マリタンの城までくれた筈だ。（疲れて休む）佛蘭西の地名や人名と来ちや、まつたく手に負へませんよ。（鈴木善太郎訳『芝居は誂向き』一九二九・九、第一書房）

市川 だまれ、だまれ、だまれ。このわし、すなわち（まだ棒読み）アレキサーンドル・ドラフマーナヴィッチ・ウルヴィバクバノーフスキー男爵をお人好しとあなどつて、よくもだましたな。おまえが隣の（支離滅裂）バリシャーヤ・スチェパーナフカ・クリヴァノーガヤ・カザー村の領主（大混乱）ヴァチェスラーフ・カンドゥラーヴィチ・ペルペンヂクリャーリン伯爵に、この赤いリンゴを贈り物にしたことは、わかっているのだ。おまえの下男の、この（絶望的）フセヴォロド・ヴィチェスラヴォヴィチが、なにもかも白状したわい（中略）

市川 （息を切らせて）……なぜだ……なぜ、……人の名前や……村の名前を……いちいち全部、云わなくちゃ……ならんのだ。

だが、だからといってこの戯曲の独創性と価値が、いささかでも損なわれるというわけではないのは、ラブレーやモリエールら、「天才と呼ばれる人々の傑作」の大半は、「彼等より劣れる作家の材料を概ね無断で借用してゐる」と、戯曲が参照した『孤客《ミザントロオプ》』の訳者である辰野隆もいう通りであろう。『連鎖街のひとびと』が用いたのもまた、「天才は創造しない」という定石に忠実な模倣と引用の手法で、『芝居は誂向き』を中心に、『孤客』『ヘンリイ四世』などの「結構」をあからさまに借用するだけでなく、ストーリーも、通俗劇の紋切り型の展開を襲用するのだ、しかし、禿をかくす入道頭／木をかくす森／よごれた水をかくす川という劇中の掛け合いの台詞も暗示する通り、一見紋切り型の通俗劇と見紛う劇が仕掛けているのは、必ずしも簡単に答えることのできる問いではない。

ギリシャ悲劇的状況しかし市川新太郎的現実

劇の中に劇を填め込むというのは、シェークスピアやモルナールを援くまでもなく、能や歌舞伎などで、日本でも馴染の手法である。『連鎖街のひとびと』が踏んだのも、一見ありふれた入れ子構造の作劇法の定石だが、そこで作品が提出したのは、演劇それ自身への問いでもある。この入れ子型の構造の劇のなかでは、ジェニィと一彦の、年嵩の女優と若い音楽家との恋物語に加えて、塩見と片倉、今西と片倉・大西、片倉・塩見と市川、片倉・塩見とホテルのボーイである陳の劇が繰り展げられるが、それらが、大衆演劇vs新劇、制作者（興行資本）vs作者、演劇vs検閲（国家権力）をめぐる、さらには演劇vs観客に関わる問いであるのはいうまでもないだろう。そのことは、陳が、新劇と大衆演劇に対するもっとも鋭い批評家であると同時に、しばしば作者顔負けのアドバイスをして作劇に貢献するのみならず、はては俳優として舞台に立つに至るところや、検閲官という、戯曲の最初の読者であることのできる立場を駆使してきた市川が、きびしい演技の試練を経て変貌し、ついには喜劇役者としての自分にめざめるというようなところによく示されている。虚構の時間を生きることによって人間が生の経験を重ね、人生への認識を透徹させるというスタニスラフスキー的な演劇観がここでは確認されているといっていい。また、劇中劇を見ることによって、生きる力を取り戻していく一彦の姿が訴えかけてくるのは、人々の心の傷を癒し、再生へとゆり動かす、演劇の治癒力というべきものの存在でもある。しかし、それらもさることながら、この劇において見落とせないのは、演劇というものが、さらに大きな劇と無縁ではありえないという観点が提示されていることであろう。あまりに自明のことながら、我々は歴史という大きな劇のなかに生きているのであり、劇のなかに生きる人間たち、劇作家、演出家、俳優は、観客と共に、大きな劇をも同時に生きなければならないからだ。

塩見　そう、われわれは、いま、ギリシャ悲劇的な状況におかれている。あなたには、そのことがおわかりになっていないようだ。

市川　……わたしたちが祖国日本からもソ連軍からも見放されて、風船のようにフワフワと頼りなく浮いているってことですか。

塩見の台詞を、大ダンビラをふりかざす態の紋切り型の啖呵ととるべきではないだろう。一九四五年八月末の大連。そこではまさに、大詰めを迎えた近代の日本とアジアをめぐる劇が、修羅場として演じられつつあった。大連は、滅んでしまった帝政ロシアにとって見果てぬ夢の産物であったが、満州国を建国するという大日本帝国の夢もまた終わった。「五族協和」による、ユートピアの建設という茶番劇が無惨な幕切れを迎えただけでなく、塩見が青春の夢を託した社会主義ソビエトもまた、彼が期待したのとはほど遠い、野蛮なスターリン主義国家としての素顔を剥き出しにした。市川が日本軍とも共通する、ソビエト「赤軍」のナポレオン式の残虐さを語る場面について、「ト書」は「塩見は唸り、一彦はうなだれ、崔は宙（電球）を見つめている」と説明しているが、一九四五年八月末の大連の日本人がおかれた場面を、「ギリシャ悲劇的な状況」とする塩見の形容は、決して大袈裟とはいえない。だが、劇は、ギリシア悲劇のように格調高く展開するわけではない。戯曲がめざしたのは、この「ギリシャ悲劇的な状況」における、ごく普通の日本人の姿に、いわば真横からの光をあてるところにあったからだ。劇の主役は、劇中劇で滑稽でぶざまな役をフラれ、イジリまわされる市川新太郎がそうであるような、ぶざまな日本人自身にほかならないのである。

作者井上ひさしによれば、菊谷栄は、一九三七年十二月、出征に際して遺書のように残した「作劇十則」という作劇の心得の第十則目に、「主筋一本で台本をつくるな。主筋のもじりとなるような副筋をからませること。できれば副筋をからませるような副々筋をからませること」と記していた（井上ひさし「軽演劇の時間」一九八五・一、『the 座』）。『連鎖街のひとびと』もまた、この作劇の原則を忠実に踏まえているともいえる。いうまでもなく、この戯曲の場合、「主筋」は近代日本が崩壊に至る劇である。あるいはその過程で人々が演じたさまざまの滑稽と悲惨である。大連・連鎖街の地下室という舞台で日本人が遭遇した夢の裂け目。それが同じ一九四五年十二月を舞台に演じられた『紙谷町さくらホテル』の修羅場に、そして、舞台を一九四〇年代後半の東京に移して展開される、いずれもタイトルに「夢」の文字をあしらった『夢の裂け目』『夢の痂』『夢の泪』の世界に、まっすぐ連なっていたことも、また改めていうまでもないだろう。

＜注＞

（1）文化座の旧満州での活動については、それに取材して文化座が上演した、『冬華――演劇と青春』（堀江安夫作・小林裕演出、二〇〇六年十二月、俳優座劇場）がある。

（2）唐十郎作、金守珍演出で二〇〇五年に新宿梁山泊が上演した『風のほこり』は、一九三〇（昭五）年の玉木座に取材した作品。玉木座及び「プペ・ダンサント」の軌跡については、大笹吉雄『日本現代演劇史・大正・昭和初期編』（一九八六）参照。

（3）一九九六、青山円形劇場で初演。ほかにラジオドラマ版、映画版がある。

（4）満州の音楽事情については，岩野裕一『王道楽土の交響楽』（一九九九）参照。

（5）ハンガリー語の原題はJatek a Kastelyban, 1924. アメリカでは、一九二六年に、*The play's the thing* なるタイトルのもとにフロフマン一座によって上演。なお一九三二年にはテアトル・コメディが上演、当時学生だった森雅之（有島行光）が老劇作家ツライを演じた（飯沢匡『権力と笑の間で』一九八七）。

二〇一〇年のチェーホフ

今年（二〇一〇年）は、チェーホフの生誕百五十年を記念して、チェーホフの劇が数多く上演され、わたしも九月から十月にかけては幾つかチェーホフの舞台に接することとなった。あうるすぽっとチェーホフフェスティバルでの『櫻の園』（流山児★事務所）と『かもめ』（ＭＯＤＥ）『現代能楽集チェーホフ』（燐光群）、及びシアターイワトでの『歌うワーニャおじさん』（黒テント）の四本である。

千葉哲也演出による『櫻の園』は、日本の一九八〇年代の時代の感触と交錯させながらこの劇を新しく捉え直そうというのが、舞台づくりの基本の意図のようだ。その目論見は、台詞のいいまわしから、登場人物たちのファッション、バック・ミュージック、八〇年代にはちらほら目立ち始めたポストモダン風の高層建築を思わせる装置にまで、ほぼ過不足なく貫かれてはいる。とりわけ、坊主頭に黒い夏の背広といういでたち、当時活躍した地上げ屋を思わせる風情のガーエフの登場と共に、一挙に八〇年代の雰囲気が甦ってくるあたりはなかなかアジがある。終幕近く、ちょっと振り向いてから桜の園をあとにする流山児祥の扮するガーエフの姿には、世紀転換期のロシアというよりは、やはり『櫻の園』を下敷きにした太宰治『斜陽』の、復員した直治の哀愁が漂っているといってもいいかもしれない。八〇年代はまた、生き延びた復員兵達が、こんなふうに退場した時代でもあったか。

ただ、この劇が二〇〇〇年代も最初の十年を過ぎた「今、ここ」に生きる観客の期待とどれほど関わることができたかとなると、やや不満もある。たとえば終幕近く、金欠病で金を借りまくり、周囲から鼻抓みものになっていた没落地主のピーシチクが、自分の土地に有望な鉱脈があることが判明し、イギリスの会社に二十五年間の契約で賃貸することになって急にハブリがよくなる場面。地道に仕事に励むこともなく遊びまくり、尾花うち枯して家に帰ったものの、結局は広大な庭園のある豪壮な邸宅を手放すことになるラネフスカヤの一家のスッタモンダを描いたこの劇では、明るい（?）笑いを巻き起こす場面の一つといっていいだろう。だが、この場面に接する観客は、この気のいい男に約束された土地からの収入も、十年あまりしか続かなかっただろうことを知っている。劇の現在を、初演された一九〇四年と考えれば、いうまでもないことながら、契約期間の切れる一九二九年まで待たずとも、十三年後には革命が起こって土地は没収された筈だからだ。また、当然のことながら、八〇年代といえば、急にフトコロ具合のよくなった人間の急増に応じて、住み馴れた家を追われるラネフスカヤの一家のドタバタがあちこちで演じられた乱痴気騒ぎの酔いざめの苦さは今に続いていること、八〇年代の終わりが、ソ連の崩壊によって、二十世紀が賭けた夢の最終的な破綻と重なって、なんとも得体のしれないアト味をこれまた今に引き摺っていることも知っている。千葉演出は、にもかかわらず、こうした観客の気分に、かならずしも自覚的であったといえるかどうか。

『櫻の園』では、流山児はじめ、ピーシチクの栗原茂など古株、中堅が舞台を引き締めたが、黒テントの『歌うワーニャおじさん』(斎藤晴彦演出)でも、MODEの『かもめ』でも、ベテランの熱演が印象に残った。前者はポップ調のミュージカル仕立てという、また、後者はトレープレフの演じる実験劇の舞台をそのまま使って、実験劇の観客たちが、いれかわりたちかわり『かもめ』の劇を上演するというスタイルのうちに、それぞれのチェーホフを打ち出し、いずれも、チェーホフ劇のもたらす余韻を味わいながら劇場をあとにすることができたが、ここでも、舞台を迫力あるものにしていたのは、服部吉次のセレブリャーコフや、大崎由利子のアルカージナの全身をかけた、しかしよく計算された演技であるように思われた。もっともこれは、チェーホフ劇が、年輪をつんだベテランのアウラというものをどうしても要求することにもよるが、また、観客としてのわたしが、むしろ自分の年齢に近い、若くはない脇役たちのがわから芝居を観るようになっているせいなのかもしれない。そうした自分の年齢のせいもあってか、ワーニャだけでなく、舞台をのたうちまわる老教授セレブリャーコフの滑稽と悲哀にも光をあてた『歌うワーニャおじさん』もさることながら、旅行鞄を手に、コートを羽織って登場してきた一団の俳優たちが、ひととき劇を演じ、ふたたび去っていくという『かもめ』の趣向は、そこで演じられるのが、大人たちによる、若者の殺戮の劇であることを考えさせもした。役者は、ちゃちなトレープレフの舞台での自分の出番以外は、その脇に設えられたベンチで観客として舞台をみつめることになっている。いわばコーラスとしての役をフラレた彼らがつとめなければならないのは、当然ながら、いわば、『かもめ』殺しの惨劇を待ちわびる客席と感情を共有することだが、演じ了えた彼らが、葬送の列を組むように退場していくエンディングは、彼らが演じたのがまぎれもなく一つの殺戮であること、それゆえ、厳粛な儀式を要求したことを、あらためて感じさせたのである。

『現代能楽集　チェーホフ』は、その「かもめ」の葬送の儀式からはじまる。ここでは、フィルムを巻戻すように、トレープレフの死について喪服のニーナが語るところから開始される『かもめ』はじめ、早回し、停止、再生というようなヴィデオの機能の操作を思わせる手法で時間を自在に操りながら、『ワーニャ伯父さん』『櫻の園』『三人姉妹』と、チェーホフの四つの喜劇が再構成される。「今、ここ」、すなわちチェーホフの死から百年以上もの時間を刻んできた現在に甦る過去。そこにはむろん、日ならずして死ぬことを約束されている筈なのに、むなしい希望を捨てきれない老人もいれば、あの女と暮らすことができなければ、地獄に行ったほうがましだとまで思いつめてしまう若者もいる。だが、「二十五年の長きに恆つて、陰鬱な頑迷さを以て、只諸の人間の諸の希望を殺すことに没頭」したその「所業は俗に『罪悪』と呼ばれるものであつて、之は厳重に処罰せられるべきものであつた」とシェストフが有罪を宣告した（『悲劇の哲学』）チェーホフの世界は、ここでは、徹底したドタバタ劇として繰り広げられる。巻き戻された時間のなかでは、痛ましい若者の死も、土地の売買をめぐる諍いも、のみならず、ロシア革命から、スターリン時代、ソビエトの崩壊と冷戦の終幕をへて、ロシア共和国に至った「桜の園」の興亡さえも、ドタバタの一齣でしかないかのようだ。しかしそれゆえにこそ、シャルロッタ（円城寺あや）の独白や、矢内原美邦の振り付けによるダンスも、バブル後、不況の二十年を経験して、死臭を放ち始めたかのような現在の生の感触を凝縮して訴えかける迫力を持つことができたのかもしれない。

チェーホフが死んだのは、日露戦争の起こった一九〇四年のことだが、この年、日本では正宗白鳥が『敵』を『不運くらべ』として英訳から重訳している。一人息子を亡くした男と、妻に駆け落ちされた男が、互いに自分の不幸の度合いを競い合う話だ。また、その翌年、島村抱月は、ベルリンでマックス・ラインハルトの演出による『熊』を観てもいる。チェーホフの日本での受容は、小説でも演劇でも、彼の死とともに始まったとみていいだろうが、生誕百五十年を記念して上演されたチェーホフ劇のうち、たまたまわたしの触れたのは、以上のようなものである。

二〇一一年には、どのようなチェーホフ劇の舞台にわたしたちは接することになるだろうか。

龍の手触り――福田恆存「龍を撫でた男」――

逃げ惑う人々を呑みこむ、瀑布のような津波や、ガレキの原野と化した被災地の光景、無残に破壊された原子力発電所の姿。テレビの画面に映し出される、二〇一一年三月一一日震災が出現させた荒涼たる廃墟の風景は、戦後の、東北の漁村の小学校の教室に生徒の歌う「荒城の月」の曲の流れる、太宰治の戯曲『春の枯葉』の冒頭を想起させもした。だが、今は、福田恆存の喜劇『龍を撫でた男』で、庭の池に出現した龍の尻尾に触ったという男の呟く、「龍だよ、ほんとの龍だよ、真赤なやつだ。瓢箪池から赤い龍がはひあがつてきた」というようなセリフが、どのように劇場に谺《こだま》するかを、客席から確かめてみたい気がしている。

精神科医佐田家則と妻の和子が、妻の弟の秀夫と、妻の母と共に暮らす家の、応接間も兼ねた書斎。元旦の午後の夫婦のなにげない会話に始まり、そこに、妻の女学校時代の後輩で女優の蘭子、蘭子の兄で劇作家の綱夫が訪ねてくる辺りから波紋が生じ、四月の朝の、家則の発狂で幕を閉じるこの戯曲で狂気の兆しを呈するのは、家長や、彼に躁鬱病と診断される劇作家だけではない。夫婦を結び付けているのは、十年ほど前に、祖母の付添いで出かけた遠足中の事故で死んだ二人の子供の記憶だが、和子が間歇的にヒステリーの発作に見舞われるのは、子供達が死んだのは自分が付き添わなかったからだという罪障感によるし、それ以来「正気」を失った妻の母は、時代遅れの唱歌や流行唄を口遊《くちずさ》んで部屋に閉じこもるようになった。現在ならばP・T・S・Dという症例に分類される筈の疾患は、彼女らだけでなく、海軍から復員後は職につく意欲もなくブラブラしている秀夫を蝕んでもいるし、『フェードル』のタイトル・ロールと現実の自分との区別がつかなくなって家長にいいよる女優に見出すことができるのは、広い意味での統合失調症の兆候といっていい。また、書斎に闖入し、「すべての國民をかたはしから収容できるだけの巨大な精神病院が必要」であることを力説して笑いを誘う、「異常心理学会創立準備委員」なる二人の男を冒しているのが、これまた広い意味での統合失調症であるのはいうまでもないだろう。とはいえ、精神疾患の症例を絵解きしてみせるところにこの戯曲の狙いがあったわけではむろんない。「家」制度から解放された自由な「家庭の神聖」をいいながら、実は、フロイト流の精神分析理論によって「家長専制」的に家族に君臨する家長と、彼の周辺を通して戯曲が浮かびあがらせようとしたのは、個人の「自由」という、イマフウにいえば、二重拘束《ダブルバインド》の柔らかな檻の中に閉じ込められた戦後の日本人の自画像にほかならない。「戦後民主主義」と共に、鳴り物入りで登場した戦後的「家庭」の戯画化を選んで戯曲が試みたのは、アメリカによる占領下の日本そのものを被験者《クライアント》とした「日本精神分析」であり、その無意識の領域を支配するものを暴きだすことなのである。

もっとも、この作品を選んだのは、それが、後に安岡章太郎や小島信夫らが追求することになる主題を先駆的に提示していたからだけではない。龍の尾を撫でて主人公が発狂するというエンディングが、震災を経験し、収束しそうにもない原発事故に遭遇しつつある今のわたしには、改めて、リアルなものに思われたからである。

むろん、戯曲は、必ずしも、核の脅威というべきものを自覚していたわけではあるまい。自分の掌を眺めて家長が口にする「冷たいねえ、龍の尻つぽは……。凍りつくやうだ」というセリフにこめられていたのは、戦後の日本人の感じていた漠然たる不安の率直な表明でもあっただろう。だが、この戯曲の書かれる前々年にはソ連が原爆実験に成功、翌年民藝が上演した木下順二の『暗い花火』は、原爆の国際監視を強化する国連決定を伝えるラジオ放送が、路地裏の町工場に流れる場面から始まってもいた。また、長岡輝子が演出し、芥川比呂志、中村伸郎らの出演で文学座がこの戯曲を初演した同じ月に、アメリカは水爆実験を行っている。水爆実験は、翌々年には放射能によって孵《ふ》化した恐龍を主役に東宝映画『ゴジラ』をヒットさせたが、一方ではその不安を打ち消すように原子力の平和利用が声高に叫ばれ、『鉄腕アトム』の代表する、夢のエネルギーによる未来の繁栄が熱く語られることにもなるのは、以後の過程が示すところだ。

今、われわれが直面しているのは、『鉄腕アトム』に「戦後」が託した夢が破綻し、ガレキに化してしまったという事態である。龍の尻尾を撫でたという男が掌で感じたもの。それは、巨大なキノコ雲こそ沸き上がらなかったとはいえ、いまだ放射能を撒き散らしながら燃え続ける原発事故をまのあたりにし、なにか得体の知れないものに接したわれわれの生の手触りそのものではないか。わたしは今、その不気味な感触を、客席で確かめてみたいという欲求を感じている。

〈付記〉

このエッセイは、二〇一一年八月号の「悲劇喜劇」に掲載されたが、「龍を撫でた男」は翌年二月、ケラリーノ・サンドロヴィッチ演出、山崎一、広岡由理子らの出演で上演（本多劇場）された。わたしの願いは意外に早く実現したが、舞台のできばえも、期待をほぼ満足させるものだった。

あとがき

本書は二部からなっている。

第一部では、川端康成・三島由紀夫・水上勉・野坂昭如らから、阿部昭・岡松和夫に至る作家の作品を取り上げた。執筆の動機も時期も、また対象となった作品の発表された時代も一九三〇年代から七〇年代までさまざまで、とくに統一したモティーフのもとに取り組んだというわけではない。

数年前に、『日本近代文学の断面　一八九〇－一九二〇』を出してから、その続編としてこれらを一冊に纏めたいと思ってはいた。初出とは違って、年号の表記を西暦に統一したのも、そのためである。だが、これらの作家やその作品を、一九二〇年代以後として括るのは、さすがに、ためらわれた。それでは、あまりに茫漠としているように思われたからである。それは、ここで取り上げた作家がその空気を吸い、作品を産み、読まれた時代―戦間期から戦後にかけての時代が、一つの言葉で括るにはあまりに茫漠とし、雑然とした印象を与えることにもよる。あらためていうまでもないことながら、この間に日本は大きな変容に遭遇した。天皇は現人神から人間になり、「軍国主義」の帝国は「民主主義」国家へと装いを改めた。その変容の経験は、たとえば文学の領域に限ってみても、歴史的仮名遣いから現代仮名遣いへ、正体字から常用漢字へというような表記法の改革

（変容）にも書き込まれている。

そうした改革に始まった戦後は、わたしの感触でいえば八〇年代あたりから、その文脈を変えるが、すくなくとも、ここで取り上げた作家たちが一つの時代の影を共有していることは確かと思われた。共通の影とは、つまりは、「昭和」という、一つのエポックのそれにほかならない。本書に『点景　昭和期の文学』というタイトルをつけたゆえんである。

第二部には、演劇関係の論考・エッセイの類のいくつかを収めた。この世は舞台、人はみな役者（シェークスピア）というが、いうまでもないことながら、この舞台は歴史という「大きな劇」のそれでもあることを免れるわけにはいかない。一つの舞台は、俳優・劇作家・スタッフ、それに観客と、実にさまざまの人が参加してはじめて成立するが、すぐれた舞台とは、それらの人々がこの大きな劇にどれだけ自覚的であるかに関わっているとわたしは思っている。ここ二十年ちかく、かなりの時間を観劇のために割いて、あらためてそのことを痛感した。書いたのは多くが「昭和」が幕を閉じてからだが、第二部に収録したのは、そうしたわたしの眼に映った昭和の演劇の点景について記した所感の一部である。

本書は関東学院大学人文学会の助成を得て、出版することになった。出版にあたって尽力して頂いた佐藤茂樹氏ら同僚各位、ならびに、編集・校正等において有益な助言を賜った出版会の四本陽一氏にあらためて感謝の気持ちを述べたい。なお校正には関東学院大学大学院文学研究科比較日本文化専攻院生の広野千里・米本由布子の両氏の、装丁には高梨麻世氏の協力を得た。

二〇一七年一月一〇日

岩佐壯四郎

『点景　昭和期の文学』初出一覧

川端康成《花鳥之図》——「化粧」について——
『川端文学への視界』一九九二・三　教育出版センター

川端康成「死者の書」論——一九三〇年代の文学にみる死の意識をめぐって——
「生活文化研究」二〇〇二・三　関東学院女子短大生活文化研究所

三島由紀夫「復讐」への私注
「山口女子大国文」八号　一九九三・三　山口女子大学国文学会

海という墓——水上勉の初期作品・素描——
「山口女子大学文学部　紀要」一九九四・三　山口女子大学文学部

野坂昭如「火垂の墓」を読む
田中実・須貝千里編『新しい〈作品論〉新しい〈教材論〉』一九九九・七　右文書院

治療行為といういやし——山本周五郎「赤ひげ診療譚」——
「解釈と鑑賞」一九八八・四　至文堂

『点景　昭和期の文学』初出一覧

単独者の出発——井伏鱒二『集金旅行』——
「解釈と鑑賞」一九九四・六　至文堂

青春の闇——阿部昭の青春小説——
「国語科通信」二〇〇〇・五　大修館書店

岡松文学の魅力——「峠の棲家」にふれて——
「Library Talk」二〇一三・四　関東学院大学図書館

稲垣達郎と北川清
「文学年誌」一九九四・四　文学批評の会

川端康成と演劇——その背景——
川端文学研究会編『川端文学の世界』四　一九九九・五　勉誠出版

森本薫の出番
「悲劇喜劇」二〇〇八・四　早川書房

戦後という喜劇——福田と飯沢——
今村忠純編「現代の演劇」二〇〇六・一二　至文堂

一九四五年八月末の演劇——井上ひさし『連鎖街のひとびと』——
「解釈と鑑賞」二〇一一・二　至文堂

二〇一〇年のチェーホフ
「悲劇喜劇」　二〇一一・四　早川書房

龍の手触り——福田恆存「龍を撫でた男」——
「悲劇喜劇」　二〇一二・六　早川書房

著 者 略 歴

岩佐　壮四郎（いわさ・そうしろう）

1946年島根県生まれ。

早稲田大学大学院文学研究科博士課程満期退学。博士（文学）。

関東学院大学教授。

主要著書
『世紀末の自然主義』（有精堂出版）、『抱月のベル・エポック』（大修館書店、サントリー学芸賞受賞）、『日本近代文学の断面1890-1920』（彩流社）、『島村抱月の文藝批評と美学理論』（早稲田大学出版部）等。

点景　昭和期の文学

2017年3月10日　第1刷発行

著　者　岩 佐　壮 四 郎

発行者　関東学院大学出版会
代表者　規　矩　大　義
236-8501　横浜市金沢区六浦東一丁目50番1号
電話・(045)786-5906／FAX・(045)785-9572

発売所　丸善出版株式会社
101-0051　東京都千代田区神田神保町二丁目17番
電話・(03)3512-3256／FAX・(03)3512-3270

印刷／製本・藤原印刷株式会社

ISBN 978-4-901734-64-6 C3095　Printed in Japan